Mord unter Nachbarn

Myrtle-Clover-Krimis, Volume 5

By Elizabeth Spann Craig

Theresia Fink

Daniela Maizner

Published by Elizabeth Spann Craig, 2021.

MORD UNTER NACHBARN

First edition. February 5, 2021.

Kapitel 1

„Miles?", fragte Myrtle und sah ihren guten Freund eindringlich an. „Fragst du mich gerade, ob ich mit dir ausgehe?"

„Natürlich nicht!", entgegnete Miles empört und rückte seine Drahtgestellbrille zurecht.

„Warum fragst du mich dann, ob ich zu dieser Feier mitkomme, wenn es kein Rendezvous ist?" Myrtle war ausgesprochen erleichtert darüber, dass Miles nicht beabsichtigte, sie auszuführen. Sie hatte die achtzig weit überschritten und war seit gut vierzig Jahren verwitwet. Somit war sie in Sachen Romantik bestimmt nicht mehr auf dem neuesten Stand.

„Ich will nur nicht alleine hingehen", seufzte Miles. Er schwenkte das große Glas Eistee in seiner Hand und ließ die Eiswürfel darin klirren. Sie hatten sich gerade *Das Versprechen von Morgen* angesehen, eine Seifenoper, auf deren Geschmack Myrtle ihn gebracht hatte. Die Folge hatte von einer ausschweifenden Party gehandelt, was ihn an eine Einladung erinnerte, die er seit geraumer Zeit vor sich herschob.

„Das ist doch ein ungezwungener Anlass. Du gehst kurz hin, lässt dich von Cosette sehen und verschwindest wieder. Oder du verzichtest komplett darauf. Sache erledigt", entschied Myrtle. „Du bist ein erwachsener Mann. Ein *sehr* erwachsener sogar, nachdem du bereits über sechzig bist. Du musst nirgendwo hingehen, wenn du nicht willst."

Miles fuhr mit seinem Finger über die karierte Tischdecke auf Myrtles Küchentisch. „Cosette hat mich schon unzählige Male zu irgendwelchen Feiern eingeladen und ich habe so oft abgesagt, dass ich es nicht über mich bringe, noch eine Einladung abzulehnen."

„Warum wolltest du zu keiner der Feiern?"

Miles errötete. „Cosette kokettiert gerne und ich weiß nie, wie ich darauf reagieren soll. Zu allem Überfluss steht ihr Mann meist direkt daneben, wenn sie einem schöne Augen macht."

„Das zeigt ja, dass überhaupt nichts dahintersteckt. Es ist geschmacklos, aber so ist sie eben. Nicht einmal Lucas denkt sich etwas dabei." Myrtle zuckte mit den Schultern.

„Womöglich, aber ich fühle mich dabei unwohl. Und nicht nur das, sie lädt auch immer noch ihre verwitweten Freundinnen ein und macht keinen Hehl aus ihren Kuppelversuchen." Miles rutschte unbehaglich auf seinem Stuhl herum.

„Das liegt daran, dass du so ein toller Mann bist", erklärte Myrtle und grinste hämisch. „Ein gebildeter Zeitgenosse aus Atlanta, der uns für seinen Lebensabend im beschaulichen Bradley beehrt. Ein Karrieretyp und ehemals erfolgreicher Architekt ..."

„Ingenieur", korrigierte Miles sie mürrisch.

„Wie auch immer. Der Punkt ist, dass du unter den alten Schachteln äußerst begehrt bist. Und außerdem ... kannst du noch Autofahren."

Miles seufzte erneut. „Ich wünschte, du würdest aufhören, meine Begehrtheit damit zu erklären. Das tut meinem Ego nicht sonderlich gut."

„Stell dir vor, was die Leute über mich sagen werden", sagte Myrtle. „Man wird mich noch für einen Jaguar halten."

Miles sah sie verwundert an. „Das musst du mir erklären. Warum für einen Jaguar?“

„Das sind Frauen, die mit deutlich jüngeren Männern ausgehen, und du bist schließlich rund zwanzig Jahre jünger als ich“, erklärte ihm Myrtle.

„Du meinst wohl einen *Puma*, keinen Jaguar.“ Er machte eine Pause. „Kommst du also mit?“

„Um dich vor einer Horde augenklimpernder Frauen zu retten? Na gut, immerhin kann ich sehr einschüchternd wirken mit meinen eins achtzig und der Tatsache, dass ich mit einem Gehstock bewaffnet bin. Außerdem habe ich heute Abend sowieso nichts Besseres vor.“ Myrtle sah Miles verdrossen an.

„Danke.“

„Dafür schuldest du mir aber einen Gefallen“, sagte Myrtle. „Ich kann Cosette Whitlow nicht ausstehen. Sie ist furchtbar lästig. Ständig schwärmt sie Red vor, wie wunderbar das Greener Pastures Seniorenheim doch sei und wie gerne ihre senile Mutter dort wohne. Außerdem prahlt sie mit ihrem Enkel als wäre er ein kleines Genie. Daher meide ich sie für gewöhnlich wie der Teufel das Weihwasser.“ Sie ließ ihren Blick über die Küchenregale schweifen. „Jetzt muss ich mir erst einmal überlegen, was ich mitbringe. Vielleicht einen Dip.“

„Das ist doch nicht nötig“, sagte Miles hastig. „Du tust mir bereits einen großen Gefallen, indem du mitkommst. Es genügt, wenn ich für uns beide eine Flasche Wein mitnehme.“

„Ich könnte auch etwas Warmes zubereiten. Marybelle Stuart hat letzthin leckere gefüllte Pilze serviert“, überlegte Myrtle weiter.

„Wie wäre es mit etwas Einfachem wie einer Käseplatte?“

„Man könnte meinen, dass du mein Essen nicht magst, Miles!“, sagte Myrtle.

Miles presste die Lippen zusammen, als verkneife er sich eine Antwort. Vermutlich ermahnte er sich in diesem Moment selbst, dass er Myrtle bei Laune halten musste. „Ich möchte nur nicht, dass du dir viel Arbeit machst, das ist alles.“ Es klopfte an Myrtles Vordertür und Miles sagte: „Ich muss sowieso los und mache beim Rausgehen deinem Besuch auf. Wir sehen uns dann um halb sieben.“

Er sah zum Fenster hinaus. „Es ist Red“, sagte er und öffnete Myrtles Sohn die Tür. Red begrüßte Miles fröhlich und verabschiedete sich gleich darauf wieder, als er sah, dass Miles gerade gehen wollte. Dann grinste Red seiner Mutter zu, die aus der Küche ins Wohnzimmer kam. Das rote Haar des Mittvierzigers, das ihm seinen Spitznamen verliehen hatte, war bereits grau meliert. Er war der Polizeichef von Bradley und brachte seine Freizeit mit Vorliebe damit zu, seine Mutter beschäftigt zu halten, nachdem er davon überzeugt war, dass der Ärger nicht lange auf sich warten ließ, wenn sie sich auch nur ansatzweise langweilte.

Er schien wieder einmal Pläne für sie geschmiedet zu haben, denn in seiner Hand hielt er Stricknadeln und eine Tüte mit Wolle. Myrtle bedachte die Utensilien mit einem verächtlichen Blick. „Wo in aller Welt hast du das her, Red?“

Er seufzte. „Von Elaine. Sie wollte dir später noch mehr vorbeibringen.“

Myrtle sah ihren Sohn an. „Das glaube ich dir nicht. Deine Frau weiß ganz genau, dass ich nicht stricke.“

„Sie weiß aber auch, dass du es kannst. Sie lernt es gerade von einer Freundin und anscheinend ist es sehr entspannend“, sagte Red schulterzuckend, als er sich seiner Mutter gegenüber auf das Sofa fallen ließ. Draußen musste bereits die Hitze einsetzen, denn Schweißperlen zeichneten sich auf seiner Stirn ab und das, wo er bis zu Myrtles Haus nur eine Straße überqueren musste.

„Kommst du direkt von Zuhause?", fragte Myrtle mit einem Stirnrunzeln. „Wenn dir vom Überqueren der Straße schon so heiß geworden ist, werde ich heute keinen Fuß nach draußen setzen."

Red schwieg und schien seine Antwort abzuwägen. Er war offenbar geneigt zu sagen, dass es draußen tatsächlich zu heiß für Myrtle war. So könnte er sich sicher sein, dass sie zuhause blieb und keinen Ärger anrichtete. Aber offenbar entschied er sich für die Wahrheit. „Ich komme nicht von Zuhause, obwohl es draußen tatsächlich schon recht warm ist. Ich hatte in letzter Zeit viel Arbeit. Die Leute stellen allen möglichen Unfug an."

Myrtle horchte auf. Anstrengende Tage auf der Polizeiwache bedeuteten meist interessante Geschichten. „Unfug? Was für Unfug?"

„Die alte Miss Marlson hat angezeigt, dass ihr Kleider von der Wäscheleine geklaut wurden. Sie ruft alle paar Stunden an und fragt, ob ich die Übeltäter schon geschnappt habe." Wie auf Kommando klingelte Reds Telefon. Er nahm es aus der Gürteltasche und warf einen grimmigen Blick darauf. „Na bitte, da haben wir sie doch."

Er atmete tief ein und hob ab. „Miss Marlson? Ja, ich arbeite gerade an dem Fall, ganz genau. Ich wollte gerade meine Mutter fragen, ob sie eine verdächtige Person in der Straße beobachtet hat." Er verdrehte die Augen. „Mama? Hast du jemanden gesehen, der seltsam wirkte?"

„Erma Sherman ist seltsam", murmelte Myrtle und erschauderte beim Gedanken an ihre verhasste Nachbarin.

Red ignorierte sie und sagte: „Nein, Miss Marlson, Mama hat niemanden gesehen. Ich werde weiter ermitteln. Wir werden den Übeltäter schnappen, machen Sie sich keine Sorgen. Mmm-hmm." Er legte auf und seufzte. „Ich mag Kleinstädte ja im Grunde. Ich sollte mich jeden Tag aufs Neue beim Universum bedanken, dass ich in Bradley wohne und mich nur mit gestohlenen Kleidungsstücken herumschlagen muss und nicht mit Graffiti, Mord und Chaos."

„Mary Marlson wurde mit Sicherheit nichts gestohlen. Sie hat vermutlich die Sachen bereits in den Schrank geräumt und es nur wieder vergessen."

„Oh", rief Red überrascht. „Hat sie etwa Alzheimer? Das hat mir niemand gesagt. Das sind genau die Dinge, die ich wissen muss, damit ich sie im Auge behalten und für ihre Sicherheit sorgen kann."

„Nein, sie leidet lediglich unter allgemeiner Zerstreutheit. Sie war schon als junges Mädchen so", erklärte Myrtle. „Behauptete damals schon, ich hätte ihre Lieblingsmurmel geklaut und fing immer und immer wieder davon an. Später fiel mir dann eine winzige Beule in der Tasche ihres Kleides auf und da war die Murmel. Du solltest bei ihr im Schrank nach den Sachen suchen."

Red wirkte nachdenklich. „In Ordnung, Mama. Das ist eine gute Idee."

„Wo ich dich nun vor einer erfolglosen Suche nach Mary Marlsons Kleidern bewahrt habe, könntest du mir doch von den wirklich interessanten Vorfällen erzählen. Es muss doch mehr geben als ein paar Wäscheleinendiebe!", sagte Myrtle.

„Lass mich überlegen", antwortete Red und runzelte die Stirn. „Nicht besonders viel, nein. Jim Weller beschimpfte Tony Pearson beim

Herrenfriseur. Hat ihn wohl als Stümper bezeichnet und sich auf ihn gestürzt, sodass ich eingreifen musste. Dabei wollte ich mir doch nur schnell die Haare schneiden lassen."

„Warum denn als Stümper?"

„Tony ist Mechaniker und Jim war der Meinung, dass Tony unter seiner Motorhaube eher Schaden angerichtet hat, als den Motor zu reparieren. Jetzt muss er wohl teure Reparaturen durchführen lassen, ich konnte Jim aber beruhigen und den Konflikt lösen." Red zuckte mit den Schultern.

„Das Leben eines Kleinstadtpolizisten ist nicht so langweilig wie man meinen würde", sagte Myrtle.

„Da hast du recht." Red streckte sich und stand auf. „Ich muss weiter und mich um Miss Marlson kümmern."

„Kannst du später noch einmal vorbeikommen und mich zum Supermarkt fahren?" Myrtle hatte kein Auto mehr, auch wenn sie äußerst stolz auf ihren gerade erst verlängerten Führerschein war. „Ich würde ja zu Fuß gehen, aber ich brauche eine Großpackung Milch und etwas, das ich zu Cosette Whitlows Feier mitnehmen kann." Red sah sie stirnrunzelnd an, was sie mit einem Seufzen quittierte. „Miles hat mich dazu überredet."

„Ach, Miles steckt dahinter", sagte Red. „Es hätte mich sehr gewundert, wenn du aus freien Stücken hingehen würdest. Hast du dich nicht letzthin erst darüber beschwert, dass du ihr ständig über den Weg läufst? Wobei ich mir ehrlich gesagt nicht vorstellen kann, wo sich deine und Cosettes Wege kreuzen könnten."

„Überall. Sie ist einfach überall, wie ein böser Geist, und offensichtlich in jede Aktivität in Bradley involviert. Entweder muss sie einfach immer im selben Moment wie ich in die Bibliothek, zur Post, in die Apotheke oder den Supermarkt oder sie verfolgt mich", sagte Myrtle.

„Hmmm", brummte Red.

Myrtle kniff die Augen zusammen. Ein *Hmmm* von Red bedeutete meist, dass er sie nicht ernstnahm. „Außerdem besitzt sie die Unverfrorenheit, sich in Bradley einen französischen Namen zuzulegen. Ich fresse einen Besen, wenn diese Frau als Cosette zur Welt kam. Ich wette, ihr richtiger Name ist Mary Elizabeth, Darla Leigh oder vielleicht Peggy Jo."

Red blickte flehend zum Himmel, als bäte er um göttlichen Beistand.

„Und dann prahlt sie auch noch ständig mit ihrem Enkel. Noah. Er ist in Jacks Alter."

Jack war Red und Elaines Sohn. „Was hat sie denn über Noah gesagt?", fragte Red neugierig.

„Ach, du weißt schon. Der kleine Noah kann schon alle Pappebücher lesen, die sie zuhause haben. Der kleine Noah kann bis tausend zählen. Der kleine Noah beherrscht den Satz des Pythagoras. So Zeug eben. Es ist wirklich nervtötend. Vor allem, da wir wissen, dass Jack deutlich weiter ist als Noah und alle anderen Kinder in Bradley."

„Sonst noch etwas?", fragte Red. „Jetzt kannst du dir genauso gut gleich alles von der Seele reden."

„Sie ist kratzbürstig und spitz, mit ihren kantigen Zügen, ihrem eckigen Kinn und ihren knochigen Ellbogen und Knien. Und sie hat eine scharfe Zunge. Ständig nörgelt sie an ihrem armen Ehemann herum. Er leidet noch an den Nachwehen seiner Knie-Operation, aber das hält sie nicht davon ab, ihn herumzuscheuchen. Ja, spitz trifft es am besten. Wenn ich sie nur sehe, denke ich mir schon *Autsch*."

Red schmunzelte. „Wenn du das sagst. Ich muss dann los.“ Sein Blick fiel auf die Stricknadeln und die Tüte mit Wolle. „Viel Spaß beim Stricken.“

Myrtle warf den Utensilien einen angewiderten Blick zu. „Mit Sicherheit nicht. So sehr ich Elaine mag, sie bekommt dieses Zeugs umgehend zurück, sobald ich sie das nächste Mal sehe. Sie sollte mich besser kennen!“

„Elaine hofft vermutlich, dass das euer gemeinsames Hobby wird. Oma hat doch gestrickt und ich kann mich erinnern, dass ihr das gemeinsam gemacht habt“, sagte Red sanft.

„Das ist schon sehr lange her“, seufzte Myrtle. Sie schwieg für einen Moment. „Ich fühle mich alt, wenn ich stricke. Das war schon so, als ich noch zwanzig war.“

„Es soll aber sehr beruhigend sein“, versuchte es Red mit einem neuen Argument.

„Mich stresst es.“

„Das kann doch gar nicht sein“, sagte Red entschieden. „Alle sagen, dass es beruhigend ist.“

„Vielleicht verlieren die anderen auch nicht eine Masche nach der anderen. Oder sie stricken nicht so fest, dass sie mit der Nadel nicht mehr durchkommen.“

„Denk einfach daran, dass dir das die perfekte Tarnung bietet. Die Leute wiegen sich in falscher Sicherheit, weil sie in dir eine harmlose alte Dame sehen, und vertrauen dir all ihre Geheimnisse an. Stell dir vor, wie du dabei unbemerkt herumschnüffeln könntest. Und ich weiß doch, wie viel Spaß dir das bereitet.“

„Zumindest schnüffle ich lieber herum, als dass ich stricke, so viel steht fest." Sie hielt inne. „Strickt Elaine denn gut?"

Red verdrehte die Augen und die beiden tauschten einen seltenen Blick der Solidarität aus.

„Dann werden du und ich diesen Winter wohl grässliche Mützen und Schals tragen", sagte Myrtle und erschauderte.

„Ich bete für einen warmen Winter", verkündete Red auf dem Weg zur Tür.

Kapitel 2

An diesem Nachmittag lief Myrtle im Supermarkt erneut Cosette Whitlow über den Weg. Da war sie und stand mit ihrem Mann Lucas vor dem Kühlregal, der wie immer brav an ihrer Seite verharrte.

Red hatte sie wie versprochen gefahren. „Dort drüben ist Cosette“, murmelte er leise. „Das derzeitige Objekt deiner Faszination.“

„Meiner Faszination und meines Abscheus“, murmelte Myrtle zurück und griff nach einem Sack Hundefutter.

„Lass mich den für dich heben“, sagte Red eilig. „Der wiegt mindestens zehn Kilo, Mama! Warte … du hast eine *Katze*, keinen Hund!“

„Ich spende Hundefutter für das Tierheim. Ich habe in der Zeitung gelesen, dass es gerade knapp bei Kasse ist.“

„In Ordnung. Erinnere mich daran, dass ich es dort vorbeibringe, wenn ich auf Streife bin. Du musst doch keinen Zehn-Kilo-Sack durch die Gegend schleppen.“ Er sah auf. „Sieht ganz so aus, als käme Cosette herüber“, murmelte er.

„Ach, hallo Myrtle! Füllst du deine Vorräte auf?“, fragte Cosette mit einem herablassenden Lächeln und einem Tonfall, wie man ihn bei kleinen Kindern und Haustieren anschlug.

Myrtle erwiderte ihr gekünsteltes Lächeln. „Ganz genau. Wo du gerade hier bist, ich werde heute Abend zu deiner Feier kommen. Miles hat mich eingeladen.“

„Das ist aber schön", flötete Cosette und zwinkerte Red auffällig zu. „Ich freue mich immer, wenn sich unsere betagten Mitbürger noch eines regen Liebeslebens erfreuen. Das ist so wichtig, nicht wahr, Lucas?"

Lucas nickte rasch und schenkte ihnen ein versonnenes Lächeln.

„In der Tat", pflichtete auch Red ihr bei und nickte, während er seiner Mutter den Rücken tätschelte. „Das beschert ihnen ein längeres, schöneres und bedeutungsvolleres Leben." Seine Lippen zuckten, als könnte er nur mit Mühe ernst bleiben.

„Miles und ich führen keine Beziehung, wie du ganz genau weißt, Red Clover", fuhr Myrtle ihn an.

„Auch das bewundere ich sehr an deiner Mutter", sagte Cosette, die Red erneut zuzwinkerte. „Sie ist so schneidig! Süß und schneidig!"

Myrtle starrte sie fassungslos an und Red gab einen Laut von sich, der einem Niesen ähnelte und Myrtle vermuten ließ, dass er ein Lachen unterdrückte. Es war äußerst ärgerlich, wenn die Leute ältere Menschen wie Kleinkinder behandelten. Myrtle war noch nie süß gewesen und zog es vor, anstelle von schneidig als kompetent oder mutig bezeichnet zu werden.

Myrtle verzog ihre Lippen zu einem gekünstelten Lächeln. Sie würde sich in Geduld üben. „Wie lustig, dass wir uns hier über den Weg laufen. Mir kommt es vor, als würde ich dich einfach überall treffen. Du scheinst die am schwersten beschäftigte Frau Bradleys zu sein."

„Das ist sie auch", sagte Lucas. „Ich möchte nicht angeben, aber Bradley wäre verloren ohne meine Cosette. Sie kümmert sich um die Frauenrunde, den Gartenverein, den Historikerkreis und ist ehrenamtliches Mitglied bei mehreren Kirchenkomittees. Ganz abgesehen von all dem, was sie bei uns zuhause leistet – sie hält das Haus blitzblank und kocht wie eine Sterneköchin.“ Er strahlte seine Frau voller Stolz an.

Cosette erwiderte sein dümmliches Lächeln. „Bist du noch irgendwo aktiv, Myrtle?“

Myrtle zuckte mit den Schultern. „Ich schreibe eine Kolumne für den *Bradley Bugle* und ab und an einen investigativen Bericht.“

Cosette war kurz abgelenkt, als Lucas eine Packung Chips aus dem Regal zog. „Lucas, leg das zurück“, bellte sie harsch. „Du bist auf Diät.“

Dann wandte sie sich wieder Myrtle zu. „Du schreibst für die Zeitung? Ist das nicht süß? Ich sollte dich für ein paar der Organisationen rekrutieren, denen ich vorstehe. Du könntest dich damit für den guten Zweck engagieren, weißt du.“

Myrtle sah sie stirnrunzelnd an. „Ich habe mich bereits ausgiebig für den guten Zweck engagiert und war während der letzten sechzig Jahre in unterschiedlichen Organisationen aktiv.“ Cosette öffnete den Mund, als wolle sie zu einem weiteren Argument ansetzen, weshalb Myrtle rasch weitersprach: „Wenn ihr mich nun entschuldigt, ich muss meinen Einkauf fortsetzen.“ Sie wandte sich dem Kühlregal zu, hörte aber deutlich, wie Cosette mit gesenkter Stimme zu Red sprach. Es war erstaunlich, was die Leute in Myrtles Anwesenheit flüsternd preisgaben, da sie scheinbar davon ausgingen, dass sie schwerhörig war. Eine Annahme, die gleichermaßen falsch wie gefährlich war.

„Ich weiß, deine Mutter ist etwas schwierig“, sagte Cosette zu Red. „Meine Mutter ist im Greener Pastures Seniorenheim und das ist ein wahrer Segen für uns. Myrtle würde es dort auch gefallen, bei all den wunderbaren Aktivitäten, die das Heim organisiert: Themen-Bingo-Abende, Varieté-Shows und sogar Rollstuhl-Sport. Meine Mutter ruft mich jetzt nicht mehr ständig an, damit ich ihr eine Glühbirne wechsle. Es ist einfach ein wundervoller Ort für unsere geschätzten Senioren und meine Mutter wird bestens umsorgt."

Myrtle verkrampfte sich, während sie den Worten lauschte. Was diese Frau sich einbildete! Warum überraschte es sie nicht, dass Cosette ihre Mutter ins Seniorenheim steckte, sobald sie ihr auf die Nerven ging?

„Vielen Dank für die Empfehlung, Cosette. Ich ziehe das Greener Pastures schon seit mehreren Jahren in Betracht, auch wenn ich das Gefühl habe, dass Mama für diesen Schritt noch nicht bereit ist", sagte Red höflich. Myrtle drehte sich um, um ihm einen bitterbösen Blick zuzuwerfen. Red grinste.

„Du musst ja nicht warten, bis sie von selbst auf die Idee kommt. Soll ich dir sagen, wie ich das anstellen würde? Ich würde schnurstracks dorthin marschieren und sie anflehen, deine Mama aufzunehmen."

Red zögerte. „Na ja ... Mama ist nicht besonders angetan von der Idee. Sie werkelt immer noch gerne in Haus und Garten herum."

„Herumwerkeln? Wohl eher herum*stolpern*. Ich habe beobachtet, wie instabil sie mit diesem Gehstock unterwegs ist. Sie wirkt äußerst unsicher auf den Beinen. Glaub mir, sobald sie sich an die neue Umgebung gewöhnt hat, wird sie entzückt sein. Ich bringe mich dort immer wieder ehrenamtlich ein und bin begeistert von der Gemeinschaft."

Myrtle war es müde, so zu tun, als könnte sie sie nicht hören. „Vielleicht ziehe ich auch irgendwann dorthin ... wenn ich alt werde."

„Du kannst jederzeit deine Meinung ändern, meine Liebe", sagte Cosette nun etwas lauter zu Myrtle. „Gib mir einfach Bescheid. Ich kann dich mal zu einem Besuch mitnehmen, sodass meine Mama dir alles zeigen kann."

Cosettes Stimme war so süß, als wäre sie in Zucker getränkt, bis sie abrupt ihren Mann anbellte: „Lucas, was hast du für Müll in den Wagen gelegt? Leg das zurück, das brauchen wir nicht. Was hast du dir nur dabei gedacht?" Die Schimpftirade auf den armen Lucas war noch immer zu hören, als sie bereits ihren Einkaufswagen aus Myrtles Sichtfeld geschoben hatte.

***

Myrtle zeigte sich mit ihrem Mitbringsel für Cosettes Feier nicht unbedingt von ihrer kreativsten Seite. Sie hatte sich für einen Spinat-Artischocken-Dip und Cracker entschieden und beobachtete, wie Miles den Dip misstrauisch beäugte, während sie Cosettes Einfahrt hochgingen. „Es ist ein stinknormaler Dip, Miles. Er wird dich schon nicht vergiften."

„Sicher?", fragte dieser. „Du hast schon einmal für mich gekocht, falls du dich daran erinnerst."

„Das ist sehr unhöflich von dir. Außerdem kann man bei einem Spinat-Artischocken-Dip wohl kaum etwas falsch machen", sagte Myrtle naserümpfend.

„Tatsächlich?", fragte Miles, der alles andere als überzeugt klang.

„Häng aber bitte heute Abend nicht wie eine Klette an mir", sagte Myrtle. „Aus einem unerklärlichen Grund denkt Cosette, dass wir ein Paar sind."

„Ich werde versuchen, mich zusammenzunehmen", sagte Miles und verdrehte die Augen. „Das fehlt mir gerade noch."

Myrtle sah prüfend zu Miles, ob er sich über sie lustig machte, stolperte und schaffte es gerade noch, sich mit ihrem Stock aufzustützen, wobei sie beinahe das Tablett fallen gelassen hätte, das sie unbedingt selbst hatte tragen wollen.

„Gib mir das", sagte Miles und nahm ihr die Servierplatte aus der Hand. „Bevor noch etwas passiert."

Sie hatten lange genug gewartet, um nicht als erste anzukommen, und so waren schon zahlreiche Gäste anwesend. Fast alle Nachbarn aus ihrer Straße waren erschienen – inklusive Erma, wie Myrtle mit Bedauern feststellte – sowie einige Paare aus der Kirchengemeinschaft und anderen Organisationen. Das Haus war voll.

Miles hielt noch immer Myrtles Platte und die Flasche Wein, die er mitgebracht hatte, in den Händen. „Wir sollten die Sachen irgendwo abstellen", sagte Myrtle laut, damit er sie bei der Geräuschkulisse aus Unterhaltungen und Gelächter überhaupt hören konnte.

„Ich glaube, das Essen steht dort drüben", sagte Miles und nickte in Richtung des Esszimmers, wo bereits mehrere Platten und Teller auf dem Tisch und der Anrichte standen.

Myrtle sah sich nach Cosette um. Die Luft schien rein zu sein, sie war nirgendwo zu sehen. Vermutlich war sie in der Küche, um Getränke oder Essen zu holen. „Meinen Dip können wir hier abstellen, aber lass uns deinen Wein in die Küche bringen. Im Esszimmer ist nicht genug Platz dafür." Mit etwas Glück konnte sie ihn in der Küche abstellen, ohne Cosette die Gelegenheit zu geben, ihre übliche Litanei über *reizende ältere Mitmenschen* zum Besten zu geben.

Miles sah sie stirnrunzelnd an. „Es gibt keinen Platz für eine Weinflasche, aber für eine Schüssel mit Dip?"

Myrtle schenkte ihm keinerlei Beachtung und begann stattdessen, Platz für ihren Dip zu schaffen, indem sie eine Platte mit Chicken Wings und ein paar Soßen zur Seite schob. „So." Sie wandte sich zufrieden um und bahnte sich einen Weg in Richtung der Küche, dicht gefolgt von Miles.

Das Haus bestand – wie die meisten Häuser in der Straße – aus drei Zimmern, stach jedoch durch seine luxuriöse Inneneinrichtung hervor. Das lag nicht nur an den brandneuen und edlen Möbeln, sondern auch an der Tatsache, dass das Haus kürzlich renoviert worden war. Es war Parkett verlegt worden (soweit Myrtle das bei den Menschenmassen beurteilen konnte) und die Decken zierten aufwändig gearbeitete Leisten. Endlich in der Küche angekommen, stellte sie außerdem fest, dass diese mit Granitarbeitsplatten und Edelstahlgeräten ausgestattet war. Offenbar war ein ordentlicher Batzen Geld in das sonst eher schlichte Haus gesteckt worden.

Wie befürchtet stieß Myrtle in der Küche auf Cosette, die jedoch in eine Diskussion am Telefon vertieft war. Das bot Myrtle die Möglichkeit, die Weinflasche rasch und unbemerkt abzustellen, da Cosette ihnen den Rücken zukehrte und sie nicht hereinkommen sah.

Miles trat sofort den Rückzug an. „Myrtle", zischte er. „Komm schon, wir stellen den Wein in das Esszimmer."

„Du könntest zumindest kurz vorbeikommen, Joan", sagte Cosette streitsüchtig, wobei ihre Stimme nichts mehr von dem zuckersüßen Tonfall hatte, den sie Myrtle gegenüber anzuschlagen pflegte. „Ich bin deine Mutter und verlange nicht viel von dir." Sie lauschte kurz. „Nein, das stimmt nicht! Ich habe dir die beste Schulbildung ermöglicht, habe dich gebührend in die Gesellschaft eingeführt und dafür gesorgt, dass du allerlei Vorzüge genießt. Und wie hast du mir das gedankt? Indem du einen Klempner heiratest und dich schon nach wenigen Monaten wieder scheiden lässt, noch dazu hochschwanger. Ich darf doch zumindest erwarten, dass du dich kurz auf meiner Feier blicken lässt." Sie legte auf und pfefferte ihr Handy durch die Küche.

Als Miles Myrtle erneut verzweifelt bedeutete, ihm aus der Küche zu folgen, gehorchte sie ihm.

„Weißt du, was das alles zu bedeuten hat?", fragte Miles, während sie in das Esszimmer zurückkehrten. „Das klang ja fast wie ein Dialog aus einer deiner Seifenopern."

„In meinen Seifenopern würde ihnen etwas Besseres einfallen als so ein alter Schuh", sagte Myrtle. „Und ja, ich weiß, was das alles zu bedeuten hat. Ich vergesse immer wieder, dass du noch nicht lange in Bradley wohnst. Cosette hat immer schon opulente Feiern geschmissen und ihre Tochter von klein auf verwöhnt. Hat ihr lächerlich teure Kleider gekauft, sie auf eine Privatschule geschickt und eine monströse Party zu ihrem sechzehnten Geburtstag organisiert", erklärte Myrtle.

Auf dem Weg zu den Chicken Wings wurde Miles angerempelt, was er mit einer gequälten Grimasse quittierte. „Woher hat Cosette all das Geld? Das Haus an sich wirkt recht bescheiden. Arbeitet Lucas nicht als Buchhalter?" Er legte sich Russische Eier und Käsewürfel auf einen Teller.

Myrtle hatte sich bereits ein paar Cracker samt Paprika-Chili-Konfitüre und Frischkäseaufstrich genommen. Sie kaute genüsslich, bevor sie weitersprach. „Ganz genau. Ich fragte mich schon, woher sie all das Geld nehmen, als sie auf einmal zu einem bescheideneren Lebensstil wechselten. In letzter Zeit aber schmeißt Cosette wieder mit Geld um sich. Renovierungsarbeiten am Haus, luxuriöse Kreuzfahrten, ... Das muss ein ordentliches Loch in ihren Geldbeutel reißen. Und jetzt macht sie Joan Vorwürfe, weil diese nicht zu ihrer Feier erscheint."

„Wie ist Joan so?", fragte Miles. „Ich kann mich nicht daran erinnern, sie jemals getroffen zu haben." Miles legte ein paar Schinkencracker auf einen Teller und teilte diesen mit Myrtle.

„Vermutlich hattest du gar keine Gelegenheit dazu. Sie lebt am anderen Ende von Bradley und außerdem ist da noch Noah, Cosettes Enkel. Ich vermute, wenn Joan etwas unternimmt, dann Dinge, die junge Mütter eben so machen. Sie ist das komplette Gegenteil ihrer Mutter. Sie ist ein wenig pummelig, hat mausgraues Haar und ist ein ungewöhnlich großer Verfechter von Sportkleidung für jemanden, der offensichtlich keinen Sport treibt. Und sie trägt eine Brille mit zentimeterdickem Glas." Als es an der Tür klingelte, runzelte sie die Stirn. „Passt hier denn noch ein einziger Mensch rein? Ich möchte nicht wissen, was ein Brandschutzexperte dazu sagen würde." Sie blinzelte. „Das ist doch Sybil. Und ist das Felix? Der sieht aber unglücklich drein." Da erblickte Sybil sie auch schon und winkte ihnen mit wogendem Haar zu. Tatsächlich wogte alles an ihr. Wie so oft trug sie ein üppiges Rüschenkleid mit passenden Kreolen, die so groß waren, dass sie bis zu ihrer Schulter reichten.

„Sieht Felix nicht immer unglücklich drein?", fragte Miles.

„Da hast du recht", schmunzelte Myrtle. „Er sieht stets aus, als würde er an einer grässlichen Verstopfung leiden." Felix ließ mürrisch seinen Blick über den Raum schweifen, als wäre er auf der Suche nach jemandem. Er war offenbar nicht erpicht darauf, in Sybils Nähe zu bleiben und rückte gedankenverloren seine bereits akkurat sitzende Krawatte zurecht.

Myrtle und Miles verspeisten genüsslich Mohn-Schinken-Häppchen im Blätterteig und beobachteten, wie Sybil auf sie zukam und ein Tablett mit Gemüse samt Dip abstellte. „Hallo Myrtle, hallo Miles!", zwitscherte sie laut. Myrtle beschlich die vage Vermutung, dass Sybil bereits ein paar

Gläser Wein intus hatte. Sie drückte Myrtle, die sie eigentlich nur flüchtig kannte, einen Kuss auf die Wange. „Es ist so schön, euch zu sehen! Was haltet ihr von dem Buch, das wir gerade für den Buchclub lesen? Ich bin begeistert und beinahe schon fertig damit." Sie schenkte ihnen ein Lächeln und entblößte dabei strahlend weiße Zähne in ihrem gebräunten Gesicht.

Myrtle bezweifelte, dass sie sich zu ein paar netten Worten über das Buch durchringen konnte, und sagte daher lieber nichts. Ihre Mutter hatte sie gelehrt zu schweigen, wenn sie nichts Nettes zu sagen hatte. Es erschien ihr schwer (wenn nicht meist sogar unmöglich), sich an diese Regel zu halten, aber in diesem Moment biss sie sich auf die Zunge und war erleichtert, als Miles einsprang.

„*Penelopes Problem*?", fragte er.

Myrtle war verblüfft, dass er überhaupt in der Lage war, den lächerlichen Titel dieses Buches aus den Untiefen seiner Erinnerung hervorzuholen. Er musste ein gutes Gedächtnis haben.

„Hast du es womöglich vorgeschlagen?", fragte Miles Sybil vorsichtig.

Sie strahlte ihn an. „Ganz genau. Bist du auch so begeistert davon?"

Myrtle konnte Miles an der Nasenspitze ansehen, dass er es nicht gelesen hatte und flunkern musste. „Es ist gut. Sehr gut sogar. Ja, Penelope hat sehr wohl ein Problem. Und was für ein Problem!"

Myrtle spielte mit dem Gedanken, ihn ins offene Messer laufen zu lassen, entschied dann aber, Miles vor einer holprigen und geradewegs erfundenen Buchbesprechung zu retten. „Das Buch ist in Ordnung, aber ich habe die Hoffnung noch nicht aufgegeben, dass sich der Buchclub eines Tages richtiger Literatur zuwendet. Ich bin mir nicht sicher, was Penelopes

Problem ist, aber es kann mit Sicherheit nicht mit dem von Oliver Twist mithalten."

Sybil war verblüfft. „Ist Oliver Mitglied im Buchclub? Ich gebe mir größte Mühe, mir alle Namen zu merken, aber ich bin noch recht neu in der Stadt. Ich dachte, Miles wäre das einzige männliche Mitglied des Clubs."

Myrtle dämmerte es entsetzt, dass Sybil das Buch von Charles Dickens nicht kannte. Sie verschluckte sich und begann zu husten, woraufhin sich Miles wieder einklinkte. „Wie auch immer, es ist schön, dich hier zu treffen, Sybil. Beim Buchclub ergibt sich nur selten die Gelegenheit für ein Gespräch."

Sybil lächelte ihm verschmitzt zu und kicherte. „Das liegt daran, dass du armer Kerl damit beschäftigt bist, dir die betagten Witwen vom Hals zu halten. Du bist einfach der Hahn im Korb."

„Jetzt bringst du ihn aber in Verlegenheit, Sybil", schalt Myrtle sie. „Miles ist davon überzeugt, dass sich die Frauen wegen seiner durchdachten Buchbesprechungen um ihn scharen." Sie blickte sich um, was angesichts der Massen gar nicht so leicht war. „Wo wir von Scharen sprechen ... wo ist eigentlich Felix? Ich dachte, er wäre mit dir gekommen."

Damit schien sie Sybils wunden Punkt getroffen zu haben. „Ganz recht, er ist mit mir gekommen. Man könnte meinen, er würde an meiner Seite bleiben, nicht wahr? Immerhin sind wir ein Paar. Die meisten Paare, die ich kenne, unterhalten sich gemeinsam mit den anderen Gästen."

Sie wandte den Kopf und suchte die Menge ab. „Wo ist er nur hin?", fragte sie ungeduldig. „Normalerweise ist er in der Nähe des Essens zu finden."

In diesem Moment betrat Cosettes Mann Lucas mit einem abwesenden Gesichtsausdruck den Raum. Er nahm ein Weinglas und schenkte sich großzügig Chardonnay ein. „Lucas", rief Sybil, „hast du Felix gesehen?"

Er zuckte zusammen und verschüttete den Wein auf sein Hemd, woraufhin er ungeschickt daran rieb, um es trocken zu bekommen. Sybils Blick mied er dabei tunlichst. „Ich glaube, ich habe ihn in der Küche gesehen", sagte er.

Myrtle und Miles tauschten einen fragenden Blick aus.

„Danke", sagte Sybil und steuerte auf die Küche zu. Dann hielt sie inne. „Weißt du was, ich hole mir erst ein Glas Wein." Sie ging zum Sideboard und schenkte sich ein großes Glas Rotwein ein, von dem sie eilige Schlucke nahm, während sie aus dem Zimmer ging.

„Ich bezweifle, dass sie noch mehr Wein braucht", sagte Miles mit hochgezogenen Augenbrauen.

Lucas trank rasch seinen Chardonnay aus und schenkte sich sogleich nach, als Gäste auf ihn zukamen, um ihn zu begrüßen.

„Es ist offensichtlich, dass du *Penelopes Problem* nicht gelesen hast", bemerkte Myrtle.

„Natürlich nicht, und erzähl mir jetzt nicht, dass du es gelesen hast. Ich würde dir kein Wort glauben."

„Das habe ich auch nicht", sagte Myrtle und erschauderte bei dem Gedanken.

„So schlecht ist es nicht, ich habe es angefangen. Also, zumindest habe ich angefangen, es zu überfliegen. Es kann zumindest ein paar interessante Stellen vorweisen. Es geht um eine Frau in der Midlife-Crisis auf der Suche nach sich selbst ...“

„Ach bitte. Als ob wir nicht genau dieselbe Geschichte schon zig Mal gelesen hätten. Sie geht also nach Italien, lernt einen Koch kennen, genießt vorzügliches Essen und erkennt, dass der Sinn des Lebens unter der Sonne der Toskana verborgen liegt.“ Myrtle schnaubte verächtlich, um ihre Meinung über die Handlung des Buches zum Ausdruck zu bringen. Sie war das Thema leid. „Weißt du, was ich jetzt gerne hätte, Miles? Ein Glas Wasser. Aber ich fürchte, ich muss dafür in die Küche, da ich hier draußen keine Wasserkrüge sehe.“

Miles warf ihr einen erschöpften Blick zu. „Du willst doch nur sehen, was sich in der Küche zwischen Felix, Cosette und Sybil abspielt. Aber vermutlich ist es zwecklos, dich davon abhalten zu wollen.“

„Ganz genau“, sagte Myrtle, die bereits zielgerichtet auf die Küche zusteuerte.

Kapitel 3

Sie schielten hinter der Tür hervor und erblickten Felix, Sybil und Cosette, die sich schweigend anstarrten. Das Wasser war sogleich vergessen und Myrtle und Miles blieben im Türrahmen stehen, ohne die Küche zu betreten. Was sich vor ihnen abspielte, erinnerte Myrtle an eine Folge ihrer Seifenoper.

„Ich wusste es!", zischte Sybil in demselben übertriebenen melodramatischen Tonfall, wie es in Myrtles Serie üblich war.

„Reiß dich zusammen, Sybil", erwiderte Felix kühl. „Du verstehst das alles völlig falsch."

„Nein, tust du nicht", sagte Cosette sogleich mit einem selbstgefälligen Grinsen in Sybils Richtung.

Sybil schnaubte. „Das wird dir noch leidtun, Cosette", brüllte sie, wandte sich um und stürmte an Myrtle und Miles vorbei.

Da bemerkten Felix und Cosette die beiden im Türrahmen. „Ähm. Könnte ich ein Glas Wasser bekommen?", fragte Myrtle. Felix murmelte etwas, das verdächtig nach *neugierigem altem Weib* klang, und verließ den Raum.

Miles starrte Myrtle an und wollte gerade den Mund öffnen, um vermutlich Cosette zu beruhigen, die kurz vor einem Wutausbruch zu stehen schien, als ein Kleinkind in den Raum gerannt kam.

„Noah!", sagte Cosette und starrte auf das Kind hinab, als wären ihm Hörner gewachsen. Nun betrat Joan die Küche. Wie ihre Mutter ignorierte sie die beiden Senioren. „Ich habe nicht gesagt, dass du das Kind mit auf die Feier bringen sollst, Joan. Was hast du dir dabei gedacht?“

„Dass ich niemanden habe, der auf Noah aufpassen kann, und dass du kein Recht hast, mir ein schlechtes Gewissen einzureden, wenn ich eine deiner Feiern auslasse. Aber da es dir offenbar so wichtig ist, bin ich gekommen. Mit Noah“, fuhr Joan sie an.

„Noah ist zwar für sein Alter sehr gut entwickelt, aber ich glaube nicht, dass er auf eine Feier unter Erwachsenen gehört. Er wird sich schrecklich langweilen.“ Cosette starrte auf ihren Enkel, der sämtliche Töpfe und Pfannen aus dem Küchenschrank gezogen hatte und nun mit einem Kochlöffel darauf herumschlug. „Ich weiß, wie wir das lösen. Constance Walker ist mit ihrer Tochter hier, die alt genug ist, um auf ihn aufzupassen. Ich frage Ginny einfach, ob sie mit Noah in meinem Schlafzimmer spielen möchte.“

Sie ging aus der Küche, ohne Joans Antwort abzuwarten. Joans Gesicht war vor Zorn rot angelaufen und sie beobachtete, wie ihre Mutter mit ihrem Sohn im Schlepptau davoneilte. Es war offensichtlich, dass sie sich nicht für die Feier zurechtgemacht hatte. Sie trug eine dunkelblaue Jogginghose und ein fleckiges T-Shirt, das mausgraue Haar war ungekämmt.

„Ich habe die Schnauze voll von ihr“, fluchte sie vor sich hin. „Es reicht! Endgültig!“

Sie rauschte ebenfalls zur Küchentür hinaus, wobei sie Myrtle und Miles noch immer keinerlei Beachtung schenkte.

„Ich habe ja schon öfters gehört“, sagte Myrtle langsam, „dass man als älterer Mensch häufig übersehen wird, aber so etwas habe ich noch nie erlebt.“

„Sie waren zu sehr mit sich selbst beschäftigt, als dass sie ein Wort für uns übriggehabt hätten“, sagte Miles, der leicht grünlich im Gesicht war.

Myrtle beäugte ihn skeptisch. „Ich weiß, wie konfliktscheu du bist, aber lass dir davon nicht die Laune verderben. Die Szene ist vorbei und war recht aufschlussreich, auch wenn ich nicht sicher bin, ob ich alles davon verstanden habe.“

„Bist du dir dessen sicher?“, fragte Miles skeptisch. „Ich hatte vielmehr den Eindruck, dass sie sich erst so richtig hochschaukelten.“

„Ich denke, sie werden sich alle wieder beruhigen, jetzt, wo Cosettes Enkel hier ist. Es ist schon lustig, wie ein Kind dafür sorgen kann, dass sich die Erwachsenen auch wie solche verhalten“, sagte Myrtle.

„Abgesehen davon, dass sie ihn mit einem Babysitter in ihr Schlafzimmer verbannt hat. Es klang nicht so, als bekäme er Gelegenheit, die Erwachsenen zu beruhigen.“

„Sehen wir mal nach, wie die Stimmung draußen ist“, schlug Myrtle vor und drehte sich zur Tür, als Miles sie zurückhielt. „Holen wir dir erst ein Glas Wasser. Das war ja deine Ausrede, um in die Küche zu kommen.“

„Das stimmt“, seufzte Myrtle. „Auch wenn ich immer noch der Meinung bin, dass sie weder mich noch meine Ausrede beachtet haben.“

Mit einem Glas Wasser in der Hand kehrten sie zu den anderen Gästen zurück. „Es sind schon einige gegangen“, stellte Myrtle fest. Sie zog ihre Augenbrauen nach oben. „Sybil ist aber noch da.“

„Sie will wohl vermeiden, dass die Leute eine Szene vermuten, wenn sie zu früh geht“, sagte Miles schulterzuckend. „Denkst du, Felix ist schon weg?“

„Ich bezweifle, dass es Felix interessiert, was die Leute von ihm halten", sagte Myrtle. „Ich sehe ihn nirgendwo, vielleicht ist er tatsächlich schon gegangen."

„Lucas hat inzwischen die Rolle des Gastgebers übernommen", stellte Miles nachdenklich fest.

„Cosette hat ihn offenbar gut erzogen", sagte Myrtle. Lucas räumte leere Teller und Gläser weg und trug dann ein Tablett mit Mini-Quiches und marinierten Shrimps herein, bevor er erneut verschwand. Durch die viele Bewegung schien er noch stärker zu hinken als sonst.

„Kannst du Joan irgendwo sehen?", fragte Myrtle und sah sich im vollen Wohn- und Esszimmer um.

„Sie sieht vermutlich nach ihrem Kind", sagte Miles und schnaubte verächtlich. „Es klang nicht so, als würde sie den Teenie überhaupt kennen, den Cosette als Babysitter für Noah auserkoren hat." Er trat unruhig auf der Stelle. „Hast du jetzt genug herumgeschnüffelt?", fragte er genervt. „Ich würde gerne nach Hause gehen. Cosette sollte meine Anwesenheit bemerkt haben, so beschäftigt sie auch gewesen sein mag. Genau genommen will ich schon gehen, seit wir zur Tür hereingekommen sind."

„Von mir aus. Du bist einfach ein Miesepeter, Miles. Was hast du denn heute Abend sonst vor? *Penelopes Problem* lesen?"

„Ich bin mir sicher, dass ich etwas Unterhaltsameres finde als diese Feier. Tatsächlich ist sogar die Vorstellung, Wäsche zusammenzulegen, verlockender", erwiderte Miles.

Hinter Myrtle ertönte eine vertraute Stimme. Sie drehte sich um und erblickte Sloan Jones, der sich lautstark mit jemandem unterhielt. Sloan war der Herausgeber des *Bradley Bugle*, für den Myrtle eine wöchentliche

Kolumne mit praktischen Haushaltstipps verfasste, auch wenn sie viel lieber investigative Berichte oder über ein Großereignis schrieb. Sloan hatte ihr den Rücken zugewandt.

„Korrekt", übertönte Sloan den Lärm der Party. „Ich hatte das Gefühl, dass wir in der Redaktion frischen Wind benötigen. Ich schreibe gefühlt schon eine Ewigkeit für die Zeitung und die arme Myrtle ..." Er gluckste. „Sie ist nicht unbedingt die Speerspitze des Journalismus. Deshalb habe ich vorübergehend eine Praktikantin angestellt. Wir werden sehen, wie sie sich schlägt, aber ich bin jetzt schon von ihr begeistert."

Myrtle drehte sich zu Miles zurück, der sie teilnahmsvoll anlächelte. „Gut, wir können gehen. Lass uns hier entlang gehen, damit du-weißt-schon-wer nicht merkt, dass ich ihn gehört habe."

„Suchen wir Cosette, um uns zu bedanken, und dann gehen wir", stimmte Miles ihr zu.

„Du bist so ein Pedant, wenn es um Anstand geht", murmelte Myrtle. „Dann überlegen wir mal. Sie muss in die Küche zurückgegangen sein. Ich habe sie hier draußen im Esszimmer nicht gesehen und Lucas hat sämtliche Gastgebertätigkeiten übernommen."

Sie gingen in die Küche zurück und warfen einen Blick hinein. Lucas rührte geschäftig in einem Krug mit frischem Eistee. „Kann ich euch helfen?", fragte er höflich. Die Schweißtropfen standen ihm auf der Stirn.

„Nein danke, wir suchen nur Cosette, um uns bei ihr zu bedanken und zu verabschieden", sagte Myrtle.

„Da wir sie nicht finden können, bedanken wir uns einfach bei dir für den angenehmen Abend", beeilte sich Miles zu sagen und zerrte Myrtle unsanft am Arm.

Lucas sah sie überrascht an. „Ihr habt Cosette nicht gesehen? Ich meine, ich auch nicht, aber ich ging davon aus, dass sie sich mit jemandem unterhält ... deswegen bin ich eingesprungen und habe mich um das Essen gekümmert." Er stellte gedankenverloren den Eistee ab, wobei er ihn beinahe verschüttete. „Vielleicht sollten wir sie suchen."

Miles seufzte und Myrtle sagte rasch: „Das denke ich auch. Auch wenn sie womöglich mit Noah in eurem Schlafzimmer ist. Du hast doch gesehen, dass euer Enkel hier ist, nicht wahr?"

Auch diese Information schien für Lucas neu zu sein. „Noah? Wie ist er hergekommen? Ich habe Joan nicht gesehen."

„Sie müsste irgendwo hier sein. Wir haben sie mit Noah hereinkommen sehen, aber das ist schon eine Weile her. Cosette wollte ein Mädchen fragen, ob sie sich um Noah kümmert", erklärte Myrtle. Lucas wirkte aufrichtig überrascht und so sprach sie rasch weiter: „Sehen wir doch kurz nach ihnen."

Sie gingen zuerst ins Schlafzimmer, wo ihnen ein gelangweilt dreinblickendes Mädchen ein flüchtiges Lächeln zuwarf. Der kleine Noah spielte mit einem Malbuch – zumindest theoretisch, denn er war vielmehr damit beschäftigt, sich die verschiedenen Buntstifte in den Mund zu stecken. Von Cosette und Joan fehlte jedoch jede Spur und auch das Mädchen hatte sie nicht gesehen. Sie war nur damit beauftragt worden, auf den Jungen aufzupassen.

Als sie das Zimmer verließen, raunte Myrtle Miles zu: „Hast du gesehen, wie unser Genie Buntstifte isst?"

„Ärgert dich das etwa immer noch?", fragte Miles.

„Ja. Jack ist mindestens genauso schlau wie Noah und ich habe trotzdem nicht das Bedürfnis, der ganzen Stadt zu erzählen, wie gescheit er doch ist. Cosette ist so …“

„Nervtötend“, vervollständigte Miles den Satz.

Nervtötend und unauffindbar. Sie suchten in dem überfüllten Wohnzimmer nach ihr, im Esszimmer und klopften sogar an die Badezimmertür, um sicherzugehen, dass sie nicht dort war. Jeder hatte sie im Laufe des Abends schon einmal gesehen, aber keiner wusste, wo sie sich gerade aufhielt.

Lucas' Gesichtsausdruck zeugte von Anspannung. Da man in den anderen Räumen kaum sein eigenes Wort verstand, gingen sie zurück in die Küche, um sich zu unterhalten. „Wo könnte sie nur hin sein? Während einer Feier? Das sieht ihr nicht ähnlich, sie ist stets eine exzellente Gastgeberin.“

„Draußen haben wir noch nicht nachgesehen“, überlegte Myrtle. „Im Haus ist sie jedenfalls nicht.“

„Warum sollte sie hinausgehen? Sie ist zwar gerne draußen, aber doch nicht jetzt.“ Er lachte heiser. „Ich selbst gehe ja kaum noch raus, das Gärtnern hat mich nie begeistert.“

„Wer weiß?“, sagte Myrtle ungeduldig. „Wir sollten auf alle Fälle nachsehen und sichergehen, dass ihr Auto noch da ist.“

„Ich kann mir nicht vorstellen, dass Cosette während einer Feier davonfährt“, sagte Lucas.

„Vielleicht ist das Eis ausgegangen, oder etwas anderes“, sagte Miles. „Das kommt vor.“

Sie verließen die Küche über die Veranda und gingen in die anschließende Garage. Cosettes Wagen war da. „Es hätte mich auch gewundert, wenn sie einfach weggefahren wäre", sagte Lucas. „Aber wo ist sie nur?"

„Habt ihr eine Außenbeleuchtung im Garten?", fragte Myrtle. „Das ist der einzige Ort, an dem wir noch nicht nachgesehen haben." Sie umgriff ihren Gehstock. Sie war trittfest, nur eben nicht auf unebenem Boden.

Lucas ging folgsam in die Küche zurück und kippte ein paar Schalter, woraufhin an der Hinterseite des Bungalows und an der Veranda Lichter angingen. Myrtle blinzelte in die Dunkelheit. Da lag ein dunkles Etwas auf dem Boden neben der Baumreihe, die zum See hinunterführte.

Myrtle stützte sich auf ihren Gehstock und öffnete vorsichtig die Fliegengittertür. „Seht ihr das auch? Dort auf dem Boden … bei den Bäumen?"

Lucas blieb wie erstarrt stehen, während Myrtle und Miles hinübereilten.

Es war Cosette, die mit dem Gesicht nach unten auf dem feuchten Boden lag. Daneben ein blutverschmierter Kricketschläger.

Kapitel 4

Lucas, der inzwischen aus seiner Schockstarre erwacht war, war drauf und dran, sich auf sie zu stürzen und den Tatort zu verunreinigen.

Glücklicherweise bekam Miles ihn am Arm zu fassen und konnte somit Schlimmeres verhindern. „Lucas, du kannst nichts mehr für sie tun. Es tut mir so leid. Lass uns hineingehen und die Polizei rufen. Wir müssen herausfinden, wer das war. Den Tatort zu zerstören wird dabei nicht helfen."

Der arme Mann war am Boden zerstört und zitterte am ganzen Leib. „Bist du dir sicher? Ich wusste nicht einmal, dass wir ein Kricketset haben. Ich gehe doch nie in den Garten. Können wir wirklich nichts mehr tun ...?" Er sah aus, als müsse er sich jeden Moment übergeben.

„Ich fürchte nicht", sagte Myrtle kopfschüttelnd und führte Lucas sanft zur Veranda zurück. „Warum gehst du nicht mit Miles hinein, während ich Red anrufe?"

Miles übernahm und ging mit Lucas vorsichtig ins Haus zurück, während Myrtle sich dem Körper auf dem Boden näherte. Sie würde den Tatort nicht verunreinigen, aber sie wollte sicherheitshalber ein paar Fotos machen. Red und die State Police konnten recht knauserig sein, wenn es um Informationen ging.

Myrtle studierte die nähere Umgebung. Sie konnte keine Fußspuren oder offensichtlichen Hinweise erkennen. Cosette schien sich nicht gegen ihren Mörder gewehrt zu haben − an ihrem Körper waren keine Schnitte oder Verletzungen zu sehen, von der klaffenden Wunde am Kopf einmal abgesehen. Die Kleidung war nicht zerrissen. Cosette musste in den Garten gegangen sein, um sich in Ruhe mit jemandem zu unterhalten. Der Lärmpegel im Haus war so enorm, dass der einzige ruhige Ort die Küche war, und selbst dort konnte sie sich ihrer Ungestörtheit nicht sicher sein. Immerhin war sie zuvor schon von Miles und Myrtle auf deren Suche nach einem Glas Wasser unterbrochen worden.

Cosette musste ihren Angreifer gekannt haben – was in Bradley anders auch kaum möglich war. Jeder kannte jeden in der Stadt, zumindest vom Sehen. Womöglich war es also vielmehr so, dass Cosette ihren Angreifer kannte und ihm sogar *vertraute*.

Myrtle wählte Reds Nummer.

„Mama?", fragte Red. „Ist alles in Ordnung?"

„Nicht wirklich, nein. Ich bin auf Cosettes Feier ..."

Red stöhnte. „Mama. Bitte verlang jetzt nicht von mir, dass ich dort auftauche. Ich habe es mir schon vor dem Fernseher gemütlich gemacht. Du wirst mich nicht einmal mit einem Viehstock dorthin bringen können."

„Ich fürchte, du kommst nicht drum herum. Cosette ist tot. Sie wurde in ihrem Garten ermordet. Miles, Lucas und ich haben sie soeben dort gefunden."

Dieses Mal ertönte ein Fluch anstelle eines Stöhnens. „Schon gut, ich komme. Lass mich nur schnell den Fall bei der State Police melden und mich umziehen. Bist du dir sicher, dass sie ermordet wurde?"

„Zweifelsohne. Sie kann sich schließlich schlecht selbst mit einem Kricketschläger den Kopf eingeschlagen haben", sagte Myrtle.

„Ein Kricketschläger?" Sie hörte Red am anderen Ende der Telefonleitung laut seufzen. „Ich habe für Cosette keine besonders großen

Sympathien gehegt, aber das hat sie nicht verdient. Na gut, ich bin schon unterwegs. Halte die Gäste von der Leiche fern – das gilt übrigens auch für dich, Mama."

„Es würde mir im Traum nicht einfallen, einen Tatort zu verunreinigen", empörte sich Myrtle. Sie legte auf und machte sich bereit, die Horde an Partygästen von der Leiche fernzuhalten.

Was gar nicht nötig war. Offenbar hatte Miles es geschafft, sich unbemerkt in der Küche um den verzweifelten Lucas zu kümmern. Er war immer schon ein guter Kerl gewesen.

Tatsächlich bemerkten die Gäste die tote Gastgeberin erst nach Reds Ankunft. Er verzichtete auf den Umweg durch das Haus und schritt stattdessen zielgerichtet über die Veranda in den Garten. Das war auch der Moment, in dem sich die Aufmerksamkeit der Gäste dorthin richtete.

Im nächsten Moment bildete sich auf der Veranda eine Menschenschar und entsetztes Raunen war zu hören.

Red, der noch immer mit der State Police telefonierte, drehte sich um und rief: „Alle gehen zurück ins Haus und bleiben dort, bis ich mit jedem einzelnen gesprochen habe." Dann sagte er an Myrtle gewandt: „Mama, bitte geh auf die Veranda oder ins Haus. Setz dich ein wenig hin und warte, bis ich für die Befragung zu dir komme." Auf ihren bestürzten Gesichtsausdruck hin fuhr er besänftigend fort: „Warum erklärst du nicht den Gästen die Situation und sorgst dafür, dass keiner entwischt?"

Myrtle war stets zufriedener, wenn sie eine Aufgabe hatte. Sie stützte sich vorsichtig auf ihren Gehstock und ging zum Haus zurück, um die Vordertür zu bewachen. Sie machte sich jedoch nicht die Mühe, von dem Vorfall zu berichten. Red hatte wohl vergessen, dass sich in einer Kleinstadt wie Bradley die Neuigkeit über einen Mord ohnehin wie ein Lauffeuer verbreitete.

Und tatsächlich hatte sich binnen Minuten das lärmende Gelächter zu einem ernsten Flüstern gesenkt, während die Gäste versuchten herauszufinden, was geschehen war. Denen, die sich der Tür näherten, erklärte Myrtle, dass sie das Haus bis auf Weiteres nicht verlassen durften. Bis Miles mit einem verärgerten Gesichtsausdruck auf Myrtle zukam und nach der Türklinke griff. „Miles, niemand darf das Haus verlassen.“

Er sah sie zornig an. „Ich brauche frische Luft. Es wird mit all den Leuten ganz schön heiß hier drinnen. Es ist ja nicht so, als könnte Red mich nicht mehr finden. Ich will nur kurz hinaus“, beharrte Miles.

„Wie geht es Lucas?“

„Wie zu erwarten war. Er muss Cosette wirklich geliebt haben und ist am Boden zerstört.“

„Wo ist er?“, fragte Myrtle. „Spricht Red mit ihm?“

„Nein, ich habe ihn ins Schlafzimmer gebracht, um ihn von den Leuten abzuschirmen. Als ich ihn zuletzt gesehen habe, spielte er mit Noah und den Bauklötzen und gab sich größte Mühe, sich zusammenzunehmen“, sagte Miles. Er öffnete die Tür. „Mach dir keine Sorgen. Ich werde Red sagen, dass du versucht hast, mich aufzuhalten, sollte er danach fragen.“

Er wollte gerade über die Schwelle treten, als er stutzte und das Gesicht verzog. Myrtle drehte sich um ihre eigene Achse, um Miles' Blick zu folgen. Mitten auf der Veranda blockierte eine überquellende Mülltüte den Weg. „Wie es aussieht, war Lucas den Gastgeberaufgaben doch nicht ganz gewachsen.“

***

Red kam mit seinen Befragungen nur schleppend voran.

„Die Feier war gut besucht, das könnte sich hinziehen", sagte Myrtle.

Miles hatte schlussendlich doch entschieden zu bleiben. „Ich hätte nicht gedacht, dass Red mit jedem einzelnen sprechen möchte. Warum fragt er nicht einfach, wer etwas gesehen oder gehört hat, und lässt alle anderen gehen?"

„Wer weiß?", brummte Myrtle. „Wenn es um seine Ermittlungstechniken geht, lässt er mich gerne außen vor. Ich bin mir sicher, dass er bald zu uns kommen wird."

Miles atmete schwer aus. „Fang jetzt nicht an zu quengeln", sagte Myrtle. „*Du* wolltest auf diese Feier gehen."

„Ja, aber ich konnte auch nicht wissen, dass ich die ganze Nacht über hier festsitzen würde."

„Komm, wir holen uns etwas zu essen, während wir auf Red warten", sagte Myrtle und zog Miles am Ärmel.

Unglücklicherweise war das Buffet bereits leergegessen – mit Ausnahme von Myrtles Spinat-Dip. „Immerhin ist noch Dip da. Er wurde kaum angerührt. Diese Dummerchen haben die Cracker gegessen und den Dip übriggelassen!"

Einer der umstehenden Gäste hatte Myrtles Bemerkung gehört und drehte sich zu ihnen. „Haltet euch lieber von diesem Dip fern. Der ist tödlich. Ich weiß nicht, wer ihn gebracht hat, aber derjenige hat es ganz schön mit der Mayonnaise übertrieben. Das ist Mayonnaise mit ein bisschen Spinat. Davon wird einem übel."

Ein tiefes Runzeln zeichnete sich auf Myrtles Stirn ab, sie entschied jedoch, sich nicht zu erkennen zu geben. Immerhin lächelte Miles zum ersten Mal an diesem Abend.

Und dann wurden sie endlich befragt.

Red hatte die Küche zum provisorischen Vernehmungsraum erkoren und hörte aufmerksam zu, während Myrtle und Miles erklärten, wie sie nach Cosette gesucht hatten, um sich von ihr zu verabschieden, und schließlich in den Garten gegangen waren. „Wie lange dauerte es, bis ihr Cosettes Verschwinden bemerkt habt?", fragte er.

Miles und Myrtle sahen einander an. „Vielleicht eine Dreiviertelstunde?", überlegte Myrtle. „Wir sahen sie zuletzt, als sie für den kleinen Noah einen Babysitter suchte. Danach kann ich mich nicht mehr erinnern, sie gesehen zu haben."

„Kurz darauf übernahm Lucas die Gastgeberrolle", ergänzte Miles. „Es kann also nicht sehr lange gewesen sein."

„Fiel euch jemand auf, der verdächtig lange abwesend war?", fragte Red und neigte dabei seinen Kopf auf eine Seite, wie er es immer tat, wenn er auf Informationen aus war.

„Auf der Feier herrschte ein ständiges Kommen und Gehen und die Gäste waren immer in Bewegung", sagte Myrtle mit einem Schulterzucken. „Sie gingen vom Ess- ins Wohnzimmer, dann auf das WC und wieder zurück ins Wohnzimmer. Ich habe nicht besonders darauf geachtet."

„Weißt du, wo Cosettes Tochter Joan hin ist?" fragte Red.

„Nein", sagte Myrtle.

„Ich habe gehört, dass Sybil Nelson wütend auf Cosette war. Kannst du mir mehr dazu sagen, Mama?“, fragte Red.

„Ach ja?“ Immerhin hatte sie nun eine weitere Fährte, die zudem zu ihren Beobachtungen in der Küche passte.

Red kritzelte ein paar Stichworte in sein Notizbuch. „In Ordnung. Du weißt also nichts über Sybil oder Joan. Wo hielt sich Lucas auf, Cosettes’ Mann?“, fragte er und beobachtete sie aufmerksam.

Myrtle schürzte gedankenverloren die Lippen. „Der Ehemann ist immer der Hauptverdächtige, nicht wahr? Dann sehen wir mal. Er war ständig unterwegs, nicht wahr, Miles?“

Dieser nickte. „Ganz genau. Er legte sich sehr ins Zeug, sodass er regelrecht ins Schwitzen kam. Er eilte ständig ins Wohnzimmer, räumte leere Teller und Gläser ab und sorgte für Nachschub. Ich kann mich erinnern, dass ich ein schlechtes Gewissen hatte, weil ich ihm nicht geholfen habe.“

„Er räumte also die Teller ab“, wiederholte Red.

„Und brachte neues Essen“, ergänzte Myrtle. „Es gab Mini-Sandwiches, auf die sich die Leute regelrecht stürzten.“ Sie zog eine Grimasse. Es war höchst ärgerlich, dass ihr Spinat-Dip nicht annähernd so gut angekommen war wie die labbrigen Sandwiches.

„Mit anderen Worten, er war sehr beschäftigt und kam stets mit neuem Essen zurück oder sammelte dreckiges Geschirr ein“, sagte Red. „Es wäre ihm somit keine Zeit geblieben, um sich in den Garten zu schleichen und Cosette zu ermorden?“

Miles und Myrtle dachten über die Frage nach. „Na ja, so würde ich das auch wieder nicht sagen. Wie siehst du das, Miles?“, fragte Myrtle.

„Er hat nicht *nur* gearbeitet. Er war insgesamt ein guter Gastgeber, unterhielt sich mit den Gästen und war freundlich", sagte Miles. „Es war nicht so, als wäre er nur zwischen dem Esszimmer und der Küche hin- und hergerannt."

„Und ich habe die Zeit nicht gemessen", ergänzte Myrtle. „Er hätte unbemerkt in die Küche gehen und fünf oder zehn Minuten dortbleiben können, bevor er ins Esszimmer zurückkam. Wäre es länger als zehn Minuten gewesen, wäre es mir vermutlich aufgefallen. Ich glaube aber nicht, dass es sonderlich lange gedauert hätte, in den Garten zu huschen, Cosette mit dem Kricketschläger niederzuschlagen und dann wieder den Gastgeber zu mimen. Und wie Miles schon sagte, er hat sowieso geschwitzt. Keiner hätte sich irgendetwas dabei gedacht."

Red kritzelte weiter in sein Notizbuch.

Myrtle runzelte die Stirn. „Aber denkst du nicht, dass der Täter Blutspritzer auf der Kleidung hätte? Lucas trägt nämlich das exakt gleiche Hemd wie zu Beginn des Abends."

„Außer, er hätte dasselbe Hemd noch einmal", warf Miles ein.

Myrtle starrte ihn an. „Wer in aller Welt hat den Schrank voller identischer Hemden?"

„Mir fallen da mehrere Comic-Helden ein", sagte Red amüsiert.

„Wenn ich ein Hemd besonders gerne mag, kaufe ich es mir gleich mehrmals", erklärte Miles. „Einfach, weil sie bequem sind."

„Hmm. Das ergibt Sinn", brummte Red.

Myrtle schwenkte ihren Gehstock, um die Aufmerksamkeit der beiden Männer auf sich zurück zu ziehen. „Genug! Es ist doch unwahrscheinlich, dass Lucas sich umzog. Sollte er also nicht Blutspuren an sich haben, wenn er der Täter ist?"

Red schüttelte den Kopf. „Nicht zwangsläufig. Die Spurensicherung wird das in ihrem Bericht klären, aber angesichts des Tatorts würde ich sagen, dass das Blut in die entgegengesetzte Richtung des Täters spritzte." Red schloss sein Notizbuch. „Gut, ich denke, das war es vorerst. Ich weiß ja, wo ich euch finde, sollte ich weitere Fragen haben."

Wenn er sich da mal nicht täuschte. Myrtle hatte vor, den Fall höchstpersönlich aufzuklären, und wünschte Red in Gedanken viel Glück, sollte er sie zuhause suchen.

***

Um zwei Uhr morgens war Myrtle noch immer hellwach. Das passierte ihr ständig. Für gewöhnlich legte sie dann Wäsche zusammen, schnitt Rabattmarken aus oder beschäftigte sich mit einer anderen langweiligen Aufgabe, bis sie zurück ins Bett ging.

Diese Nacht war jedoch anders. Ihre Gedanken rasten und kehrten immer wieder zu dem Moment zurück, als sie Cosette im Garten fanden.

An der Haustür zögerte sie nur eine Sekunde, wobei ihr Blick auf die Stricksachen fiel, die Elaine ihr rübergebracht hatte. Sie schnaubte bei dem Gedanken, der ihr in diesem Moment durch den Kopf ging, griff eilig nach ihrem Gehstock und verließ das Haus. Miles war mit Sicherheit auch wach. Er schlief genauso schlecht wie sie und hatte denselben aufwühlenden Abend hinter sich. Er war etwas miesepetrig aufgelegt gewesen, hatte sich aber inzwischen sicherlich wieder beruhigt. Myrtle ging den Bürgersteig entlang, wobei ihr Gehstock bei jedem Schritt laut neben ihr auf den Asphalt klopfte.

Myrtle sah keine brennenden Lichter, wusste aber, dass Miles sich oft in seinem Bett hin- und herwälzte anstatt aufzustehen. Aus ihrer Sicht war das ein großer Fehler. Sie erledigte so einiges mitten in der Nacht und so war die nächtliche Stunde sogar zu ihrer produktivsten Zeit geworden.

Sie klingelte und wartete mit einem erwartungsvollen Lächeln auf den Lippen. In manchen Nächten hatte Miles sogar schon die Kaffeetassen und ein paar Kekse für sie bereitgestellt.

Als Miles schließlich die Tür öffnete, traf die Realität keineswegs ihre Erwartungen. Statt mit Kaffeetassen wurde sie mit einem mürrischen Blick begrüßt. Er trug einen karierten Pyjama, über dem er hastig einen dunkelblauen Bademantel zusammengebunden hatte. Sein silbergraues Haar stand auf einer Seite wie ein Horn ab.

Myrtle blinzelte ihn an. „Grundgütiger, Miles, du siehst furchtbar aus. Was ist denn mit dir passiert? Geht es dir gut?"

„Schlaf! Das ist mir passiert und ich habe nicht annähernd genug davon bekommen", sagte Miles würdevoll und versuchte hastig, die störrischen Haare zurechtzudrücken.

Er bat sie nicht gleich herein, also schlängelte sich Myrtle an ihm vorbei ins Haus. Sie ging zielgerichtet in die Küche und drehte das Licht über dem Küchentisch an. „Ist es in Ordnung, wenn ich mir ein Glas Milch einschenke?", fragte Myrtle. Ihr Sodbrennen plagte sie.

„Wenn du mir auch eines einschenkst", sagte Miles widerwillig. „Und hol doch die Kekse. Das wird das Nächste sein, nach dem du fragst, und es wird mir beim Einschlafen helfen, wenn ich etwas im Magen habe, sobald du endlich wieder gehst."

Myrtle ignorierte die letzte Bemerkung. Sie schenkte ihnen beiden ein kleines Glas Milch ein und nahm ein paar Kekse aus dem Glas auf der Anrichte. Es waren die großen mit Schokostückchen.

„Tut mir leid", murmelte sie. Sie senkte ihren Blick und hoffte, dass sie angemessen reumütig wirkte, während sie ihren Keks auseinanderbrach. Sie brauchte Miles an ihrer Seite, wenn sie mit ihm Ideen besprechen wollte. „Dass ich dich aufgeweckt habe, meine ich."

Miles zog eine Augenbraue nach oben und schob sich die Drahtgestellbrille die Nase hoch. „Du entschuldigst dich? Das ist ungewöhnlich."

„Na ja, ich habe ein schlechtes Gewissen. Ich bin davon ausgegangen, dass du genauso aufgewühlt wegen des Mordes bist wie ich und auch nicht schlafen kannst."

„Warum sollte ich wegen Cosette aufgewühlt sein?", fragte Miles mit einem müden Schulterzucken. Er knabberte an seinem Keks. „Niemand schien sie besonders zu mögen. Sie ging den Leuten auf die Nerven und machte mir unablässig schöne Augen, obwohl wir uns kaum kannten. Auch wenn mir Lucas leidtut. Die ganze Sache scheint ihn sehr mitzunehmen."

„In der Tat", pflichtete Myrtle ihm bei. „Er wirkte regelrecht am Boden zerstört. Was ich mir nicht so recht erklären kann, so furchtbar wie sie ihn behandelte. Ich habe selbst gehört und gesehen, wie herablassend sie mit ihm umging." Sie trank einen Schluck Milch. „Kannst du dich erinnern, ob sich jemand aus einem ganz bestimmten Grund über Cosette aufgeregt hat?"

„Na ... du."

„Ja, ich weiß", sagte Myrtle. „Ich meine außer mir."

Miles zog einen kleinen Korb zu sich heran und begann, Stoffservietten auf dem Tisch zu falten. „Lass mal überlegen. Oh. Was ist mit Tobin Tinker? Er wohnt gegenüber den Whitlows und hat mir letztens wegen Cosette ein Loch in den Bauch geredet.“

„Hat er das? Weswegen denn?“

„Nur Müll“, sagte Miles dramatisch.

„Müll? Meinst du wegen sinnlosem Zeug?“

„Nein. Ich meine *Müll*. Er regte sich wegen seiner Mülltonne auf. Und über ein paar andere Dinge, aber an dem Punkt passte ich schon nicht mehr auf. Deine Schara saß unter Tobins Baum und so wie sie mich anstarrte, hatte ich Angst, sie könnte mich angreifen.“

Schara war eine Streunerkatze, mit der sich Myrtle angefreundet hatte. Sie liebte Myrtle, hatte für Miles aber nur wenig übrig.

„Kommen wir bitte zurück zum Müll.“

„Da gibt es nicht viel zu erzählen.“ Miles seufzte, als er bemerkte, dass Myrtle nicht so schnell aufgeben würde.

„Er sagte, es mache ihn verrückt, dass Cosette seine Mülltonne benutzt.“

Myrtle starrte Miles an. „Meinst du den Container, den wir an den Müllabfuhrtagen vor die Einfahrt stellen müssen?“

„Ganz genau. Anscheinend hatte Cosette öfters mehr Müll, als ihre eigene Tonne fassen kann, und entsorgte ihn dann in seiner Tonne. Vermutlich wegen all der Partys …“

„Das ist doch kein Mordmotiv“, sagte Myrtle. „Das sind nur Nörgeleien unter Nachbarn.“

Miles unterbrach das Serviettenfalten. „Er war wütend deswegen. Sehr, sehr wütend.“

„Warum denn?“

„Offenbar fühlte er sich angegriffen, weil Cosette einfach davon ausging, dass er als alleinstehender Mann nicht so viel Müll verursacht ... Damit hat sie wohl seine Gefühle verletzt. Er hatte auch Angst, dass der Müllmann die zusätzlichen Tüten nicht mitnehmen würde, die sie manchmal neben seiner Tonne abstellte, wenn diese ebenfalls voll war.“

Myrtle nickte. Das war eine berechtigte Sorge. Da sie in einer Kleinstadt wohnten, bezahlten sie monatlich aus eigener Tasche einen privaten Entsorgungsdienstleister. Und der konnte wählerisch sein, wenn es darum ging, was er mitnahm.

„Ich verstehe, dass das mit den zusätzlichen Mülltüten am Boden ein Problem war. Aber wen interessiert es, wenn sie ein paar Tüten in seinen Container warf, wenn darin noch Platz war? Er bezahlt dieselbe Gebühr für die Abholung, ob die Tonne nun halb oder ganz voll ist. Es ist Müll. Wen kümmert das schon?“ Myrtle fuchtelte mit ihrer Hand durch die Luft.

„Tobin“, erwiderte Miles ernst.

„Miles, was denkst du über Nachbarn, die fremde Müllcontainer benutzen?“

„Ich habe noch nie so etwas getan“, sagte Miles kühl.

„Ich möchte dir nichts unterstellen, ich frage nur. Was denkst du über einen Nachbarn, der eine Menge Mülltüten hat und einige davon in einen anderen, halbleeren Container wirft?", wiederholte Myrtle ihre Frage.

„Ich finde es furchtbar", sagte Miles. „Der Gedanke daran widert mich an. Und es ist mein Privateigentum. Ich war schockiert zu hören, dass manche Menschen das tun."

Myrtle nickte und leerte ihr Milchglas. „In Ordnung, Müll könnte also tatsächlich ein Motiv sein, wenn auch ein seltsames. Und irgendetwas ist zwischen Sybil, Felix und Cosette vorgefallen. Lucas zählt als Ehemann ebenfalls zu den Verdächtigen, wie auch Joan, die sich kurz vor dem Tod ihrer Mutter mit ihr gestritten hat. So sehe ich das. Ich werde mich ein wenig umhören müssen."

„*Ein wenig* umhören?"

Myrtle ignorierte ihn. Sie war inzwischen recht gut darin geworden, unliebsame Kommentare zu überhören. „Ja. Ich werde Joan einen Eintopf vorbeibringen und Lucas natürlich auch. Essen ist ein solcher Trost in Zeiten großer Verluste."

Miles schien wenig überzeugt von ihrem Vorhaben.

Myrtle stand auf, hielt jedoch abrupt inne. „Miles!"

„Was?"

„Erinnerst du dich daran, was auf der Veranda der Whitlows stand? Als wir gerade die Feier verlassen wollten, meine ich", sagte Myrtle, die durch die Aufregung wieder hellwach war.

Miles runzelte konzentriert die Stirn und unterbrach erneut das Serviettenfalten. „Blumen?"

„Nein, eine Mülltüte, die den Weg blockierte."

Miles nickte bei der Erinnerung daran. „Ja, vermutlich hat Lucas sie dort abgestellt. Vielleicht wurde er aufgehalten, als er sie gerade hinausbringen wollte."

„Oder vielleicht ... wollte Tobin ein Zeichen setzen."

Kapitel 5

Myrtle hatte ein recht angespanntes Verhältnis zu ihrer Sammlung an Kochbüchern. Sie nahmen beträchtlichen Platz in ihrer Küche ein und waren mit Essenskleckern übersät und vergilbt, so wie sich das gehörte. Sie wirkten somit wie die anständige Kochbuchsammlung einer anständigen Köchin. Aber Myrtle gab diesen Büchern die Schuld an ihren regelmäßigen kulinarischen Desastern. Die Anweisungen in den Büchern waren entweder unklar oder schlichtweg falsch. Zögerlich nahm sie auch an diesem Tag ein paar Bücher hervor und blätterte sie durch.

Die Rezepte waren recht einfallslos, es fanden sich darunter zahlreiche Hühnchen- oder Rindfleischeintöpfe, Hühnchenpfannen mit Reis und Hackbraten. Joan würde mit Sicherheit mindestens zehn Eintöpfe bekommen und Lucas ebenso. Vielleicht eine Suppe? Suppen konnte man zu Mittag und zu Abend essen und Myrtle könnte sie in ihrem Schongarer zubereiten und so vermeiden, dass diese wie beim letzten Versuch anbrannte.

Sie warf einen Blick auf die Zutatenliste. Wie es der Zufall so wollte hatte sie alle Zutaten für die Kartoffelsuppe vorrätig. Und mit einer Extraportion Speckwürfel konnte sie nur gelingen. Wer mochte denn keinen Speck?

Myrtle steckte mitten in der Zubereitung, als es an der Tür klingelte.

Es war Elaine, die Jack im Schlepptau hatte. Myrtle zog die Tür auf. „Hallo!", sagte Jack und strahlte zu ihr hoch.

„Hallo!", begrüßte sie ihren Enkel und stützte sich auf ihren Gehstock, um ihn zu umarmen, bevor er ins Haus flitzte.

„Stören wir?", fragte Elaine. Sie hatte den Arm voller Strickutensilien und beobachtete, wie Jack schnurstracks auf Myrtles Wandschrank zuging und seine Spielzeugkiste herauszog. „Ich dachte, wir könnten zusammen stricken, während Jack spielt. Nach deinem gestrigen Tag wird dir etwas Entspannung guttun." Elaine strahlte sie aufgeregt an.

„Ach du meine Güte", sagte Myrtle nur.

„Red hat mir erzählt, wie sehr du dich darauf freust, wieder mit dem Stricken anzufangen", sagte Elaine. „Das ist toll. Ich hatte gehofft, dass wir mehr Zeit miteinander verbringen können. Wir können stricken, plaudern und dabei Jack im Auge behalten. Das wird spitze!"

Myrtle seufzte. Für gewöhnlich würde sie an dieser Stelle einwenden, dass sie nicht das geringste Interesse an diesem Hobby hat, und lautstark ihre Meinung über das Handarbeiten kundtun. Sie würde sich darüber aufregen, was für ein unerträglicher Wichtigtuer Red doch war. Das Problem war nur Elaines unbändige und aufrichtige Freude. Und der Umstand, dass Myrtle so mehr Zeit mit Jack verbringen konnte – einer von wenigen Lichtblicken in ihrem Alter.

„Ja, nicht wahr?", sagte sie mit einem zögerlichen Seitenblick auf den Korb. „Auch wenn ich ein wenig eingerostet bin. Ziemlich eingerostet sogar, wenn man bedenkt, dass ich zuletzt vor sechzig Jahren gestrickt habe." Und das nicht einmal freiwillig. Ihre Mutter hatte darauf bestanden, dass sie es lernte.

„Kein Problem, ich bin selbst Anfängerin. Ich kann dir beim Auffrischen helfen", bot Elaine an.

Myrtle spürte, wie ihr Sodbrennen sich wieder bemerkbar machte.

„Ich habe Verschiedenes zum Ausprobieren mitgebracht. Ich weiß, dass Red schon etwas vorbeigebracht hat, aber ich wollte dir mehr Auswahlmöglichkeiten geben. Manche Strickutensilien passen besser zu einem als andere“, sagte Elaine.

Myrtle linste grimmig in den Korb, da offenbar von ihr erwartet wurde, dass sie sich für dessen Inhalt interessierte. „Diese hier sind nett“, sagte sie und zog ein Paar Stricknadeln heraus. Sie waren silbern, spitz und ungefähr 12 cm lang.

Elaine grinste. „Ich habe mir schon gedacht, dass du die nehmen wirst. Der Vorteil an ihnen ist, dass sie hohl und somit leicht zu verwenden sind.“ Elaine beugte sich vor, um Jack einen Spielzeuglaster zu geben, der zwischen die Stricksachen geraten war.

„Ich wollte aber nicht nur die Stricksachen vorbeibringen, sondern dir auch von Red ein Dankeschön ausrichten, dass du ihm von Mary Marlsons Gedächtnisproblemen erzählt hast. Tatsächlich befanden sich die angeblich gestohlenen Kleider in ihrem Schrank.“

„Ich kann mir vorstellen, dass sie alles abstritt und behauptete, die Feen hätten die Sachen dort hineingelegt“, sagte Myrtle.

Elaine schnaubte. „Feen? Das glaube ich kaum. Aber ja, sie stritt alles ab und Red meinte, sie hätte sich nicht einmal dafür entschuldigt, dass sie seine Zeit vergeudete.“

„Sie meinte damals, Feen hätten ihre verlorengegangene Murmel in ihre Tasche gelegt“, murmelte Myrtle.

„Was? Ach so, die verlorene Murmel, Red hat davon erzählt. Nein, dieses Mal war keine Rede von Feen ... was angesichts ihres Alters vermutlich ein gutes Zeichen ist."

„Ja. Ernstgemeinte Bemerkungen über Fabelwesen können einen in unserem Alter direkt ins Greener Pastures Seniorenheim verfrachten", sagte Myrtle.

Elaine lachte. „Vermutlich. Sollen wir uns ins Wohnzimmer oder in die Küche setzen?"

Glücklicherweise hatte Myrtle eine gute Ausrede, um nicht stricken zu müssen. „Ich bin gerade dabei, für Lucas Whitlow und Joan zu kochen. Aber du kannst gerne stricken, während ich die Suppe zubereite. Willst du Jack samt Spielsachen in die Küche holen, damit wir ein Auge auf ihn haben können?"

„Ach, wie nett von dir, dass du für sie kochst. Und es ist vermutlich eine gute Idee, Jack in Sichtweite zu behalten. In letzter Zeit stellt er ganz schön was an. Jack, warum bringst du nicht deine Lastwägen in die Küche?", fragte Elaine.

So machten sie es sich in Myrtles sonnendurchfluteter Küche gemütlich. Es war ein heimeliger Anblick: die strickende Elaine, Jack, der auf dem Boden Lastwagengeräusche imitierte, und Myrtle, die mit ihrem großen Schongarer zugange war. Sie kippte zunächst eine Portion geraspelte Kartoffeln hinein. Die waren noch gefroren, aber laut Rezept sollte das genau so sein, wie sie sich zwei Mal versicherte. Unglücklicherweise überprüfte sie das Rezept nicht erneut auf die richtige Menge an Ranch-Dressing-Pulver und so fügte sie das gesamte Päckchen anstelle eines Teelöffels hinzu. Es kam Myrtle dann aber doch etwas seltsam vor, dass sämtliche Gewürze an der Oberfläche schwammen, und so rührte sie kräftig um, bevor sie den Deckel auf den Schongarer setzte.

Dummerweise war damit das Kochen schon wieder erledigt. Myrtle setzte sich zu Elaine an den Küchentisch und nahm widerwillig die Stricknadeln und das blaue Garn, das Elaine ihr reichte. „Dann sehen wir mal", sagte Myrtle und sah stirnrunzelnd auf die Wolle. „Ich muss mit der ersten Reihe anfangen. Genau."

„Man beginnt mit einem Anschlag", nickte Elaine vergnügt. „Ich freu mich so."

Myrtle fiel sogleich eine Nadel zu Boden und dann kullerte auch noch das Knäuel von ihrem Schoß, während sie die Nadel aufhob. Sie stieß einen Fluch aus, rief sich dann aber Elaines Enthusiasmus ins Bewusstsein und schaffte es schließlich, sich mit Nadel, Wolle und einem Lächeln im Gesicht wiederaufzurichten. Das Lächeln mochte einem Zähnefletschen gleichen, aber immerhin bemühte sie sich.

Da Myrtle den Anschlag einer Strickarbeit schon längst aus ihrem Gedächtnis gestrichen hatte, starrte sie ausdruckslos auf den Faden, bis Elaine es ihr zeigte. „Dann nimmst du mit der ersten Reihe Maschen auf."

Myrtle warf ihr einen verzweifelten Blick zu. „Ach Elaine, ich weiß nicht."

„Myrtle, es ist so einfach! Wirklich. Lass es mich dir mit deinen Nadeln zeigen", sagte Elaine, legte ihre eigene Strickarbeit nieder – die wie ein schmaler, viel zu langer Schal aussah – und werkelte für ein paar Minuten mit Myrtles Nadeln. „Siehst du?"

Das tat Myrtle, aber es wäre ihr lieber gewesen, dem wäre nicht so. „Weißt du, Elaine, ich glaube, das lag an dem verrückten Tag gestern. Ich fürchte, ich kann mich einfach nicht konzentrieren."

Elaine lächelte sie an. „Genau deshalb ist Stricken perfekt. Sobald du erst einmal drinnen bist, kommt alles von ganz allein. Es ist wie gemacht für nervöse Menschen.“

„Ich würde sagen, dass ich eher abgelenkt als nervös bin. Elaine, du kanntest Cosette vermutlich besser als ich. Was hieltst du von ihr?“

Elaine strickte beharrlich weiter und warf Jack vereinzelt ein Lächeln zu, der seine Lastwägen über den Küchenboden fahren ließ. „Ehrlich gesagt kannte ich sie kaum, aber ich lief ihr in der Kirche und in den Vereinen immer mal wieder über den Weg. Sie war ehrenamtlich sehr engagiert, hatte immer irgendeinen Posten inne und konnte Veranstaltungen organisieren wie keine andere.“

„Sie war also herrisch“, sagte Myrtle, die der Ansicht war, dass dies ihren Charakter wohl am treffendsten beschrieb.

Elaine lachte. „Na ja, sie machte die Dinge gerne auf ihre Weise. Aber ihre Weise war offensichtlich auch die beste, denn alle von ihr organisierten Veranstaltungen liefen wie geschmiert, egal ob Benefizveranstaltung, Versammlung, Lesung oder was auch immer.“

„Wie war die Beziehung zu ihrem Mann?“, hakte Myrtle weiter nach, während sie Jack dabei beobachtete, wie er zwei Lastwägen gegeneinander krachen ließ.

„Lucas wirkte immer etwas lasch“, sagte Elaine mit einem Schulterzucken, „auch wenn er ein netter Kerl ist. Vor ein paar Wochen mühte ich mich vor der Kirche mit einem Karton alter Spielsachen ab, die ich der Kinderkrippe spenden wollte, und hielt gleichzeitig Jack an der Hand. Cosette ist schnurstracks an mir vorbeigerauscht, als hätte sie mich nicht einmal gesehen, aber Lucas ist stehengeblieben, um mir den Karton abzunehmen.“

„Es klingt nicht so, als hätte Lucas jemals eine Wahl gehabt. Er konnte entweder nach Cosettes Pfeife tanzen oder wäre von ihr überrannt worden. Vermutlich heiratete sie ihn, weil er sich ihr nicht widersetzte.“

„Vermutlich. Sie hätte keinen Widerstand geduldet. Du weißt ja, dass ich mich auch ehrenamtlich engagiere, und Cosette nahm einfach überall das Ruder in die Hand. Ohne Ausnahme. Es ist schon faszinierend. Aber da ihre Vorschläge immer gut waren, wagte niemand einen Einwand. Und wenn sie irgendeinem Komitee noch nicht vorstand, schaffte sie es, sich die Position anzueignen. Sie war schon eine harte Nummer. Und ich habe gesehen, wie sie mit Lucas umging. Beschwerte sich über sein Gewicht, wie langweilig er doch sei und dass er nicht ausreichend ambitioniert sei. Er sah dann immer so traurig aus und nickte nur, als ob er ihr zustimmen würde“, sagte Elaine.

„Ich frage mich so langsam, wie diese Komitees ohne sie auskommen werden“, überlegte Myrtle.

„Ich vermute, dass die Frauen, die Cosette aus ihren Positionen verdrängt hat, ihre Rollen wieder einnehmen werden“, sagte Elaine, die gerade eine Reihe zu Ende gestrickt hatte. Sie sah zu Myrtle. „Ich weiß, dass du versuchst, Informationen über Cosette herauszubekommen. Ermittelst du? Hat Sloan dich engagiert?“

Myrtle hatte doch gewusst, dass sie an diesem Morgen etwas vergessen hatte. „Nein, ich habe ihn noch nicht angerufen. Ich war schon auf dem Weg zum Telefon, wurde dann aber abgelenkt und habe nicht mehr an ihn gedacht. Aber ich bin mir sicher, dass Sloan einen Bericht von mir haben will, sobald er hört, dass ich die Leiche entdeckt habe.“

„Erzähl mir, was letzte Nacht passiert ist“, sagte Elaine. „Ein bisschen etwas weiß ich schon, aber Red war nicht in der Laune, über Einzelheiten zu sprechen.“

„Er war vermutlich todmüde, als er heimkam. Er wollte alle Gäste vor Ort befragen und die Feier war gut besucht“, sagte Myrtle. „Also gut, wo fange ich an? Als Miles gehen wollte, suchten wir nach Cosette, um uns bei ihr zu bedanken. Wir konnten sie zuerst nicht finden – doch dann entdeckten wir sie.“

Elaine erschauderte. „Red meinte, dass sie mit einem Kricketschläger erschlagen wurde. Das ist furchtbar.“

Es war immer äußerst befriedigend, wenn Elaine versehentlich Informationen von Red ausplauderte. „Hat Red dir das gesagt? Für mich sah es auf alle Fälle danach aus.“

„Hast du eine Idee, wer es gewesen sein könnte?“, fragte Elaine. „Ich kann mir nicht vorstellen, dass es auf einer großen Feier viel Gelegenheit dazu gibt, die Gastgeberin zu erschlagen. Das erscheint mir alles unglaublich.“

„Ich glaube ehrlich gesagt, dass jeder es gewesen sein könnte. Es bewegten sich unzählige Leute durch das Haus: auf der Suche nach Essen, auf dem Weg ins Badezimmer und im Gespräch mit anderen Gästen. Du weißt ja, wie das auf Feiern so ist. Niemand hätte bemerkt, wenn sich jemand kurz hinausgeschlichen hätte“, sagte Myrtle.

„Müssten die Leute denn nicht bemerkt haben, dass *Cosette* rausgegangen ist? Sie war immerhin die Gastgeberin.“

„Sagen wir mal, dass sie zumindest ihre Abwesenheit nicht bemerkt hätten. Und selbst wenn, hätten sie vermutlich gedacht, dass sie Eis holen ging oder etwas in der Art.“ Myrtle hielt inne. „Fällt dir irgendjemand ein, der Cosette umbringen hätte wollen? Eine der Komitteefrauen vielleicht?

Offenbar waren einige aufgebracht darüber, dass sich Cosette derart einmischte."

Elaine verzog nachdenklich das Gesicht. „Nicht wirklich. So sehr aufgebracht wirkten sie dann doch nicht."

„Hast du etwas darüber gehört, dass Sybil wütend auf Cosette war?"

Elaine hob überrascht ihre Augenbrauen. „War sie das?"

„Lassen wir das", sagte Myrtle mit einem Seufzen. „Es ist bedauerlich, wie schlecht du über den örtlichen Klatsch und Tratsch informiert bist, Elaine."

„Jack hält mich derart auf Trab, dass ich mir meist kaum merken kann, ob ich gerade das Haus betreten oder verlassen wollte", sagte Elaine.

Myrtle trommelte mit ihren Fingern auf den Tisch. „Und was ist mit Cosettes Tochter? Seid ihr nicht alle untereinander befreundet?"

„Joan? Doch klar sind wir befreundet. Noah und Joan sind im selben Alter, sodass ich sie öfters sehe", sagte Elaine.

„Was denkst du, wie Joans Beziehung zu ihrer Mutter war?", fragte Myrtle. „Es klang so, als würde Cosette mit ihr am Telefon schimpfen."

„Das wäre nichts Ungewöhnliches. Cosette schimpfte dauernd mit Joan, genauso wie sie ständig an Lucas herumnörgelte. Die arme Joan entsprach offensichtlich so gar nicht Cosettes Vorstellungen. Sie zieht sich nicht besonders hübsch an, trägt keine gepflegte Frisur, achtet nicht auf ihre Figur. Cosette führte sich immer auf, als wäre Joan eine große Enttäuschung für sie", sagte Elaine.

„Womöglich schenkte Cosette Noah deshalb so viel Aufmerksamkeit", murmelte Myrtle und strahlte ihren eigenen Enkel an.

„Auch wenn Jack in jeder Hinsicht so viel weiter ist."

***

Nachdem Elaine gegangen war, linste Myrtle in den Topf. Die Suppe schien fertig zu sein. Sie griff erneut nach dem Rezept. Ja, sie hatte sie wie angegeben zwei Stunden auf hoher Flamme kochen lassen. Und sie roch fantastisch, auch wenn die Gewürze ihr sämtliche Atemwege öffneten.

Myrtle füllte die Suppe in zwei Einwegbehälter und betrachtete sie gedankenverloren. Normalerweise verwendete sie Wegwerfbehälter, damit die Trauernden in ihrer schweren Zeit nicht auch noch daran denken mussten, ihr die Behälter zurückzubringen. Wenn sie aber ihre guten Schüsseln verwendete, hätte sie einen perfekten Vorwand, Joan und Lucas ein zweites Mal zu besuchen. So füllte sie die Suppe in ihre schönen blauweißen Behälter um und vermerkte ihren Namen mit einem Klebeetikett darauf.

Sie suchte gerade in der Speisekammer nach ein paar Crackern als Beigabe zur Suppe, als es an der Tür klingelte.

Es war Miles. „Du hast letzte Nacht deine Jacke bei mir vergessen", sagte er und hielt ihren weißen Cardigan hoch.

Myrtle sah ihn stirnrunzelnd an. „Ich verwandle mich langsam in einen Kometen … ich lasse auf meinem Weg überall Teile von mir zurück." Sie nahm den Cardigan und warf ihn über eine Stuhllehne, verfehlte diese aber halb, weshalb er sogleich wieder herunterrutschte und aus ihrem Blickfeld verschwand.

Miles schnüffelte. „Hast du gekocht?", fragte er beklommen.

„Ja, für Lucas und Joan, um ihnen meine Anteilnahme auszudrücken."

Auch auf Miles' Gesicht breitete sich ein Ausdruck von Anteilnahme aus. Myrtle hegte den starken Verdacht, dass Miles sie für eine schlechte Köchin hielt.

„Schau nicht so grimmig, das Essen ist nicht für dich", seufzte sie. „Aber es wäre sehr freundlich von dir, wenn du mich fahren könntest."

„Zu Lucas musst du nun wirklich nicht gefahren werden", protestierte Miles. „Er wohnt gleich die Straße hinunter."

„Ja, ich *könnte* schon hingehen, ich bin immerhin noch gut zu Fuß."

„Aber natürlich, der Gehstock ist nur Zierde", sagte Miles und seine Mundwinkel zuckten verräterisch.

„Er wiegt die Menschen in falscher Sicherheit", erwiderte Myrtle. „Das Problem ist vielmehr, dass ich die Schüssel nicht mit einer Hand tragen kann, während ich mit der anderen den Gehstock halte. Und Joan wohnt recht weit weg ... Ich kann unmöglich bis zu ihr gehen."

Miles hatte ihr bereits die Behälter abgenommen und suchte in seinen Taschen nach dem Autoschlüssel.

Sie waren halb die Straße hinunter, als Myrtle plötzlich aufschrie. „Stopp!"

Miles trat mit voller Wucht auf die Bremse. „Was? Was ist los?"

„Limonadenstand auf zwei Uhr", sagte Myrtle gelassen und nickte in Richtung eines Klapptisches, hinter dem zwei Kinder standen und hoffnungsvoll in ihre Richtung sahen.

Miles seufzte.

„Ich habe es mir zur Aufgabe gemacht, an jedem Limonadenstand anzuhalten“, sagte Myrtle beherzt.

„Könntest du dich das nächste Mal auf eine Art bemerkbar machen, die keinen Herzinfarkt auslöst?“, fragte Miles entrüstet.

„Sei kein Griesgram“, sagte Myrtle und suchte in ihrer Geldbörse nach einem Dollar. „Ich hole dir auch eine.“

Als sie bei Lucas ankamen, stieg Myrtle vorsichtig aus dem Auto und griff nach einer Schüssel. „Ich bin in ein paar Minuten zurück“, sagte sie zu Miles, während sie die Beifahrertür schloss.

So leicht war Miles jedoch nicht abzuwimmeln. „Da ich weiß, wie lange ein paar Minuten für dich sind, komme ich lieber mit. Bis du wiederkommst, wäre ich doch schon längst vermodert ... Komm, gib mir die Suppe.“

Myrtle gehorchte nur widerwillig. „Solange klar ist, dass *ich* die Suppe gemacht habe und nicht du.“

„Ich werde die Suppe sicher nicht als meine anpreisen“, sagte Miles mit einem Schmunzeln, als er die Hand zur Klingel hob.

Kapitel 6

Eine winzige, knuffig aussehende ältere Dame öffnete die Tür und schenkte ihnen ein strahlendes Lächeln. „Sie wollen sicher zu Lucas. Ich fürchte, er ist nicht wohlauf und kann niemanden empfangen. Aber kommen Sie doch herein, meine Lieben, ich bin Hazel, seine Schwester." Sie öffnete die Tür, immer noch ein Strahlen auf den Lippen.

Dieses eine Mal reagierte Myrtle nicht darauf, als *meine Liebe* angesprochen zu werden. Für gewöhnlich war es ihr höchst zuwider, von Jüngeren *Schätzchen, Liebe* oder *Süße* genannt zu werden. Bei Ihresgleichen (auch wenn die Frau gut fünfzehn Jahre jünger war) störte es sie nicht ganz so sehr.

Myrtle war stets verunsichert in der Gegenwart älterer Frauen, die die Rolle der betagten Dame besser spielten als sie. Hazel war ein ausgezeichnetes Beispiel dafür. Sie hatte ihre weißen Haare zu einem Dutt gebunden, trug eine grüne Katzenaugenbrille, an der eine Brillenkette hing, einen Cardigan samt Perlenkette und ein liebliches Lächeln im Gesicht. Myrtle stellte fest, dass für die vollständige Erfüllung des Stereotyps nur noch fehlte, dass sie ihnen Milch und Kekse anbot.

„Darf ich Ihnen ein Glas Milch und Kekse anbieten?", fragte Hazel auch schon mit funkelnden Augen.

„Sehr gerne", sagte Miles.

„Ich hätte auch nichts einzuwenden", sagte Myrtle. „Ich helfe Ihnen, während ich die Suppe in die Küche bringe. Es ist eine Kartoffelsuppe. Deftige Kost."

„Das klingt fabelhaft", strahlte die winzige Dame.

Myrtle stellte ihre Suppe in den Kühlschrank und legte die Cracker auf den Küchentisch. Sie warf einen Blick durch das Küchenfenster, während Hazel selbstgemachte Kekse aus einem Glas fischte. Von hier aus hatte man den perfekten Blick auf den Garten. Es wäre für Lucas ein Leichtes gewesen, Cosette von hier aus zu erkennen, rauszueilen, sie umzubringen und in die Küche zurückzukehren, als wäre nichts passiert.

Hazel plauderte munter vor sich hin, während sie von der Küche in das kleine Wohnzimmer gingen, wobei Myrtle einen Blick auf die geschlossene Schlafzimmertür erhaschte. Sie verspürte Mitleid. Der arme Kerl schien sehr an Cosette gehangen zu haben – aus welchem Grund auch immer. Vielleicht tat ihm die Suppe gut, wo es ihm doch so schlecht ging.

Myrtle wandte sich wieder Hazels weitschweifendem Monolog zu. „Ist das nicht eine Tragödie?", seufzte Hazel.

Myrtle nahm an, dass sie über Cosettes Tod sprach und sagte deshalb vorsichtig: „Ja, wie jeder Todesfall. Sehr traurig."

Miles verdrehte die Augen. Sie musste sich im Thema geirrt haben, denn Hazel blinzelte sie verdutzt an. „Oh weh, ich spreche schon wieder undeutlich. Außer, Sie hören auch nicht mehr ganz so gut. Ich muss sogar ein Hörgerät tragen."

Miles griff rasch ein, um zu verhindern, dass Hazel in der Annahme einer schwerhörigen Myrtle ihre Stimme erhob. „Myrtle hört gut, sie hört nur nicht gut *zu*."

Hazel setzte wieder ihren gutmütigen Gesichtsausdruck auf. „Ich verstehe. Also, ich meinte soeben, dass es tragisch ist, dass sich das Begräbnis verzögert. Die Polizei will eine Autopsie durchführen. Ich bin ja der Meinung, dass Begräbnisse einem dabei helfen, abzuschließen. Vielleicht kann Lucas Frieden finden, wenn wir erst Cosettes Leben mit einem Begräbnis feiern."

Myrtle nickte, auch wenn sie gänzlich anderer Meinung war. Das klang alles zu sehr nach Psychologen-Gerede. Ihrer Erfahrung nach war Zeit das beste Mittel. Was jedoch Begräbnisse anging ... Myrtle würde jeden auf ewig heimsuchen, der ihre Beerdigung als einen Anlass zum Feiern betrachtete. Allein schon die Vorstellung!

Es war zweifelsohne Zeit für einen Themenwechsel. „Sie müssen Lucas eine große Hilfe sein. Stehen Sie einander sehr nah?"

„Das tun wir, auch wenn ich ihn nicht so oft besuchen kann, wie ich gerne möchte. Ich lebe in Charlotte, was doch ein gutes Stück von Bradley entfernt liegt. Aber ich war erst vor ein paar Wochen für ein verlängertes Wochenende zu Besuch. Es ist so traurig, ich hatte ja keine Ahnung, dass es das letzte Mal sein würde, dass ich Cosette sehe. Solch eine Schande! Sie war eine bezaubernde Frau."

Myrtle warf Hazel einen prüfenden Blick zu. Sie war etwas jung für einsetzende Demenz. Vielleicht war sie einfach nicht oft genug auf Besuch gekommen, um zu erleben, was für eine furchtbare Person Cosette in Wahrheit gewesen war.

„Ja", sagte Miles mit einem besorgten Seitenblick auf Myrtle, als befürchte er, sie würde eine Diskussion über Cosettes bezaubernde Art vom Zaun brechen. „So war sie, nicht wahr? Wir hoffen nur, dass Lucas das gut übersteht. Es muss ein schrecklicher Schock für ihn sein."

„Das ist es. Ehrlich gesagt sorge ich mich nach einem Schock wie diesem sehr um sein Herz." Hazel setzte zu einem zehnminütigen Monolog über Lucas' sensiblen Charakter und diverse vergangene

Gesundheitsprobleme an. Myrtle und Miles tauschten alarmierte Blicke aus. Ob sie es jemals wieder lebend hier raus schaffen würden?

Sie drehten sich zurück zu Hazel, als diese gerade sagte: „Und es ist nicht besonders förderlich, dass Joan sich so unangemessen benimmt. Das macht Lucas mindestens genauso traurig wie Cosettes Tod.“

„Inwiefern benimmt sich Joan unangemessen?“, hakte Myrtle nach.

„Ach, ich weiß natürlich, dass jeder unterschiedlich auf den Tod reagiert. Trauer kann die unterschiedlichsten Formen annehmen, nicht wahr? Ich nehme an, ich kann mit Cosettes Tod recht sachlich umgehen, auch wenn mir zu Beginn oft die Tränen in die Augen gestiegen sind“, sagte Hazel.

Myrtle hoffte, einen weiteren Exkurs in die Psychologie der Trauer abwenden zu können. „Das ist durchaus verständlich, aber was ist mit Joan?“

„Sie gibt sich erleichtert“, sagte Hazel und rieb sich verwundert die Stirn. „Tatsächlich sagte sie das sogar, was Lucas sehr verletzte, wie Sie sich sicher vorstellen können. Seine Tochter sagt, dass sie über den Tod der eigenen Mutter froh ist.“

Hazel sah aus, als würde sie jeden Moment in Tränen ausbrechen, weshalb Myrtle sich beeilte zu sagen: „Hatten sie kein besonders gutes Verhältnis zueinander?“

„Cosette organisierte anlässlich meiner Besuche immer ein Familientreffen, so auch beim letzten Mal. Noah spielte mit Cosette, worüber Joan nur wenig erfreut schien. Sie sagte nicht viel dazu, war aber schon immer sehr verschlossen gewesen. Erst ein stilles Kind, dann ein zurückgezogener Teenager. Joan genoss jeden erdenklichen Vorteil und jedes Privileg, aber sie machte sich wohl nichts daraus gemacht. Oder zumindest schätzte sie es nicht", erklärte Hazel bestürzt.

„Ja, das verwundert mich auch sehr", sagte Miles vorsichtig. „Cosette und Lucas scheinen sich in den letzten Jahren für sie aufgeopfert zu haben. Myrtle hat erzählt, dass Joan groß in die Gesellschaft eingeführt wurde und eine pompöse Hochzeit feierte."

Hazel seufzte. „Ja, und sie haben auch Noah alle Möglichkeiten geboten. Aufgeopfert trifft es tatsächlich sehr gut. Lucas hat mir anvertraut", sagte Hazel in einem schwatzhaften Flüsterton, „dass es finanziell bei ihm gerade etwas eng ist. Sie haben Noah mit Geld überschüttet. Geld, das sie nicht haben ... weshalb er auch so weit in seiner Entwicklung ist. Was für ein wunderbares Kind! Ich genieße die Zeit sehr, die ich mit ihm verbringe."

Myrtle fürchtete, dass die Unterhaltung nun gänzlich in eine Schwärmerei über den außergewöhnlichen Noah abdriftete, weshalb sie eilig sagte: „Joan war nicht besonders interessiert daran, eine Dame der Gesellschaft zu werden, nehme ich an?"

„Sie hat nie wertgeschätzt, dass ihre Eltern an allen Ecken und Enden sparten, um ihr all dies zu ermöglichen. Stattdessen hat sie es ihnen regelrecht vor die Füße geschmettert. Das muss Lucas und Cosette sehr wehgetan haben, da bin ich mir sicher. Und − so leid es mir tut − schön ist sie wirklich nicht. Vielleicht ist das der Grund, warum sie sich auf Feiern so seltsam benahm. Und dennoch ermöglichten Cosette und Lucas ihr und Noah alles, was sie nur konnten. Haben Sie von den Privatlehrern gehört, die das Kind hat?", fragte Hazel und ihre Miene erhellte sich. „Es ist wirklich außergewöhnlich, dass sie Lehrer gefunden haben, die seine

Talente derart fördern. Er ist bereits ein kleiner Virtuose am Klavier und lernt Sprachen in Sekundenschnelle.“

Es schien, als würden sie nichts Konkretes mehr aus Hazel herausbekommen, daher sagte Miles nach einem flüchtigen Seitenblick auf Myrtle: „Ich unterbreche Sie nur ungern, Hazel, aber wir müssen leider los. Myrtle und ich müssen noch eine Suppe ausliefern.“

Myrtle griff umständlich nach ihrem Gehstock und war bereits aus der Tür, als sie sich noch einmal umdrehte, um sich bei Hazel für die Milch und die Kekse zu bedanken. Sie zog ihre Augenbrauen hoch, als sie sah, wie Miles sich zu Hazel beugte und ihr etwas ins Ohr flüsterte. Er schien in Richtung der Küche zu gestikulieren. Myrtle weigerte sich, paranoid zu werden, hegte jedoch den leisen Verdacht, dass Miles ihre Suppe schlechtmachte.

***

„Suppe? Das ist aber nett von euch“, sagte Joan und schob ihre Brille mit den dicken Gläsern den Nasenrücken hoch, während sie Miles und Myrtle ein schüchternes Lächeln zuwarf und zur Seite trat, um sie hereinzulassen. „Das ist eine willkommene Abwechslung, ich war all die Hühnchengerichte schon leid, die die Kirchenfrauen vorbeigebracht haben. Ich stelle sie nur kurz in den Kühlschrank und dann können wir uns unterhalten. Noah macht sein Mittagsschläfchen, ihr habt also die rechte Zeit erwischt. Setzt euch doch.“

Joan ging summend in die Küche. Ja, Menschen reagierten unterschiedlich auf Trauer, wie Hazel richtig erwähnt hatte, aber es wirkte tatsächlich so, als ließe Cosettes Tod ihre Tochter vor Freude strahlen.

Myrtle und Miles sahen sich in dem kleinen Zimmer nach einer Sitzgelegenheit um. Der Großteil der Möbel war mit Spielzeug aller Art übersäht. Die Möbel selbst, so bemerkte Myrtle jedoch, sahen neu und teuer aus, vor allem für eine alleinerziehende Mutter und Vorschullehrerin. Hatten Cosette und Lucas auch bei den Möbeln ausgeholfen? Dass das Spielzeug von ihnen stammte, stand außer Frage.

„Ich dachte mir, dass ihr vielleicht etwas trinken möchtet", sagte Joan, die mit Gläsern auf einem kleinen Tablett aus der Küche kam.

Die Gläser waren bereits mit Cola eingeschenkt, sodass Myrtle das Angebot nicht ausschlagen wollte. Sie würde sich bald für einen Besuch im Badezimmer entschuldigen müssen, nachdem sie zuvor schon Limonade und ein Glas Milch bei Lucas getrunken hatte. Miles und Myrtle nahmen lächelnd ihr Getränk entgegen und Myrtle räusperte sich. „Das mit deiner Mutter tut uns schrecklich leid", sagte sie und bemühte sich, angemessen besorgt zu klingen. Sie wollte auch nicht übertreiben, nachdem Joan nicht sonderlich bestürzt wirkte. „Ich habe überlegt, wie ich dir etwas Gutes tun kann. Soll ich auf Noah aufpassen, sodass du heute Nachmittag etwas Zeit für dich hast?"

„Das ist sehr freundlich von dir", sagte Joan. „Die Leute bieten oft ihre Hilfe an, machen aber nur selten einen konkreten Vorschlag. Es wäre wunderbar, wenn du während Mutters Begräbnis auf Noah aufpassen könntest. Es sollte in ein paar Tagen stattfinden und ich möchte ihn nur ungern mitnehmen."

Myrtle schluckte schwer, nickte aber. Jetzt hatte sie den Salat. Sie hatte gehofft, dass ihr Angebot eine gute Möglichkeit böte, Joan näher kennenzulernen und sie später noch einmal auszufragen. Aber sie war auch fest entschlossen, auf das Begräbnis zu gehen, um nach schuldbewussten Gesichtern, tratschenden Trauernden oder sonstigen Hinweisen Ausschau zu halten. „Natürlich", sagte sie schwach. „Ich passe gerne auf Noah auf."

Joan schlug sich mit der Hand gegen die Stirn. „Oh, warte kurz. Wo bin ich nur mit meinen Gedanken? Ich habe ganz vergessen, dass Elaine bereits angeboten hat, Noah zum Spielen mit Jack abzuholen. Aber vielen Dank für das Angebot.“

Myrtle entspannte sich. „Kann ich dir denn an einem anderen Tag aushelfen?“

„Wenn es dir nichts ausmacht. Ich habe meinem Vater versprochen, mit ihm die Sachen meiner Mutter durchzusehen. Gestern am Telefon meinte er, dass ihn allein die Vorstellung, ihre Kleider auszusortieren, noch trauriger macht. Wenn das für dich möglich wäre.“

„Wunderbar. Ruf mich einfach an und gib mir Bescheid, wann du ihn vorbeibringen möchtest. Vielleicht hole ich auch Jack herüber, dann können sie zusammen spielen und Elaine wäre auch geholfen.“

„Obwohl die beiden ja in einem Alter sind, in dem sie eher nebeneinander spielen, statt miteinander. Jack wird seinen Lastwagen über den Boden fahren und Noah seinen, ohne dass sie sich auch nur einmal kreuzen. Aber ich denke, dass sie trotzdem die Gesellschaft des anderen genießen.“

„Dann ist das so ausgemacht“, sagte Myrtle und strahlte.

„Joan“, sagte Miles, „ich bin froh, dass du deinem Vater unter die Arme greifst. Wir wollten ihn vorhin besuchen, aber es ging ihm so schlecht, dass er das Schlafzimmer nicht verlassen konnte.“

„Ihn trifft die Sache schwer, Dad war immer schon verrückt nach Mutter. Was ich nie verstanden habe, nachdem sie dauernd an ihm herumnörgelte. Sie sagte ihm ständig, er solle sein Hemd ordentlich reinstecken, aufrechter stehen oder abnehmen.“ Joan blickte betrübt auf ihre eigene rundliche Figur. „Ich durfte mir dasselbe anhören. Aber eines weiß ich mit Sicherheit, er hätte ihr nie auch nur ein Haar gekrümmt, egal, was die Polizei denkt. Er vergötterte den Boden, auf dem sie ging, unabhängig davon, wie sie ihn behandelte.“

„Fällt dir noch etwas ein, das der Polizei bei der Suche nach dem Mörder weiterhelfen könnte?“, fragte Myrtle. „Irgendetwas, das die Polizei auf die Fährte eines anderen Verdächtigen bringen könnte? Ich habe Verbindungen.“

„Red war wunderbar. Aber ich werde das Gefühl nicht los, dass die State Police meinen Dad verdächtigt. Wo es doch eine lange Liste an Verdächtigen gibt. Mutter machte es einem schwer, sie zu mögen. Aber ja, da ist eine Sache, von der ich der Polizei noch erzählen muss“, sagte Joan.

Myrtle lehnte sich in ihrem Sessel vor.

„Seit meiner Scheidung brauche ich Hilfe im Haus und im Garten. Vor allem mit der Gartenarbeit tue ich mir schwer, also habe ich einen Gärtner aus dem Telefonbuch angerufen und ihn um ein Angebot gebeten. Es hat sich herausgestellt, dass er gegenüber meinen Eltern wohnt.“

Miles runzelte die Stirn. „Das muss Tobin sein.“

„Ganz genau. Tobin Tinker. Er kam pünktlich vorbei und machte mir ein faires Angebot, aber meine Mutter und die Probleme, die er mit ihr als Nachbarin hatte, schienen ihn sehr zu beschäftigen. Er zählte eine ganze Liste auf: dass sie zu viele Partys feiert, ihre Gäste mit den Autos seine Einfahrt blockieren, die Partys zu laut sind und ihn nachts wachhalten. Und er erwähnte, dass sie ihren überschüssigen Müll in seiner Tonne deponierte ... Darüber regte er sich besonders auf.“

Myrtle hoffte, dass Joan ihr neue Informationen dazu liefern konnte. „Überschüssigen Müll?“

„Du weißt doch, dass wir unseren Müll in den Tonnen deponieren müssen und dass es verboten ist, Tüten daneben abzustellen? Mutter hatte wegen all der Partys oft Berge an Müll und offenbar deponierte sie die überschüssigen Tüten in Tobins Container. Er lebt alleine und ich nehme an, dass sein Müll nicht den ganzen Container füllte“, sagte Joan. Sie verdrehte die Augen. „Eine lächerliche Aktion von meiner Mutter, aber ich traue sie ihr definitiv zu.“

„Warum erzählte er dir das alles?“, fragte Miles. „Es klingt so, als habe er nur seinen Frust an dir ausgelassen.“

„Vermutlich hoffte er, dass Mutter auf mich hört. Er war sehr enttäuscht, als ich ihm sagte, dass Mutter meine Meinung meist ignoriert. Wie auch immer, ich fühlte mich angesichts seiner Wut auf meine Mutter so unwohl, dass ich ihn nicht mehr anrief. Ich möchte niemanden, der so gereizt ist, in Noahs Nähe haben“, erklärte Joan.

„Das verstehe ich“, sagte Myrtle, deren Gedanken erneut zu der großen, überquellenden Mülltüte auf der Veranda der Whitlows wanderten.

„Kennt ihr einen Gärtner, der mir unter die Arme greifen könnte?“, fragte Joan.

Myrtle lachte. „Ich mag dich zu sehr, als dass ich dir meinen Dusty anhängen würde. Und Miles schafft es irgendwie immer noch, sich selbst um seinen Garten zu kümmern.“

„Dusty ist nicht so schlimm“, widersprach Miles. „Zumindest nicht so schlimm wie Puddin.“

„Dustys Frau Puddin putzt für mich. Wobei Putzen eine Übertreibung ist. Sie bringt nicht mehr zustande, als den Staub von einer Seite des Tisches auf die andere zu schieben. Aber Dusty erledigt einen passablen Job, wenn er denn mal kommt. Was eine Herausforderung für sich ist. Wenn ich ihn anrufe, jammert er jedes Mal aufs Neue, dass es zu nass zum Mähen ist, selbst, wenn es seit Monaten nicht mehr geregnet hat."

„Klingt nach einem Problem, auf das ich verzichten kann", sagte Joan und verzog das Gesicht zu einer Grimasse. „Dann werde ich wohl weitersuchen."

Myrtle überlegte gerade, wie sie die Unterhaltung von ihrem Gärtner zurück auf den Mord lenken konnte, als Joan sie plötzlich reuevoll anblickte. „Ach, verdammt! Ich habe ganz vergessen zu fragen, wie es dir geht, Myrtle. Ich habe gehört, dass du die Leiche gefunden hast." Ihr Tonfall war sachlich und sie blickte Myrtle durch ihre dicken Brillengläser gefasst an.

Myrtles Augen weiteten sich angesichts der Tatsache, dass sie das Wort *Leiche* und nicht *Mutter* verwendete. „Ja, ich fürchte, das habe ich. Zusammen mit Miles und deinem Vater. Es war ein großer Schock, aber ich bin froh, dass nicht du sie finden musstest. Wir hatten dich ankommen sehen, aber du warst gleich wieder weg."

Joan errötete. „Ich benahm mich an diesem Abend nicht besonders gut. Mutter und ich standen uns nie sehr nahe. Sie hat mich nie wirklich verstanden und hatte andere Pläne für mich. Wäre es nach ihr gegangen, hätte ich die Lokalschönheit werden, mir den perfekten, wohlhabenden Ehemann schnappen und eine Art Society-Lady werden sollen. Und dann heirate ich stattdessen aus Liebe einen Klempner. Auch wenn die Liebe nicht besonders lange hielt", sagte sie achselzuckend. „Ich war in ihren Augen eine einzige Enttäuschung."

Myrtle wollte ihr widersprechen, wusste aber, dass es nicht sonderlich aufrichtig klingen würde. „Aber du kamst auf die Feier deiner Mutter, als sie dich darum bat. Und ich weiß, dass sie unglaublich stolz auf Noah war."

„Ich wollte nicht hingehen, denn ich hatte eine Menge im Haushalt zu erledigen. Ich musste Unterrichtsmaterialien für meine Schüler vorbereiten, Wäsche machen, die Küche putzen und einkaufen. Ich hatte nicht einmal mehr Brot für Noahs und meine Pausenbrote. Aber dieses Mal drängte Mutter mich regelrecht, zu kommen. Also fuhr ich hin und nutzte die Gelegenheit, dass jemand auf Noah aufpasste, und erledigte währenddessen meine Einkäufe", sagte Joan.

„Kamst du gar nicht mehr auf die Feier zurück?", fragte Myrtle.

„Ich hatte Tiefkühlkost dabei, also fuhr ich zuerst nach Hause, um alles zu verstauen. Dann dachte ich, ich könnte noch schnell die Unterrichtsmaterialien fertigmachen und die Hausarbeit erledigen. Ich weiß, dass das nicht okay von mir war, aber ich war so wütend auf Mutter. Und als nächstes stand schon ein Polizist vor meiner Tür und berichtete mir von Mutters Tod." Joan zuckte mit den Schultern und blickte zur Seite.

Miles warf Myrtle einen flüchtigen Blick zu, der verriet, dass er dasselbe dachte wie sie: dass Joan ein Geheimnis hatte.

Kapitel 7

Am nächsten Morgen griff Myrtle zum Telefonhörer und rief Sloan Jones, den Herausgeber des *Bradley Bugle*, an. Es war an der Zeit, mehr über die Reporterin zu erfahren, von der er bei der Feier gesprochen hatte.

„*Bugle*", meldete sich Sloan und klang dabei, als kaute er gerade an seinem Frühstück.

„Sloan, ich bin's, Myrtle", sagte sie.

Sloans Stimme nahm wie immer, wenn Myrtle ihn ansprach, einen alarmierten Tonfall an. Sie war vor langer Zeit seine Englischlehrerin gewesen und er schien diese Erfahrung nie überwunden zu haben. Er hatte in jenem Schuljahr seine Hausarbeiten nur selten pünktlich eingereicht und hatte Hamlets Soliloquium nie zu ihrer Zufriedenheit zitieren können. Das Jahr hatte er nur mit Ach und Krach bestanden und sie war erleichtert gewesen, ihn als Schüler los zu sein. Als sie dann die Neuigkeit erreichte, dass er die Stelle als Chefredakteur und Herausgeber der lokalen Zeitung angenommen hatte, war Myrtle schockiert gewesen, vor allem in Anbetracht seiner Leistungen in englischer Literatur. Red hatte Sloan später dazu überredet, Myrtle eine wöchentliche Kolumne für nützliche Haushaltstipps zu geben, hauptsächlich, um Myrtle beschäftigt zu halten. Außerdem hatte Sloan Myrtle einige investigative Berichte für den *Bugle* schreiben lassen.

„Myrtle", sagte er, „wie geht es dir? Ich wollte mich gerade bei dir wegen der aktuellen Kolumne melden. Wie kommst du voran? Du weißt, dass auf den Straßen Tumulte ausbrechen, wenn wir auf deine hilfreichen Haushaltstipps vergessen."

„Ich bin mir sicher, dass die Leute es überleben würden", erwiderte
Myrtle trocken. „Tatsächlich hatte ich daran gedacht, mal wieder einen
längeren Artikel zu schreiben. Über den Whitlow-Mord. Ich gehe davon
aus, dass du bereits an einem Bericht schreibst, den ich gerne übernehmen
möchte. Ich werde herausfinden, wer hinter Cosette Whitlows Ermordung
steckt."

Sloan klang, als litte er an einer Magenverstimmung. „Den Whitlow-
Mord? Myrtle, du wirst doch Besseres zu tun haben."

„Was denn, bitte schön? Im Gemeindezentrum Bingo spielen? Die
Wiederholung meiner Seifenoper anschauen? Was könnte ich denn Besseres
zu tun haben?", fragte Myrtle.

„Na ja, deine Kolumne ist mittlerweile so beliebt, dass wir sie in
Zukunft womöglich öfter als nur einmal pro Woche bringen sollten. Die
Leute stürzen sich regelrecht darauf."

Myrtles Ton wurde schärfer. „Sloan, willst du mich loswerden? Mir
wäre es nämlich bedeutend lieber, meine Nase in den Whitlow-Mord zu
stecken, anstatt den Leuten zu erklären, wie sie Tomatensauce aus ihrer
Kleidung entfernen."

„Weißt du, Myrtle, ich habe eine neue Praktikantin", gestand Sloan
kleinlaut. „Sie kommt aus Atlanta und will sich bei der dortigen Zeitung
bewerben. Da wäre es hilfreich, wenn sie hier und da als Verfasserin
aufscheint und ein paar kleinere Artikel veröffentlichen könnte."

Myrtle runzelte die Stirn. „Sie bekommt also den Topartikel. Und was
hast du davon?"

Vor ihrem geistigen Auge sah sie Sloan am anderen Ende der Leitung
erröten – dieses tiefe, fleckige Rot, das sich über sein gesamtes Gesicht und

seine endlose Stirn erstreckte. „So ist das nicht. Kim hat gerade das College abgeschlossen ... sie ist noch ein Teenie. Schau mal, ich muss sie als Praktikantin nicht bezahlen. Und sie ist scharfsinnig.“

„Mir zahlst du quasi auch nichts und scharfsinnig bin ich ja wohl sowieso. Außerdem habe ich Cosette Whitlows Leiche entdeckt und mein Sohn ist der örtliche Polizeichef. Also sollte wohl ich den Bericht übernehmen und nicht irgendein Teenie aus Atlanta, der die Leute nicht einmal kennt.“

„Ich würde ja noch einmal umschwenken, wenn ich nur könnte,“ sagte Sloan entschuldigend. „Aber sie arbeitet bereits an dem Artikel. Ich fände es doch sehr harsch, ihn ihr wieder wegzunehmen, wo wir uns schon geeinigt haben. Ich wusste nicht, dass du die Leiche gefunden hast. Ich werde Kim sagen, dass sie dich interviewen soll.“

„Spar dir die Mühe. Ich werde mich nicht dazu äußern. Ich werde meinen eigenen Artikel schreiben und dann kannst du entscheiden, welcher in Druck geht.“

„Es tut mir leid, Myrtle“, sagte Sloan bedrückt. Ihm schien bewusst zu sein, dass er für diese Sache früher oder später die Rechnung serviert bekommen würde.

„Ich weiß. Auf Wiedersehen, Sloan.“

„Warte! Was ist mit der Kolumne? Ist sie fertig?“, fragte Sloan zögerlich.

Ihr fehlte nun wirklich die Zeit, um nützliche Haushaltstipps für die alten Schachteln der Stadt zu recherchieren. Sie würde welche erfinden müssen. „Na gut. Ich schicke sie dir heute Abend per Mail“, sagte Myrtle. Ohne Recherche wäre sie in fünf Minuten fertig.

Sie legte auf und zog das Telefonbuch aus dem Kästchen. Wenn Tobin Tinker einen Groll gegen Cosette hegte, würde sie gerne aus erster Hand davon erfahren. Auch wenn es gar nicht so einfach war, einen konkurrierenden Gärtner in ihr Haus zu holen. Dusty würde das gar nicht gefallen und sie konnte es sich nicht leisten, ihn zu verlieren, seiner erbärmlichen Arbeitseinstellung zum Trotz. Er war billig, erledigte seine Arbeit ordentlich und war zudem der einzige Gärtner der Stadt, der bereit war, das Gras um ihre Gartenzwergsammlung herum zu schneiden.

Aus dem Telefonbuch erfuhr Myrtle, dass Tobin auch Bäume fällte. Sie blickte durch das Fenster. Eine der Kiefern war seit einiger Zeit morsch und schien sich nicht mehr zu erholen. Für gewöhnlich überließ sie der Natur ihren Lauf, vor allem, da keine Gefahr bestand, dass die Kiefer auf ein umstehendes Haus fiel. Aber sie könnte Tobin für einen Kostenvoranschlag vorbeikommen lassen. Sie griff erneut zum Telefon.

Tobin antwortete im Handumdrehen und hörte aufmerksam zu, während sie ihr Problem schilderte. „Ich komme gerne vorbei und schaue es mir an. Ich bin diese Woche recht gut gebucht, hätte aber vor meinem nächsten Auftrag kurz Zeit. Du wohnst ja gleich in der Nähe.“

„Das wäre wunderbar. Ich möchte erst einmal eine Einschätzung, was es kosten würde, den Baum zu fällen.“

Myrtle legte mit einem zufriedenen Lächeln auf den Lippen auf. Nun musste sie ihn nur noch dazu bringen, sich über Cosette auszulassen. Es sollte doch ein Leichtes werden, das Thema anzusprechen, wo sie doch beide zur Nachbarschaft zählten.

Tobin traf binnen weniger Minuten bei ihr ein und ging zielgerichtet in den Garten. Er war ein stämmiger, über 1,80 Meter großer Mann mit einem breiten, sonnengebräunten Gesicht. Er begutachtete den Baum, auf

den Myrtle deutete. „Die morsche Kiefer am See?“, fragte er. „Für
gewöhnlich verrechne ich zwischen sechs- und vierzehnhundert Dollar, aber
diese Kiefer sieht so erbärmlich aus, dass ich sie dir für dreihundert fälle.
Wann soll ich kommen?“

Er hatte den Preis so niedrig angesetzt, dass für ihn die Sache klar
schien. Dreihundert Dollar waren günstig, aber andererseits auch wieder
teuer für eine Leistung, die man gar nicht brauchte. „Gib mir etwas
Bedenkzeit, ich muss die Summe erst zusammensparen. Pensionierte
Lehrerinnen bekommen leider keine allzu üppige Rente.“

Tobin blickte erneut zum Baum. „Das sollte in Ordnung sein,
nachdem er weder auf dein Haus noch auf eines der Nachbarhäuser fallen
kann. Ruf mich einfach an, sobald ich vorbeikommen soll.“

„Das werde ich, danke. Übrigens, was denkst du über den Mord an
Cosette Whitlow? Wohnst du nicht direkt gegenüber? Es ist einfach
schrecklich“, sagte Myrtle.

Tobin errötete und blickte zur Seite. „Ich muss zugeben, dass ich kein
großer Fan von ihr war, auch wenn ich ihren Tod natürlich bedaure.“ Sein
Tonfall war wenig überzeugend.

Myrtle hatte gehofft, er hätte keine Skrupel, schlecht über Tote zu
sprechen. Also schlug sie einen geschwätzigeren Tonfall an. „Wusstest du,
dass ich ihre Leiche entdeckt habe? Schrecklich war das und der arme
Lucas tut mir leid. Er ist am Boden zerstört.“

Tobin nickte und entspannte sich. „Ich hatte immer schon Mitleid mit
dem armen Lucas, weil er mit dieser Frau zusammenleben musste. Ich hatte
so einige Auseinandersetzungen mit Cosette, aber Lucas war ein
ordentlicher Kerl und ein guter Nachbar.“

„Was waren das für Auseinandersetzungen?", hakte Myrtle nach. Sie seufzte übertrieben laut. „Hier am Ende der Straße bekommt man ja kaum etwas mit."

Tobin sah erneut unbehaglich drein. „Na ja, ich weiß nicht, ob ich mich dazu noch äußern sollte. Immerhin ist sie tot."

Myrtle gab vor, seinen unterschwelligen Tadel nicht gehört zu haben. „Ich ärgerte mich über Cosette Whitlow auch so einige Male, musst du wissen."

„Ach so?"

„Also erstens ... na ja, und zweitens, drittens und viertens war sie nervenaufreibend", sagte Myrtle stumpf.

Tobin applaudierte ihr und Myrtle neigte dankend ihren Kopf.

„Ausgezeichnet zusammengefasst", sagte Tobin mit einem bellenden Lachen. „Das beschreibt es bestens. Nervenaufreibend. Nennen wir das Kind doch beim Namen."

„Wie sie ständig über ihre Tochter und ihren Enkel sprach ..." Myrtle schnaubte. „Was sie ihrer Tochter doch nur alles ermöglichte und wie ihr Enkel Einstein als Genie unserer Zeit ablösen würde."

Wieder lachte Tobin bellend. „Da muss ich mich auf deine Aussage verlassen, ich führte nicht eine einzige anständige Unterhaltung mit ihr."

Sie hob ihre Augenbrauen. „Keine einzige? Worüber unterhieltet ihr euch dann?"

„Ach, wie es unter Nachbarn so üblich ist. Du weißt schon."

Und ob Myrtle wusste, wovon er sprach. Er meinte nicht die freundlichen Gespräche unter Nachbarn, sondern die Streitereien. „Sie raubte dir den letzten Nerv, nicht wahr?"

Eine Schreckenssekunde lang befürchtete Myrtle, dass der gestandene Mann vor ihr mitten in ihrem Garten in Tränen ausbrechen würde. „Um ehrlich zu sein, es war ein Albtraum. Ihr furchtbarer Köter kläffte Tag und Nacht, also legte ich ihr einen Zettel vor die Tür und erklärte ihr, dass Scamp unruhig war und mehr Zeit im Haus verbringen sollte."

„Brachte es etwas?", fragte Myrtle mitfühlend.

„Danach war Scamp noch öfters draußen und bellte sich regelrecht die Seele aus dem Leib. Er fing schon beim leisesten Windhauch an zu kläffen", sagte Tobin betrübt. „Glücklicherweise segnete er irgendwann aufgrund von Altersschwäche das Zeitliche. Ich war schon kurz davor, Red anzurufen und die Polizei um Hilfe zu bitten."

„Hundegebell würde mich auf die Palme bringen", sagte Myrtle. „Gut, ich wohne neben der berüchtigten Erma Sherman und habe somit auch keine Vorzeigenachbarin." Sie war bereit, Tobin ausführlich über Ermas Unzulänglichkeiten als Nachbarin in Kenntnis zu setzen, konnte sich aber kein Gehör verschaffen.

„Was mich außerdem die Wände hochgehen ließ, war, dass Cosette meine Mülltonne mitbenutzte. Sie hatte wegen all der Feiern ständig zu viel Müll. Sie wusste, dass ich alleinstehend bin und weniger Müll verursache", Myrtle hätte schwören können, dass Tobins Lippen bei den letzten Worten zitterten, „also steckte sie ihre übrigen Müllbeutel in meine Tonne, bis der Müll oben rausragte, oder stellte sie neben meine Tonne, weil um ihre herum schon gar kein Platz mehr war. Ich hatte immer Angst, dass der Müllmann meine Tonne nicht leeren würde. Ein paar Mal ließ er auch

Beutel da, die ich dann entsorgen musste. Ich konnte den Anblick der Müllberge vor meinem Haus nicht ertragen", sagte Tobin.

„Weißt du", sagte Myrtle, „auf ihrer letzten Feier sah ich einen riesigen, überquellenden Müllbeutel. Ich wunderte mich noch darüber, er stand nämlich direkt vor der Haustür."

Tobin errötete und lenkte das Thema rasch in eine andere Richtung. „Und es war nicht nur der Hund und der Müll, auch wenn das schon schlimm genug wäre. Sie hatte ununterbrochen Leute bei sich, zum Brunchen, Bridgespielen, gemeinsamen Kochen und was weiß ich noch alles. Ihre Gäste parkten ständig auf beiden Straßenseiten und blockierten meine Einfahrt, sodass ich mit meinem Truck nicht mehr rauskam. Außerdem endete jede ihrer Partygesellschaften im Garten, sodass ich den Lärm und das Herumgealber bis in die Nacht hinein ertragen musste. Ich arbeite hart und brauche meinen Schlaf." Tobin sah verletzt aus. „Nach einem anstrengenden Arbeitstag will ich einfach nur fernsehen oder mich mit meiner Baseballkartensammlung beschäftigen. Ich verhalte mich so leise wie möglich. Warum konnte Cosette Whitlow das nicht?"

„Das ist in der Tat äußerst nervenaufreibend. Nachbarn können einen wirklich auf die Probe stellen, nicht wahr? Als ich Erma erklärte, welch Plage ihr Unkraut ist ..."

„Und es ging noch weiter. Wenn ihre Gäste auf meiner Straßenseite parkten, zerstörten sie mit ihren Reifen ständig meinen Rasen. Sie sah mich sogar einmal dabei, wie ich versuchte, mit einer Schaufel die Furchen zu beseitigen und den Rasen zu ebnen, aber sie lachte nur und fuhr weiter. Sie fragte nicht einmal, ob sie ihren Mann zum Helfen herüberschicken sollte."

Erneut fürchtete Myrtle, Tobin könnte in Tränen ausbrechen. Sie hatte noch nie gut mit weinenden Menschen umgehen können und war fest entschlossen, es nicht darauf ankommen zu lassen.

„Der arme Lucas", sagte Myrtle kopfschüttelnd. „Stell dir vor, du müsstest mit jemandem wie ihr zusammenleben. Und sie lieben!"

„Sie machte den armen Kerl ständig nieder und verbrachte im Grunde gar nicht viel Zeit mit ihm."

„Wie kommst du darauf?"

„Weil es so war. Ich sah sie einmal sogar mit einem anderen Mann." Er seufzte. „Gute Güte, jetzt habe ich zu weit ausgeholt. Einer meiner Neujahrsvorsätze war, nicht zu tratschen, und hier stehe ich und tue genau das."

„Sind Neujahrsvorsätze nicht dazu da, um gebrochen zu werden?", fragte Myrtle unbekümmert und hoffte inständig, dass sich nicht in diesem Schlüsselmoment Tobins Gewissen durchsetzte. „Ich nehme mir immer wieder vor, täglich spazieren zu gehen. Nach sechzig Jahren mit demselben Vorsatz würde man meinen, ich wüsste es besser."

Aber Tobin blieb standhaft. Kein Wort kam mehr über seine Lippen, als Myrtle ihn fragte, ob ihm in der Mordnacht nahe dem Whitlow-Hause etwas Ungewöhnliches aufgefallen war. Er warf ihr nur einen Seitenblick zu, händigte ihr den schriftlichen Kostenvoranschlag aus und eilte zu seinem nächsten Auftrag davon.

Myrtle entschied widerwillig, sich die neueste Folge von *Das Versprechen von Morgen* anzusehen. Es kam nicht oft vor, dass das echte Leben dramatischer war als ihre Seifenoper.

Bevor sie jedoch ins Haus gehen konnte, fiel ihr Blick auf ein nagetier-ähnliches Gesicht, das über den Gartenzaun zu ihr herüberspähte. Sie erschrak. „Erma!", schnaubte sie wütend. „Was in aller Welt tust du dort oben? Du hast mich zu Tode erschreckt. Wie bist du überhaupt dort hinaufgekommen? Der Zaun sollte hoch genug sein, dass niemand darüber schauen kann." Der Gartenzaun war noch recht neu und Myrtle mochte die Privatsphäre, die er ihr für gewöhnlich bot.

Erma gackerte vergnügt. „Ich hatte eine Trittleiter zur Hand, weil ich die Glühbirnen auf meiner Terrasse ausgetauscht habe. Dann hörte ich Stimmen, unter anderem eine schroffe, tiefe, also ging ich der Sache auf den Grund. Du hast mit mir eine gute Nachbarin, Myrtle. Ich stelle sicher, dass meine betagte Freundin nicht in Gefahr ist. Das passiert dir doch manchmal, nicht wahr? Red mag es, wenn ich ein wachsames Auge auf dich habe."

Myrtle hatte vielmehr das Gefühl, dass sie sich in diesem Moment in Gefahr befand. Und zu hören, dass Red Erma als eine Art Spionin einsetzte, verstärkte ihren allgemeinen Unmut über ihren Sohn nur noch. Wenn das überhaupt möglich war. „Was mich an etwas erinnert ... Ich muss meine Gartenzwerge wieder einmal an die frische Luft holen."

Wann immer sich Myrtle über ihren Sohn ärgerte – was keine Seltenheit war – schleppte sie mühsam ihre ansehnliche Sammlung an Gartenzwergen aus dem Schuppen und verteilte diese in ihrem Garten. Red hasste die Zwerge und genoss dank der Tatsache, dass er direkt gegenüber wohnte, beste Sicht auf ihren stummen Protest.

Ermas Lächeln verschwand. „Ich dachte mir gerade, wie üppig dein Rasen doch aussieht, jetzt, wo du die Zwerge schon länger nicht mehr draußen hattest."

„Abgesehen von dem Unkraut, das von dir aus meinen Garten in Beschlag nimmt", bemerkte Myrtle spitz. „Worüber wolltest du mit mir sprechen? Ich möchte meine Serie schauen."

Erma kniff die Augen zusammen. „Ich habe gehört, dass du Cosette gefunden hast. Erstaunlich, wie du immer zur rechten Zeit am rechten Ort bist. Bist du dir sicher, dass du nicht höchstpersönlich für Mordopfer sorgst, um dich beschäftigt zu halten?"

„Ich wüsste nicht, wie mein besorgniserregendes Talent, Mordopfer zu finden, so ausgelegt werden könnte, dass ich zur rechten Zeit am rechten Ort wäre", erwiderte Myrtle kühl. „Und überhaupt ist die Sache nicht zum Lachen. Lucas und Joan sind schwer getroffen."

„Joan, schwer getroffen?", schnaubte Erma. „Übrigens, schreibst du den Artikel für den *Bugle*? Du hast doch früher schon über Kriminalfälle berichtet."

Der scheinheilige Ausdruck auf Ermas Gesicht verriet Myrtle, dass ihre Nachbarin bereits von der neuen Reporterin wusste. Myrtle würde ihr mit Sicherheit nicht die Genugtuung gönnen, zu glauben, dass sie besser über die Situation Bescheid wüsste als Myrtle. Auch wenn das womöglich der Fall war.

„Ein Reporter-Küken arbeitet an dem Fall. Ich weiß aber nicht, ob wir sie überhaupt eine Reporterin nennen sollten, wo sie doch nicht einmal bezahlt wird. Praktikantin trifft es vermutlich besser. Ich werde meinen tiefer recherchierten Bericht – mein Exposé – schreiben und sie wird sich um die Standardartikel kümmern, um das wer-was-wann-wo-warum-wie abzudecken", sagte Myrtle. „Sloan vertraut natürlich mir, wenn es um die größeren, investigativen Berichte geht. Die Praktikantin kann die Faktenartikel schreiben."

„Da bist du aber sehr großzügig", sagte Erma mit einem höhnischen Lächeln. „Ich habe ja gehört, dass sie ein echter Knüller sein soll. Äußerst jung, smart, hübsch und aktiv. Ein aufsteigender Stern am Journalistenhimmel.“

Einzig mit *aktiv* hatte Erma bei Myrtle einen Nerv getroffen. Myrtle war äußerst aktiv, hatte aber stets die Ergänzung *für ihr Alter* an sich haften. „Sloan engagierte früher auch schon neue, aufsteigende Reporter“, erinnerte sie Erma. „Was nie funktionierte.“

„Sloan lässt sie in der ganzen Stadt nach neuen Storys Ausschau halten. Ich sah sie Fotos machen. Er meinte, sie habe ein Näschen für Neuigkeiten.“

„Das wird sie in Bradley auch brauchen. Hier gilt es schon als Neuigkeit, wenn Georgia Summers endlich im Juli ihre Weihnachtsdeko abnimmt oder Ralph Morris plant, dieses Jahr Bohnen anstelle von Tomaten anzupflanzen.“

Erma hatte offensichtlich nicht die Reaktion erzielt, die sie sich erhofft hatte, und kam zurück auf den Mord zu sprechen. „Da du die Leiche gefunden hast und dich um die Berichterstattung kümmerst, habe ich einen Leckerbissen für dich.“

„Der da wäre?“, fragte Myrtle. Auch wenn sie Erma nicht ausstehen konnte und sie bei jeder sich bietenden Gelegenheit mied, wusste sie, dass sie Unmengen an Tratsch mitbekam. Was an den riesigen Ohren liegen musste, mit denen sie gesegnet war.

„Vor ein paar Wochen war ich bei Cosette, um etwas für unser Gartenclub-Treffen abzuholen.“

Grimmig musterte Myrtle Ermas Unkraut. Vielleicht sollte sie ein Exemplar ausgraben und Ermas Gartenclub vorführen.

Erma ignorierte Myrtles düsteren Gesichtsausdruck unbekümmert. „Während ich in Cosettes Haus war, klopfte es wie wild an die Tür. Cosette riss sie auf und vor ihr stand Sybil. Eine tobende Sybil. Sie schrie Cosette an und beschimpfte sie, hielt aber verdutzt inne, als sie mich erblickte. Dann warf sie Cosette einen Blick zu, der hätte töten können, mir einen ebenso wenig freundlichen und stürmte davon.“

„Weißt du, weshalb sie so aufgebracht war?“, fragte Myrtle.

„Nein, sie beschimpfte Cosette nur. Die aber schien zu wissen, worum es ging. Ihr Gesicht sprach Bände und sie schmetterte die Tür mit voller Wucht hinter Sybil zu. Glaub mir, ich sah zu, dass ich wegkomme.“

Mit einem Mal wich Erma sämtliche Farbe aus dem Gesicht, sodass sie noch blasser wirkte, und sie verzog den Mund zu einer Grimasse. Myrtle wandte sich überrascht um und erblickte ihre Katze Schara, die sich dicht neben sie gestellt hatte und Erma drohend ansah. Es war eine wilde Streunerkatze, die abgesehen von Myrtle jeden verabscheute, der ihr über den Weg lief, Leute anfiel und sie mit giftigen Blicken strafte.

Myrtle aber vergötterte sie, was, so war Myrtle überzeugt, nichts mit dem Katzenfutter zu tun hatte, das sie ihr regelmäßig fütterte. Schara besuchte Myrtle gerne in ihrem Haus, solange diese ein Fenster offenließ, durch das sie jederzeit wieder verschwinden konnte. Myrtle trotzte der Ansicht aller, dass Schara sich als Streunerkatze nie wie ein richtiges Haustier benehmen würde, unzähmbar war und somit keine gute Gesellschaft abgab. Nein, Schara war die perfekte Katze für sie.

Erma hingegen zählte nicht zu Scharas Lieblingen und litt zudem an einer schlimmen Katzenallergie, vor allem gegen Schara. Das brachte dem Tier bei Myrtle weitere Pluspunkte ein.

Ohne ein Wort des Abschieds stieg Erma die Trittleiter hinunter, klappte sie zusammen und flitzte damit durch ihre Hintertür.

„Komm, Kätzchen", sagte Myrtle zärtlich, woraufhin Schara ihr ins Haus folgte. Myrtle fand, dass es an der Zeit für eine besondere Belohnung war, und griff an dem Beutel Katzenfutter vorbei nach einer Dose Premium-Thunfisch.

Kapitel 8

Am nächsten Morgen saß Myrtle mit einer Schüssel Weizenkleie, einem Kaffee und einem kleinen Notizbuch an ihrem Frühstückstisch. Sie hatte schon früh gelernt, dass sie ihre Ermittlungen organisiert angehen musste, und kam zu dem Schluss, dass sie sich baldmöglichst mit Lucas unterhalten musste. Immerhin war er der Hauptverdächtige. Vielleicht musste die zuckersüße Tante Hazel bald nach Charlotte zurückkehren, sodass sich für Myrtle eine Gelegenheit für ein Gespräch ergab.

Am Nachmittag würde Joan Noah vorbeibringen, damit diese mit ihrem Vater Cosettes Sachen durchgehen konnte. Myrtle fiel ein, dass sie vergessen hatte, Elaine anzurufen und zu fragen, ob sie Jack zum gemeinsamen Spielen mit Noah vorbeibringen wollte. Sie sah auf ihre Küchenuhr. Es war acht Uhr. Elaine war mit Sicherheit schon wach, also griff Myrtle zum Telefon.

Sie sollte recht behalten. Tatsächlich klang ihre Schwiegertochter, als wäre sie bereits seit einigen Stunden auf den Beinen und schon wieder müde. „Myrtle? Was gibt es?"

Im Hintergrund trällerte jemand aus voller Kehle. „Ist das Jack?"

„Ach, er hat gestern in der Kita *Bruder Jakob* gelernt und singt es jetzt pausenlos", sagte Elaine mit einem hysterischen Lachen.

„Das ist nett", sagte Myrtle, wobei sie selbst nicht ganz überzeugt davon war.

„Ist es das?", fragte Elaine ebenso wenig überzeugt. „Nein, Jack. Iss dein Müsli und spiel nicht damit herum."

Jack, der für gewöhnlich ein vorbildlicher Junge war, schien an diesem Tag ungewöhnlich aufgekratzt zu sein, was Myrtle grübeln ließ. Wollte sie wirklich zwei kleine Jungen gleichzeitig in ihrem Haus haben? Jedoch hatte sie die Zeit nach dem Tod ihres Mannes gelehrt, dass es in vielerlei Hinsicht einfacher war, zwei Kinder zu beaufsichtigen als eines allein. Zu zweit unterhielten sie sich gegenseitig. „Ich passe heute Nachmittag für Joan auf Noah auf und dachte, dass du vielleicht Jack vorbeibringen möchtest, damit du etwas Zeit für dich hast." Nun gab es kein Zurück mehr.

Am anderen Ende der Leitung entstand Stille und Jacks Stimme drang durch das Telefon. „Ka-Bumm! Ka-Bumm!", tönte es aus dem Hintergrund, begleitet von einem Geräusch, das darauf schließen ließ, dass ein Gegenstand auf dem Küchenboden gelandet war.

Dann endlich sprach Elaine. „Bist du dir sicher? Jack scheint heute besonders viel Energie zu haben. Traust du dir zu, auf zwei Kleinkinder gleichzeitig aufzupassen?"

Der Zweifel und die Sorge in Elaines Stimme bestärkten Myrtle darin, dass sie sich das nicht nur zutraute, sondern in diesem Augenblick nichts lieber auf der Welt tun wollte. „Natürlich. Jack benimmt sich immer vorbildlich bei seiner Oma und Noah soll ja ein wahrer Wunderknabe sein. Es sollte doch ein Leichtes sein, auf einen Wunderknaben aufzupassen."

Am anderen Ende der Leitung ertönte ein Freudenschrei von Jack, der sich bestens zu amüsieren schien. Elaine seufzte schwer.

„Du brauchst dringend eine Auszeit", sagte Myrtle. „Überleg mal, was du alles erledigen könntest. Besorgungen machen, ungestört Jacks Zimmer aufräumen, ohne dass er gleich wieder sämtliches Spielzeug herauszieht, stricken oder ..."

„Schlafen?", schlug Elaine trocken vor.

„Schlafen ist immer eine gute Idee. Dann darf ich Jack für eine Weile abholen? Du würdest mir sogar einen Gefallen tun. Noah könnte sich bei mir langweilen und wir wissen beide, was passiert, wenn Jungs sich langweilen", sagte Myrtle.

Im Hintergrund ertönte ein schepperndes Geräusch und Elaine sagte hastig: „Ich muss auflegen, Myrtle. Danke für das Angebot, ich werde ihn nachher vorbeibringen. Ruf mich an, wenn er dir Probleme macht oder du erlöst werden musst."

„Dann bis später." Myrtle legte auf. Eines war sicher: Sie würde ihre Schwiegertochter auf keinen Fall anrufen. Nicht bei all der Sorge und dem Zweifel in Elaines Stimme. Außerdem waren die Jungs noch klein und Myrtle konnte aus ihrer jahrelangen Erfahrung und Weisheit schöpfen. Es würde alles gut verlaufen.

***

Wie man sich irren konnte. Anfangs verlief der Nachmittag noch recht harmonisch. Jack benahm sich anständig und die äußerst fröhlich gestimmte Joan trudelte zwanzig Minuten später ein. „Das ist so freundlich von dir. Mein Vater trauert immer noch und es wird ihm guttun, ein paar von Mutters Sachen wegzuräumen. Noah ist gut drauf und ich bin zuversichtlich, dass er dir keine Umstände bereiten wird." Sie gab Myrtle für den Notfall ihre Telefonnummer und war auch schon wieder verschwunden.

Myrtle presste verdrossen ihre Lippen zusammen. Sie hatte auf eine Unterhaltung mit Joan gehofft, bevor diese wieder ging. Sie musste es später noch einmal versuchen, wenn sie Noah abholte.

Dieser beobachtete interessiert, wie seine Mutter ihm zum Abschied winkte, und wirkte tatsächlich bestens gelaunt. Myrtle strahlte ihn an. „Hallo Noah! Bereit für ein wenig Spaß? Jack freut sich sehr darauf, mit dir zu spielen."

Noahs Blick wanderte von Myrtle zu Jack und dessen Lastwagen, der wiederum, so würde Myrtle später feststellen, zu einem Zankapfel zwischen den Jungen werden sollte, und stimmte sogleich ein Geheul an, das sowohl Myrtle als auch Jack erstaunt aufblicken ließ.

„Ich weiß, was wir tun!", rief Myrtle, die entschlossen war, sich nicht jetzt schon der Verzweiflung hinzugeben. „Wir holen uns Milch und Kekse!"

Sie wusste, dass dieser Trick für eine gewisse Zeit wirken würde, auch wenn es ihr sauer aufstieß, dass sie sich dabei wie Hazel Whitlow fühlte.

Der Snack zeigte Wirkung, wenn auch nur kurz. In einem weiteren Ablenkungsversuch zog sie einen Stapel Papier und alte Wachsmalstifte hervor und ließ die beiden Jungs malen. Sie hatte jedoch vergessen, dass Kinder in diesem Alter unter Malen verstanden, für eine kurze Zeit auf ein Stück Papier zu kritzeln, um sich dann der nächsten Aktivität zu widmen.

Sie spielten dann tatsächlich für ein paar Minuten zusammen – ein paar wertvolle Minuten ohne Zankerei. Die Harmonie hielt jedoch nur so lange, bis Noah entschied, sich Jacks Lastwagen zu krallen. Joan hatte Noah einen ganzen Korb mit seinen angeblichen Lieblingsspielzeugen mitgegeben, von denen er jetzt jedoch nichts wissen wollte und dies auch lautstark kundtat.

War Noah nicht angeblich ein kleiner Wunderknabe? So hatte es Cosette doch bei jeder sich bietenden Gelegenheit erzählt. „Willst du mir zeigen, was du auf Französisch sagen kannst, Noah?", fragte sie strahlend. Noah plärrte noch lauter und Myrtle warf einen Blick auf die Uhr. Sie musste noch eineinhalb Stunden durchhalten. „Vielleicht noch ein paar Kekse?", versuchte sie es mit einer anderen Strategie und zog erneut die Keksdose hervor. Sie musste sich Zeit verschaffen, bis sie einen Plan hatte.

Miles! Sie könnte Miles anrufen und ihn überreden, vorbeizukommen. Sie griff nach dem Telefon, zögerte dann jedoch. Er würde niemals kommen, wenn er wusste, dass er ihr beim Babysitten helfen sollte. Sie überdachte ihren Plan und wählte dann seine Nummer.

„Hallo Miles, könntest du kurz vorbeischauen? Jetzt. Genau. Ich wollte dir erzählen, was ich von Erma erfahren habe. Nein, ich würde es dir lieber persönlich erzählen. Komm einfach rasch herüber." Sie legte auf und hoffte inständig, dass sie mysteriös genug geklungen hatte, um seine Neugier zu wecken.

Als es ein paar Minuten später an der Tür klingelte, grinste Myrtle breit. Miles stand auf der Veranda und sah sie fragend an. „Was ist los? Du denkst doch wohl nicht, dass dein Telefon abgehört wird? Das wäre paranoid."

„Nein, aber ich denke, dass ich um die achtzig Jahre älter bin als meine Gäste. Und so fühlt es sich auch an. Ich könnte deine Unterstützung gebrauchen."

Sie trat zur Seite und gab die Sicht auf die beiden Jungs an ihrem Küchentisch frei.

„Oh nein", stöhnte Miles. „Babysitten stand heute wirklich nicht auf meinem Plan."

„Kannst du eine Ausnahme machen? Dabei kann ich dir auch erzählen, was ich von dem Fall halte.“

Die Jungs wählten ausgerechnet diesen Augenblick, um ihren zweiten Snack zu beenden und in Myrtles kleinem Wohnzimmer Fangen zu spielen.

Miles sah sie erstaunt an. „Zucker? Du hast ihnen Zucker gegeben?“

„Ein Snack erschien mir wie eine gute Beschäftigung“, sagte Myrtle schulterzuckend.

„Wenn du ihnen Karotten mit Sauerrahmdip vorgesetzt hättest, vielleicht. Aber doch keinen Zucker.“ Er schritt entschlossen auf Myrtles Fernseher zu und schaltete ihn an. Er zappte durch die Kanäle, bis er einen öffentlichen Sender fand, auf dem ein Cartoon lief. Die beiden Jungen rannten zum Fernseher und ließen sich davor auf den Boden fallen.

„Voilà“, sagte er selbstgefällig. „Magie.“

Myrtle runzelte die Stirn. „Ist das nicht geschummelt? Sollte ich nicht durch kreatives Spiel ihre geistige und körperliche Entwicklung fördern?“

„In deinem Alter? Auf keinen Fall. Du leistest schon genug, indem du verhinderst, dass sie dein Haus verwüsten oder gar in Brand setzen. Und sobald sie sich langweilen, was mit Sicherheit nicht so bald der Fall sein wird, machen wir damit weiter“, sagte er und nickte in Richtung von Myrtles Computer.

„Das wird sie bestimmt faszinieren“, brummte Myrtle. Die Jungs blickten wie versteinert auf den vergnügten Dino, der über den Bildschirm flimmerte. „Du hast mich gerettet.“

Er folgte ihr in die Küche und setzte sich in Sichtweite der Jungen. „Was für seltene Worte aus deinem Mund.“

Myrtle ignorierte ihn und öffnete den Kühlschrank. „Hier hast du Eistee. Und jetzt lass uns die Fakten durchgehen, bevor wieder das Chaos ausbricht."

Sie ließ sich ihm gegenüber auf einen Stuhl sinken. „Also. Erma zeigt mit ihrem Wurstfinger auf Sybil und behauptet, gesehen zu haben, wie diese Cosette anschrie und beleidigte."

„Du hast mit Erma gesprochen?"

„Ungewollt", sagte Myrtle naserümpfend.

„Hmm. Immerhin bestätigt Ermas Aussage meine Beobachtungen zu Sybil."

Myrtle sah ihn verdutzt an. „Beobachtungen zu Sybil? Warum erfahre ich erst jetzt davon? Vor allem nach diesem Zwischenfall auf Cosettes Feier."

„Na ja, es ist keine besonders neue Information. Sybil sagte nur einmal, dass sie nicht unbedingt Cosettes größter Fan wäre."

Myrtle sah ihn überrascht an. „Sieh an, da kennt sich wer mit dem Stadtgeschwätz aus. Das passt so gar nicht zu dir!"

„Ich habe lediglich das Treffen des Buchclubs aufmerksam verfolgt. Sybil Nelson sprach über Cosette und war dabei wenig zimperlich in ihrer Wortwahl", erinnerte sich Miles nachdenklich.

„Interessant", sagte Myrtle und schwieg, um die Neuigkeiten zu verdauen. „Mir fällt beim besten Willen kein Grund ein, warum Sybil auf Cosette wütend sein sollte. Warte, gib mir einen Tipp."

Miles zögerte. „Männer."

„Das soll ein Tipp sein? Männer? Das kannst du doch besser. Nun gut, offensichtlich hat ihr Freund Felix eine Affäre mit Cosette. Hat Sybil *gesagt*, dass die zwei sich treffen? Und das beim Buchclub? Wie erstaunlich!"

„Nein, sie sagte nichts von einer Affäre, sondern nur, dass Cosette eine unerträgliche Aufschneiderin wäre", sagte Miles.

Das überraschte Myrtle noch mehr als die Affäre. „Sybil nahm die Worte unerträgliche Aufschneiderin in den Mund? Ich kann mir nicht vorstellen, dass ihr die über die Lippen kommen. Scheint, als hätte ich sie wegen des lauten Gelächters, der kitschigen Ohrringe und der Rüschenkleider unterschätzt."

„Nein, das ist nur meine Zusammenfassung ihrer Schilderungen. Sie sagte, dass Cosette lernen sollte, den Mund zu halten und dass sie schon wüsste, wie sie ihr dabei helfen würde."

„Ah. Das klingt schon eher nach Sybil. Immerhin ist sie diejenige, die uns dazu zwingt, all diese unglaublich schwachsinnigen Romane zu lesen."

Miles nickte. „Das stimmt."

„Sie war also genervt von Cosettes Angebereien, was kein Wunder ist. Wie hat sie denn von der Affäre erfahren?", fragte Myrtle.

„Ich muss einen recht überraschten Eindruck angesichts ihrer boshaften Wortwahl gemacht haben. Normalerweise ist sie doch recht fade, nicht wahr? Aber das war ein heftiger Angriff auf Cosette. Als ich mir später etwas zu trinken holte, passte Erma mich ab und erklärte mir, dass Sybils Freund eine Affäre mit Cosette habe", sagte Miles.

„Jetzt verstehe ich, warum mir all das entging. Ich habe mich schon gefragt, ob ich das halbe Treffen im Bad vertrödelte. Wenn du dich aber mit

Erma abgabst, hielt ich mit Sicherheit den maximal möglichen Abstand.“

„Ganz genau. Erinnerst du dich jetzt? Erma war ganz besessen darauf, sich mit dir zu unterhalten, aber du machtest dich stets mit einer Ausrede aus dem Staub.“

„Wir sollten an dieser Stelle nicht vergessen, dass Erma für gewöhnlich nicht die zuverlässigste Informationsquelle ist. Sie dichtet ausnahmslos jedem eine Affäre an und ich bin mir nicht sicher, wie glaubwürdig ihre Aussage ist. Sie kann sich dieses Techtelmechtel genauso gut ausgedacht haben und wir sollten nicht ausschließen, dass es sich dabei um reine Spekulation handelt. Angenommen, es steckt nichts dahinter, welchen Groll könnte Sybil sonst gegen Cosette hegen?“, fragte Myrtle. Sie schwenkte gedankenverloren die Eiswürfel in ihrem leeren Glas.

„Ich habe keine Ahnung“, sagte Miles.

„Irgendetwas muss dir doch durch den Kopf gehen“, sagte Myrtle scharf.

„Nein.“

„Sei kreativ“, beharrte Myrtle.

„Ich bin nicht wirklich mit einer blühenden Fantasie gesegnet“, sagte Miles schulterzuckend. Dann zögerte er. „Rein davon ausgehend, was sie beim Buchclub sagte, könnte es sein, dass sie einfach genervt von ihr war.“ Er warf Myrtle einen selbstgefälligen Blick zu, als hätte er eine besonders tiefgehende Analyse geliefert.

Myrtle seufzte. „Das habe doch ich dir erzählt. Das wäre *mein* Mordmotiv.“

„Wenn dir das als Motiv genügt, sollte es auch für Sybil Anlass genug sein“, sagte Miles. „Auch wenn Sybil für mich immer noch nicht recht zu den Verdächtigen zählt.“

„Ich glaube, Erma hat recht. Da muss etwas zwischen Felix und Cosette gelaufen sein“, sagte Myrtle. „Oder vielleicht glaubt Sybil das auch nur. Zumindest war die Anspannung an diesem Abend in der Küche greifbar.“

„Erinnere mich bloß nicht daran“, sagte Miles gequält. „Ich weiß nicht, wann ich mich zuletzt so unwohl gefühlt habe.“

Myrtle sprach weiter. „Ich wünschte, mir würde ein Vorwand einfallen, um Sybil unauffällig zu befragen.“

„Der Buchclub ist immer eine Option“, überlegte Miles.

Myrtle runzelte die Stirn. „Hat das letzte Treffen nicht gerade erst stattgefunden? Doch, ich bin mir sicher, dass diese Qualen nicht allzu lange zurückliegen. Und wir haben doch dieses lächerliche neue Buch mitbekommen.“

„Ich meinte nur, dass du dir immer eine Ausrede in Verbindung damit ausdenken kannst.“

„Zum Beispiel?“

„Ich weiß nicht ... Sag ihr, dass du das nächste Buch auswählen musst und gerne ihre Meinung zu deiner Vorauswahl hören würdest.“

„Ist das nicht ein lausiger Vorwand für einen Besuch?“, fragte Myrtle.

Miles schien nicht gerade einen seiner sensibelsten Tage zu haben. „Myrtle, du bist alt. Das birgt bestimmte Vorteile.“

„Nicht genug, sei dir dessen gewiss“, brummte Myrtle.

„Ich denke, du kommst mit so ziemlich allem davon. Was macht es schon, wenn deine Ausrede ein wenig lasch ist? Es wird nur so aussehen, als wäre dir fad. Sie ist neu in der Stadt und kennt dich noch nicht besonders gut, also wird sie nicht misstrauisch werden, wenn du sie nach ihrer Meinung fragst. Sybil ahnt noch nicht, dass du eine dieser gewitzten alten Damen bist“, sagte Miles.

Gewitzt, das gefiel Myrtle.

„Außerdem sieht es mir nicht so aus, als müsstest du einen Grund für einen Besuch vorschieben. Du arbeitest doch für den *Bradley Bugle*. Sag Sybil, dass du an einem Bericht schreibst. Das wäre nicht mal gelogen.“

„Na klar. Gegenüber der Presse spricht sie mit Sicherheit gerne über die Affäre ihres Freundes. Nein, sie wirkt mir eher wie der Typ Mensch, der sich einem Journalisten gegenüber verschließt, selbst wenn ich der Journalist bin. Vergiss nicht, dass sie in einem Mordfall verdächtig ist. Und ihr Freund hatte eine Affäre mit dem Opfer, soweit wir das beurteilen können. Das scheinen mir allesamt keine Themen zu sein, die sie über die Lokalzeitung in der Stadt verbreiten möchte.“

„Dann solltest du dich an die Ausrede mit dem Buchclub halten.“

„Vielleicht ist Felix auch dort, sodass ich ihm auf den Zahn fühlen kann“, überlegte Myrtle.

„Das wird nicht funktionieren. Sie wird nicht offen sprechen, wenn er dabei ist. Vielleicht kannst du ihn bei der Arbeit abpassen und das Gespräch auf das Thema lenken.“

„Was arbeitet er nochmal?“, fragte Myrtle.

Miles schien ein Niesen zu unterdrücken. Oder ein Lachen. „Er verkauft Lebensversicherungen.“

„Das könnte funktionieren.“ Nun lachte er unverhohlen. „Miles, mit dem Lebenswandel der heutigen Zeit könnte ich leicht noch zwanzig Jahre oder länger leben.“

Miles entschied offensichtlich, nicht weiter darauf einzugehen. „Wer ist dein Hauptverdächtiger?“, fragte er, während er sich in seinem Stuhl vorbeugte, um sich zu vergewissern, dass die Jungs noch mit fernsehen beschäftigt waren. Das waren sie.

„Tobin Tinker“, sagte Myrtle entschieden.

„Was? Tobin?“

„Ich unterhielt mich direkt vor meiner Begegnung mit Erma hier bei mir mit Tobin. Nachdem wir mit Joan sprachen, rief ich ihn für einen angeblichen Auftrag an. Ich musste ihn erst aus der Reserve locken, aber schlussendlich ließ er sich über Cosette aus.“

„Du willst Tobin beauftragen?“, fragte Miles schockiert. „Wird das Dusty nicht furchtbar aufregen? Ich dachte, dass du es dir zum Ziel gemacht hast, Dusty bei Laune zu halten.“

„Deshalb schlage ich mich ja mit dieser lächerlichen Haushaltshilfe namens Puddin herum und beschwere mich nicht, wenn er nicht sorgfältig mäht ... Er ist der einzige Gärtner in der Stadt, der bereit ist, um meine Zwerge herum zu mähen. Ich kann es mir nicht leisten, ihn zu verärgern“, sagte Myrtle. „Aber ich habe herausgefunden, dass Tobin Bäume fällt. Also habe ich ihn herbestellt, damit er sich die morsche Kiefer ansieht.“

Miles runzelte die Stirn. „Ich kann mich nicht daran erinnern, dass du eine morsche Kiefer im Garten hast.“

Myrtle zeigte aus dem Fenster. „Unten am See.“

Miles stand auf und sah in die angegebene Richtung. „Das dünne Bäumchen unten am Ufer? Du wirst doch kein Geld dafür ausgeben, es fällen zu lassen? Es wird eines Tages von allein in den See fallen.“

„Ich habe mir lediglich ein Angebot machen lassen, das ist alles. Das Problem ist nur, dass er mir so einen guten Preis angeboten hat, dass er vermutlich nicht lockerlassen wird, bis ich zusage.“

Miles warf einen trägen Blick aus dem Fenster und schrak zurück. „Dieses Tier! Es ist eine Plage, Myrtle. Kannst du nicht etwas dagegen unternehmen?“

Myrtle wandte sich um und erblickte Schara, die Miles einen bedrohlichen Blick zuwarf. „Sie mag dich nur nicht, weil du sie böse ansiehst und sie beschimpfst. Mich liebt sie. Erst sagen mir alle, ich solle mich von ihr fernhalten, weil sie eine Streunerkatze ist ... und dann wird wieder von mir verlangt, dass ich etwas gegen sie unternehme. Das erscheint mir doch recht widersprüchlich.“

„Wir meinen doch nur, dass du eine Art Verpflichtung ihr gegenüber hast. Nachdem du sie fütterst und so weiter“, sagte Miles pikiert.

„Ich habe sie sterilisieren und impfen lassen, aber ich habe nicht vor, mit Schara zu einem Tierpsychologen zu rennen, um herauszufinden, warum sie Menschen missachtet. Meine Wenigkeit ausgenommen. Ich akzeptiere es einfach. Sie ist ein äußerst schlaues Tier“, verkündete Myrtle, als Schara vor Miles die Zähne fletschte.

„Wie beruhigend“, sagte Miles mürrisch.

Kapitel 9

Myrtle stöhnte, als es energisch an der Haustür klopfte. „Das ist Joan und jetzt sieht es so aus, als hätte ich die Jungs die ganze Zeit über fernsehen lassen." Sie hievte sich von ihrem Stuhl hoch und griff nach ihrem Gehstock.

„Das hast du auch", sagte Miles. „Aber das war besser als jede Alternative und wir mussten nicht einmal auf den Computer ausweichen."

Joan wirkte noch vergnügter als zuvor und begrüßte die beiden mit einem strahlenden Lächeln. Myrtle war überrascht über ihre Grübchen – ihr sonst so mürrischer Gesichtsausdruck hielt diese für gewöhnlich im Verborgenen. Das Ableben ihrer Mutter schien ihr außerordentlich gute Laune zu bereiten. „War Noah brav?", fragte sie, als sie ihn auch schon entdeckte, wie er gebannt auf den Bildschirm starrte.

„Oh ja, es war sehr nett. Wir haben eine Kleinigkeit gegessen, Bilder gemalt, Französisch gesprochen und ..." Sie verstummte und schnitt eine Grimasse, als Noah weiterhin wie gebannt den Cartoon verfolgte, ohne seine Mutter eines Blickes zu würdigen. „später den Fernseher eingeschalten, als Miles kam und sich unterhalten wollte. Ich hoffe, das ist in Ordnung", sagte sie entschuldigend.

„Das ist überhaupt kein Problem", sagte Joan und zwinkerte ihr durch die dicke Brille hindurch zu. Sie räumte Noahs Spielsachen zurück in den mitgebrachten Korb.

„Bist du dir sicher?", fragte Myrtle. „Ich war bisher immer davon überzeugt, dass Noahs intellektueller Horizont mit anderen Aktivitäten als einem animierten Dino im Fernsehen gefördert wird.“

Der Dino schien sich jeden Tag das falsche Outfit anzuziehen. Bei Schnee trug er Badehosen, bei Hitze einen Wintermantel. Myrtle vermutete, dass dies als pädagogisch wertvoll betrachtet werden konnte. Wenn auch auf eine recht eigenwillige Art und Weise.

Joan verdrehte die Augen. „Das war Mutters Idee. Seitdem er allein sitzen kann, hatte der arme Noah keinen ruhigen Augenblick mehr. Mutter bezahlte ihm Privatunterricht in Fremdsprachen, Musik und Sport. Vermutlich hängt er so am Bildschirm, weil er zum ersten Mal einen sieht.“ Joans Haltung veränderte sich komplett, als sie von ihrer Mutter sprach. Sie sackte in sich zusammen und nahm eine gebeugte Haltung an, als wollte sie sich verstecken.

„Wie war es bei deinem Vater?“, fragte Miles. „Geht es ihm besser?“

„Und ist deine Tante noch bei ihm?“, mischte sich Myrtle ein und bemühte sich um einen unschuldig besorgten Ausdruck, um herauszufinden, wie ihre Chancen für ein Gespräch mit Lukas standen.

„Ja, Tante Hazel ist noch da. Sie wird nach dem Begräbnis noch ein paar Tage hierbleiben, um ihm unter die Arme zu greifen. Und es lief alles sehr gut, danke der Nachfrage. Es ist schwer, Mutters Sachen durchzugehen, aber wir sind gut vorangekommen. Mein Vater hat mich immer und immer wieder gefragt, ob ich etwas davon behalten möchte, aber ich habe abgelehnt ... aber das war auch schon das einzige Problem“, sagte Joan. Sie schnaubte. „Als ob Mutter und ich dieselbe Größe hätten. Mutter war doch spindeldürr und ich ...“ Sie deutete auf die Fettröllchen, die sich über dem Bund ihrer Jogginghose abzeichneten.

„Nun, ich bin mir sicher, dass es genügend Organisationen gibt, die sich über die Kleiderspende freuen werden“, sagte Myrtle.

„Genau." Joan wirkte in Gedanken vertieft. „Wir trugen unterschiedliche Kleidergrößen, hatten unterschiedliches Temperament und waren überhaupt gegensätzliche Persönlichkeiten. Ich möchte keine Erinnerungsstücke an Mutter in meinem Haus sehen. Auch wenn ich traurig darüber bin, dass sie von uns gegangen ist", sagte sie und wirkte dabei keineswegs bedrückt. „Aber ich weiß, dass die Wohltätigkeitsorganisationen sich sehr freuen werden. Außerdem konnten wir einiges aussortieren. Es wird Dad guttun, wenn er nicht mehr inmitten Mutters Sachen leben muss ... Bestimmt kommt er so schneller zur Ruhe."

Das erschien Myrtle nun doch eine seltsame Beschreibung der Umstände. „Es war auf alle Fälle richtig von dir, ihm dabei zu helfen. Ich kann mir vorstellen, dass er derzeit nicht allzu gut schläft und sich etwas verloren fühlt."

„Ja, aber Tante Hazel ist ebenfalls eine große Stütze. Das Begräbnis wird übrigens morgen stattfinden. Tante Hazel kümmerte sich um den Nachruf, worüber ich sehr froh bin, da ich keine Ahnung habe, was ich über Mutter sagen sollte. Und sie hilft beim Hausputz, sollten vor oder nach der Beerdigung Gäste vorbeikommen. Dad ist immerhin langsam so weit, dass er sich mit Besuchern unterhalten kann. Ich bin froh, dass Tante Hazel für uns da ist. So muss er sich nur um die Lebensversicherung und andere geschäftliche Dinge kümmern."

Myrtle bemerkte, wie Miles sie mit hochgezogener Augenbraue ansah. „Nun, ich bin die erste, die zugibt, dass Geld Sicherheit vermittelt. Schlussendlich sind Begräbnisse alles andere als billig, nicht wahr?", sagte Myrtle vorsichtig.

„So ist es. Da meine Eltern finanziell nicht besonders gut dastanden, kam die Lebensversicherung gerade recht. Und dann noch so eine großzügige. Dad wird sich keine Sorgen machen müssen."

„Du hast einen sehr modernen Vater. Er tat gut daran, den Wert einer Frau zu erkennen, die Zuhause bei der Familie bleibt, und eine Versicherung abzuschließen, die das berücksichtigt", sagte Myrtle.

„Dad sagte stets, dass Mutter so großartige Arbeit leistet, dass er eine ganze Schar an Bediensteten bräuchte, um sie zu ersetzen. Mutter prahlte ständig damit. Er schätzte sie so sehr, dass er eine hohe Lebensversicherung für sie abschloss, die die Kosten für einen Gärtner und eine Haushaltshilfe abdeckt. Und noch mehr."

Noah riss sich schließlich vom Fernseher los und schlang schläfrig seine Arme um die Beine seiner Mutter.

„Schaut ganz so aus, als wären wir müde. Wie schön! Ich sollte ihn öfters vorbeibringen. Er kann gleich ein Nickerchen machen, während ich die Hausarbeit erledige. Vielen Dank, dass du auf ihn aufgepasst hast."

Nachdem Joan mit Noah und dem Korb an Spielsachen von dannen gezogen war, bemerkten Myrtle und Miles, dass Jack eingeschlafen war. Er lag zusammengekringelt auf dem Boden vor dem Fernseher. „Elaine wird in einer Viertelstunde hier sein", sagte Myrtle. „Erzähl mir inzwischen, was du von dieser Lebensversicherung hältst."

„Vielleicht erklärt das die Verbindung zwischen Felix und den Whitlows?", überlegte Miles. „Immerhin verkauft Felix Lebensversicherungen. Mitunter war alles rein geschäftlich."

„Es erklärt aber nicht Sybils Wut auf Cosette. Wenn zwischen ihrem Freund und Cosettes Mann eine geschäftliche Beziehung bestand, sollte sie doch besser auf sie zu sprechen sein."

„Das stimmt", gab Miles zu. „Es erscheint mir auch seltsam, dass Lucas eine hohe Versicherung auf Cosette abgeschlossen haben soll. Ich will damit nicht sagen, dass sie keine wesentliche Rolle in ihrer Familie spielte, aber schlussendlich trug sie nichts zum Familieneinkommen bei. Lebensversicherungen sind doch dafür da, um Einkommensausfälle abzufangen. Außer natürlich, sie schlossen beide hohe Versicherungen ab. Vielleicht hatte Cosette auch eine für Lucas."

„Das könnte sein. Ich hege die Vermutung, dass die Polizei das auch ungewöhnlich finden wird. Was Lucas noch mehr ins Zentrum der Ermittlungen rückt. Vermutlich weiß die Polizei bereits davon, was bedeutet, dass ich dringend mit Felix sprechen muss", sagte Myrtle gedankenverloren. „Da morgen das Begräbnis stattfindet, werde ich es übermorgen versuchen müssen."

„Denkst du, dass er dir verraten wird, wem er welche Versicherung verkauft hat?", fragte Miles zögerlich. „Besteht da nicht eine Art Schweigepflicht?"

„Du verwechselst Versicherungsmakler mit Priestern und Ärzten. Außerdem bin ich mir sicher, dass ich ihm das auch so entlocken kann. Die Leute unterschätzen mich ständig und halten mich für eine harmlose alte Schachtel. Du würdest nicht glauben, was mir quasi Unbekannte alles erzählen. Ich bin mir sicher, dass ich aus ihm herauskitzeln kann, welche Versicherungen sie abgeschlossen haben und warum Cosettes so hoch angesetzt war."

***

Myrtle hätte am nächsten Tag bereits beim Aufstehen bemerken müssen, dass eine Art Fluch auf ihr lastete, als sie schon ein Schultermuskel

plagte, da hatte sie noch nicht einmal das Bett verlassen. Älterwerden war
doch höchst unerfreulich.

Sie nahm zwei Schmerztabletten und machte sich fertig. Immerhin
galt es, ein Begräbnis zu besuchen und einen Artikel zu schreiben. Und es
würde ein guter Artikel werden, viel besser als der des Journalisten-Kükens.
Beim Anziehen hielt sie inne. Sie hatte Sloan versprochen, ihm bis zum
Vorabend die Haushaltstipps zu schicken und hatte ganz darauf vergessen.

Sie eilte ins Wohnzimmer, setzte sich an den Schreibtisch und öffnete
ihr E-Mail-Postfach. Dann tippte sie in ihrer üblichen munteren Art drauf
los. Hätte es da nur nicht ein kleines Problem gegeben. Es wollten ihr beim
besten Willen keine neuen Haushaltstipps einfallen. Die einzigen, die ihr in
den Sinn kamen, hatte sie bereits in vorherigen Ausgaben verwendet. Sie
starrte verzweifelt auf den Bildschirm, und dachte daran, dass sie sich
längst für die Beerdigung fertigmachen sollte. Ein Scharren lenkte sie ab,
woraufhin sie dem Geräusch in die Küche folgte.

Dort fand sie Schara, die aufgeregt an ihrem Küchenfenster scharrte.
Myrtle ließ sie herein. „Na, Kätzchen", sagte sie und war in Gedanken
immer noch bei ihrer Kolumne. Sie nahm eine Dose aus dem Schrank und
bemerkte dabei nicht, dass es der teure Lachs war.

Als sie sich wieder an den Computer setzte, war sie zu dem
Entschluss gekommen, dass sie sich die Tipps ausdenken musste.
Vermutlich hätte sie das so oder so getan. Da ihre Kreativität sie im Stich zu
lassen schien, wich sie auf alte Aberglauben aus. „Öffnen Sie Ihren Schirm
niemals im Haus." „Gehen Sie nicht unter Leitern durch." „Zerbrochene
Spiegel bringen Unglück." Sie überflog ihre Tipps noch einmal, um sie auf
Tippfehler zu kontrollieren. Sie schüttelte den Kopf. Sloan – und die halbe
Stadt – würde mit Sicherheit denken, dass sie an Demenz litt. Aber ihr blieb

keine Zeit. Und wenn Sloan beschloss, dass sie mit ihrer Kolumne durch war, könnte sie sich vielleicht durchsetzen und als reguläre Journalistin für ihn arbeiten. Sie würde damit argumentieren, dass ihr die Kolumne zu fad geworden war und sie eine anregendere Aufgabe benötigte.

Immer noch in ihren Bademantel gekleidet, eilte sie mit Schara auf den Fersen zurück ins Schlafzimmer. Sie musste ihr schwarzes Kleid finden. Die Kleidervorschriften in der Kirche waren so lax geworden, dass sie für ihre seltenen Besuche meist eine schwarze Hose wählte. Der einzige Anlass, zu dem sie noch ein Kleid anzog, waren Beerdigungen und sie besaß auch nur ein einziges, das den Umständen angemessen war. Aber wo war es? Sie wusste, dass sie es zuletzt vor ein paar Monaten für die Beerdigung von Mabel Iverson gebraucht hatte.

Myrtle schob eilig die aufgehängten Hosen und Blusen zur Seite, während Schara es sich auf Myrtles Bett gemütlich machte und sich dabei ausgerechnet auf die Strumpfhose setzte, die Myrtle sich herausgelegt hatte. Endlich wurde Myrtle fündig, zog das Kleid aus dem Schrank und begutachtete es. Hatte sie nach Mabels Begräbnis noch etwas gegessen? Sie konnte sich beim besten Willen nicht daran erinnern und dennoch prangte ein großer, nein ein gigantischer Fleck auf der Vorderseite des Kleides, der verdächtig nach Bratensoße aussah.

Nachdem dies ihr einziges Begräbniskleid war, hielt sie es vor sich und begutachtete sich kritisch im Spiegel. Konnte man den dunklen Fleck gut sehen? Wenn sie im direkten Sonnenlicht stand, war er vermutlich besser sichtbar als im Schatten. Ungünstig nur, dass es ein heller, sonniger Tag war und der verdammte Fleck wie ein Neonschild herausstechen würde.

Myrtle wandte sich von ihrem Spiegelbild ab und erblickte Schara, die mit ihren Krallen die Strumpfhose bearbeitete. Sie schloss die Augen und atmete tief durch. Dann würde sie eben nicht ihr Begräbniskleid tragen. Was hatte sie sonst noch? Sie wühlte sich erneut durch ihren Kleiderschrank und fand eine dezente dunkle Hose mit einem schwarzen Gürtel und einem passenden, karierten Blazer. Sie seufzte. Draußen herrschten hochsommerliche Temperaturen, aber sie war dennoch der Ansicht, dass sie nicht kurzärmelig zu einem Begräbnis erscheinen sollte. Was nur ein weiterer Grund war, der für ihr Begräbniskleid mit den Dreiviertelärmeln sprach.

Ein Blick auf die Uhr verriet ihr, dass sie spät dran war. Das passierte ihr sonst nie. Sie legte ihren Morgenmantel ab, zog sich an und schlüpfte in ihre flachen, schwarzen Schuhe. Dann puderte sie ihre Wangen, kämmte ihr weißes Haar, damit dieses nicht wie das von Einstein in alle Richtungen abstand, und suchte nach ihrem Lippenstift. Wo in aller Welt war er nur? Ihre lädierte Schulter pochte, während sie hektisch danach suchte. Er musste doch irgendwo sein. Sie sah an diesem Tag so bleich und matt aus, dass man sie für die Leiche halten und an Cosettes Stelle ins Grab befördern würde.

In der Schublade war kein Lippenstift zu finden, also versuchte sie, den vorangegangenen Tag zu rekonstruieren. Sie hatte Farbe nachgetragen, bevor Elaine Jack abholen kam, damit sie frisch und ausgeruht wirkte und den Eindruck vermittelte, dass sie ohne weiteres auf zwei Kleinkinder aufpassen konnte. Wo hatte sie den Lippenstift danach hingelegt? Und warum hatte sie nur noch einen einzigen?

Myrtle riss erschrocken die Augen auf, als es ihr dämmerte. Sie eilte in den Waschraum und öffnete den Trockner. Da lag er. Beziehungsweise das, was von ihm übrig war, nachdem er geschmolzen und auf der Wäsche eingetrocknet war.

Fluchend gab sie ihre Bestrebungen auf, wie ein lebendiger Mensch auszusehen, und griff nach ihrem Gehstock. Die Kirche lag nicht sonderlich weit entfernt, aber angesichts ihrer Verspätung nahm der kurze Weg bereits zu viel Zeit in Anspruch. Sie öffnete die Tür, wobei ihr Blick auf einen toten Hasen auf der obersten Treppenstufe fiel. Myrtle sah ihn entsetzt an, als Schara an ihr vorbeiflitzte und ihr einen stolzen Blick zuwarf, als wollte sie sie ermutigen, ihr Geschenk anzunehmen.

Darum würde sie sich später kümmern, entschied Myrtle, während sie eilig die Haustür hinter sich versperrte.

Sie war noch nicht weit gekommen, als sie ein Auto herannahen hörte und eine Stimme trocken fragte: „Haben wir zufällig dasselbe Ziel?"

Es war Miles. „Du bist meine Rettung", sagte sie, während sie es sich auf dem Beifahrersitz bequem machte.

„Das ist schon das zweite Mal diese Woche, dass ich diese Worte aus deinem Mund höre", sagte Miles. „Naht der Weltuntergang?"

Myrtle, die vom Zustand ihrer Hose abgelenkt war, ignorierte seine Worte. „Was zur ... Meine Hose ist voller Katzenhaare." Sie fuhr in einem erfolglosen Versuch, die Haare loszuwerden, über ihr Hosenbein. Als dies nichts brachte, zupfte sie die Haare einzeln weg.

„Anstrengender Tag?", fragte Miles.

„Wenn du wüsstest ... Und da ich auf dem Weg zu einer Beerdigung bin, besteht nur wenig Hoffnung auf Besserung."

„Erklär mir noch einmal, was du dir von dem Begräbnis erhoffst. Wolltest du mit Felix sprechen?", fragte Miles.

„Nein, ich habe schon einen Termin bei seiner Agentur vereinbart. Ich kann mir sowieso nicht vorstellen, dass er zu Cosettes Begräbnis kommt. Ich hoffe, dass ich den einen oder anderen Hinweis aufschnappe. Vielleicht von Joan oder Lucas. Oder Sybil taucht auf, wer weiß!"

„Warum Sybil? Um zu trauern?" Miles wirkte wenig überzeugt.

„Um sicherzugehen, dass Cosette tatsächlich tot ist", sagte Myrtle und legte ihren Gehstock zur Seite, um ihre Beine auszustrecken, während sie immer noch damit beschäftigt war, ihre Hose zu säubern.

Miles warf ihr einen flüchtigen Blick zu, bevor er sich wieder auf die Straße konzentrierte. „Ich möchte dir nicht zu nahetreten, aber ist alles in Ordnung? Du wirkst nicht so ... gefasst wie sonst."

„Ach ja? Das könnte daran liegen, dass das der furchtbarste aller Tage ist. Es grenzt schon an ein Wunder, dass ich es überhaupt zur Beerdigung schaffe, bei dem Vormittag, den ich hinter mir habe", sagte Myrtle.

In diesem Moment ertönte ein fürchterlicher Knall, der aus Miles' Auto zu stammen schien. Er parkte das Auto an den Rand der von Bäumen gesäumten Straße und stieg aus. Miles bedachte den Wagen mit einigen äußerst unehrenhaften Bezeichnungen, während er eine Runde darum drehte und sich dann zurück hinter das Lenkrad setzte. „Kann es sein, dass dich jemand verflucht hat? Ich habe eine Reifenpanne."

„Was? Nein! Wir sind doch beinahe am Friedhof. Kannst du nicht auf der Felge weiterfahren?"

„Nein, das kann ich nicht. Das würde sie komplett zerstören. Außerdem könnte ich den Wagen nicht unter Kontrolle halten und würde sogar einen Brand riskieren“, entgegnete Miles entschieden. „Wir gehen den Rest zu Fuß. Ich werde dich stützen.“

„Ich brauche keine Stütze“, entgegnete Myrtle mürrisch. „Das Auto hat eine Klimaanlage und ich wäre schneller ans Ziel gekommen. Nur deshalb wollte ich lieber fahren.“

„Und ich dachte, es läge an unseren brillanten Unterhaltungen“, sagte Miles. „Nun gut, wir können nichts weiter tun. Lass uns gehen.“

Als sie den Friedhof erreichten, stand die Sonne bereits hoch am Himmel. Es war nicht der leiseste Windhauch zu spüren und die Luftfeuchtigkeit schien einen neuen Höchstwert erreicht zu haben. Die schwarz-weiße Bluse klebte an Myrtles Körper und auch Miles erging es mit seinem Hemd nicht besser.

„Heißt es nicht, dass alte Menschen nicht schwitzen?“, brummte Myrtle.

„Ich glaube, da bringst du etwas durcheinander. Es heißt lediglich, dass wir nicht ausreichend schwitzen, um vor einem Hitzschlag geschützt zu sein.“ Er keuchte die Worte mehr als dass er sie sprach, während er dabei sein Jackett auszog und sich über den Arm legte.

„Verdammt. Das Begräbnis hat bereits begonnen“, sagte Myrtle.

Der Pfarrer sprach bereits mit hochgehaltener Bibel zur versammelten Trauergemeinde, wobei er trotz aufwändiger Robe nicht unter der Hitze zu leiden schien.

„Es wird niemanden stören, wenn wir uns leise hinten dazustellen“, sagte Miles. „Wir wollen uns ja nicht zur Trauerfamilie setzen.“

Dennoch verspürte Myrtle eine für sie ungewöhnliche Zurückhaltung. „Ich denke nicht, dass wir das tun sollten. Alle werden sich zu uns umdrehen und ich möchte die Leute nicht aufregen. Immerhin will ich sie später noch befragen." Außerdem sah sie grauenvoll aus. Vermutlich machte sogar Cosette an diesem Morgen mehr her als sie.

„Verdammt", murmelte Myrtle erneut. „Da kommt Sloan."

Miles sah sie mit hochgezogener Augenbraue an. „Ich dachte, du magst Sloan. Oder dass du zumindest gerne mit ihm zusammenarbeitest."

„Ich habe die blöden Haushaltstipps vergessen und musste mir heute Morgen schnell etwas aus den Fingern saugen. Ich habe sie ihm per E-Mail geschickt, bevor ich losgegangen bin, also wird er sie noch nicht gesehen haben. Vermutlich wird er mich danach fragen."

„Das sollte doch unterhaltsam werden. Er ist immer noch eingeschüchtert von seiner einstigen Lehrerin. Ich kann mir nicht vorstellen, dass er dich für die vergessene Abgabefrist tadeln wird."

„Die Zeitung ist sein Leben. Ich traue ihm zu, dass er all seinen Mut zusammennimmt, um mich darauf anzusprechen." Sloan eilte auf sie zu und stellte sich nah genug an sie, dass er ihr etwas zuflüstern konnte.

Myrtle beschloss, dass in diesem Fall Angriff die beste Verteidigung war. „Ich habe dir die Kolumne schon geschickt", zischte sie ihm zu. „Ich habe die Mail abgeschickt, kurz bevor ich gegangen bin, deshalb hast du sie noch nicht gesehen."

Sloan nickte erfreut. „Ich habe sie gesehen. Auf dem Handy."

Myrtle seufzte. Sie hatte zwar ein Handy, nutzte dieses aber nur für Anrufe. Es überraschte sie daher immer wieder, dass ihre Mitmenschen darüber auch ihre Mails empfingen. Und sie ärgerte sich über ihre

Verwunderung. „Ich verstehe. Ich weiß, dass dieses Mal nicht ganz so viele hilfreiche Tipps dabei sind." Insgeheim hoffte sie, die Kolumne zu verlieren und stattdessen in den Nachrichtenteil aufgenommen zu werden.

„Das stimmt. Aber die Kolumne ist brillant!"

Myrtle beäugte ihn misstrauisch. Hatte Sloan den Verstand verloren?

„Morgen ist doch Freitag der Dreizehnte. Sehr clever, bei dieser Gelegenheit den alten Aberglauben auszupacken. Ein Geniestreich!"

Vielleicht schlummerte tatsächlich noch ein unentdecktes Genie in ihr, wenn Myrtle dies auch zutiefst bezweifelte.

„Dann bin ich ja froh, dass sie dir gefällt", sagte sie mürrisch. „Wenn dir die Kolumne gefallen hat, wirst du von meinem investigativen Bericht erst recht begeistert sein." Sie hegte den plötzlichen Verdacht, dass er an ihr aktuelles Schreibprojekt erinnert werden musste.

„Oh. Ich dachte, wir hätten das bereits geklärt. Kannst du dich noch erinnern, dass wir über Kim gesprochen haben? Sie ist meine Praktikantin und übrigens auch hier, um über das Begräbnis zu berichten. Sie sitzt dort in der letzten Reihe unter dem schattenspendenden Pavillon, der für die Trauerfamilie aufgespannt worden war." Er gestikulierte mit seinem dicken Finger in Richtung einer attraktiven jungen Frau, die ein enganliegendes schwarzes Kostüm, High Heels und eine große Sonnenbrille trug.

Myrtle schäumte vor Wut. Diese Kim war nicht nur hier, um vom Begräbnis zu berichten, sondern hatte es auch noch geschafft, sich zu den Verwandten unter den Pavillon zu setzen. Außerdem prangten auf ihrem Begräbniskleid keine Flecken und ihr Lippenstift war auch nicht im Trockner geschmolzen. Vermutlich wusch sie ihre Kleider gar nicht selbst, sondern brachte sie in die Reinigung, denn genau so sah sie aus.

Kim war ihr jetzt schon unsympathisch.

„In meiner Erinnerung waren wir anders verblieben. Deine Praktikantin sollte die Standardartikel schreiben und ich werde die tiefergehende Reportage liefern. Als Senior-Reporterin", sagte Myrtle. Das war eventuell etwas überinterpretiert, aber sie war im wahrsten Sinne des Wortes ein *Senior* und sie war eine Reporterin.

Sloan schüttelte den Kopf. „Kim kümmert sich um die gesamte Berichterstattung zum Mord. Aber wenn du einen zusätzlichen Artikel schreiben möchtest, kann ich ihn sicher irgendwie unterbringen." Er blickte auf seine Uhr. „Die Beerdigung sollte gleich vorbei sein. Wenn du noch kurz Zeit hast, stelle ich euch gerne vor."

Darauf würde Myrtle dankend verzichten. Sloan winkte ihnen fröhlich zu, was bei einem Begräbnis etwas fehl am Platz erschien, und ging hinüber zu den Trauernden.

„Na wunderbar. Jetzt kommt auch noch Red. Mein Tag wird immer besser", schnaubte Myrtle. „Die Menschen, mit denen ich mich unterhalten möchte, meiden mich, stattdessen schwirren all die um mich herum, denen ich eigentlich aus dem Weg gehen wollte."

Miles grinste, während Red auf sie zukam.

„Bist du nicht etwas spät dran, Mama?", fragte Red. Er musterte ihre Kleidung. „Wo ist dein schwarzes Kleid? Und seit wann trägst du Hosen zu einer Beerdigung? Das sieht dir so gar nicht ähnlich."

„Scheinbar belohnte ich mich nach Mabel Iversons Begräbnis mit reichlich Bratensoße", sagte Myrtle, die die Erinnerung daran immer noch aufbrachte. „Das Begräbnis und das Essen danach müssen so kurz gewesen sein, dass ich wohl dachte, ich könne es einfach wieder in den Schrank hängen und ein zweites Mal tragen, bevor ich es wasche. Aber nein, es war voll mit Bratensoße.“

„Und warum trägst du keinen Lippenstift?“, fragte Red stirnrunzelnd.

„Der ist in meinem Trockner geschmolzen. Möchtest du eine gute Tat vollbringen und das Gerät für mich sauber machen?“

„Nein danke“, erwiderte er. „Meine gute Tat des Tages ist der Besuch des Begräbnisses.“

Myrtle warf einen Blick auf die Trauergemeinde. „Um zu sehen, ob einer der Anwesenden besonders schuldbewusst dreinschaut? Oder vielleicht sogar ein wenig zu fröhlich?“

„So einfach ist das für gewöhnlich nicht“, sagte Red trocken. „Ich habe nur ein Auge auf die ganze Sache. Aber das Begräbnis scheint vorbei zu sein, ich muss los.“ Er hielt noch einmal kurz inne. „Ich habe übrigens die neue Reporterin getroffen, die Sloan eingestellt hat. Sie scheint einiges drauf zu haben. Hast du sie schon kennengelernt?“

„Er hat sie nicht *eingestellt*, sie ist seine Praktikantin. Nichts weiter als das. Und nein, ich habe sie noch nicht kennengelernt.“ Seine Worte ärgerten sie, weshalb sie den Blick abwandte und über die Umgebung schweifen ließ. Sie runzelte die Stirn. „Ich dachte, die Leiche läge im Sarg?“, sagte sie und blinzelte.

Kapitel 10

Red seufzte. „Das ist sie auch, Mama.“

„Und was ist dann das dort drüben?“, fragte sie und deutete mit ihrem Zeigefinger in Richtung einer kleinen Baumgruppe.

„Vermutlich das Versteck von ein paar Jugendlichen, um heimlich zu trinken. Ich muss jetzt wirklich los.“ Mit diesen Worten eilte er auch schon auf die Trauernden zu, die um das Grab herum standen.

„Miles“, sagte Myrtle. „Das schaut mir nicht nach einem Versteck aus.“

„Ich weiß nicht“, sagte Miles zögerlich, „Es könnte auch ein alter Schlafsack sein.“ Er sah zu Myrtle. „Warum beschleicht mich nur die Vorahnung, dass wir uns das genauer ansehen werden?“

„Weil du weißt, dass ich Red als Ermittlerin um Längen voraus bin“, sagte Myrtle entschlossen. Sie festigte ihren Griff um den Gehstock und steuerte auf die Baumgruppe zu.

„Myrtle“, sagte Miles, „Sloan kommt gerade mit der jungen Reporterin. Ich glaube, sie möchten sich mit dir unterhalten.“

Myrtle drehte sich mit einem lauten Seufzer um. „Ich muss sie ablenken, für den Fall, dass dort drüben eine Leiche liegt. Es würde mir gerade noch fehlen, dass Miss Naseweis sich einmischt.“ Sie setzte ein Lächeln auf und strahlte den herannahenden Sloan samt Praktikantin an.

Die Hitze schien Sloan zu schaffen zu machen und trieb ihm den Schweiß in Rinnsalen über das Gesicht. „Kim, ich wollte dir Myrtle Clover vorstellen. Sie ist das heimliche Oberhaupt von Bradley und die Informationsquelle schlechthin für Klatsch und Tratsch. Außerdem hat sie die meisten Bewohner der Stadt in englischer Literatur unterrichtet.“

„Ob sie nun wollten oder nicht“, sagte Myrtle mit einem Nicken. Sie schenkte Kim ein höfliches Lächeln, die mit ihrer blonden Mähne und den perfekt sitzenden Kleidern eine äußerst attraktive junge Frau abgab. Ihre Augen strahlten Intelligenz aus ... und, so fand Myrtle, eine gewisse Arroganz.

„Schön, Sie kennenzulernen“, murmelte Kim mit einem flüchtigen Lächeln. Ihr Blick aber wanderte ruhelos über die Anwesenden, als wünschte sie sich, *irgendwo* zu sein, nur nicht hier bei dieser speziellen alten Dame auf diesem speziellen Begräbnis.

„Wo wir davon sprechen …“, sagte Myrtle. „Ich habe in der Tat einen Hinweis für euch.“

Kims Kopf schoss herum. „Sie haben einen Hinweis?“

„Aber natürlich. Ich helfe einer Kollegin doch immer gerne aus“, sagte Myrtle vornehm.

Miles, der von einem plötzlichen Hustenanfall überrascht wurde, trat einige Schritte zur Seite.

„Siehst du die Frau dort drüben? Die gerade zum Parkplatz geht und deren Gesicht dem eines Nagetiers ähnelt? Ihr Name ist Erma Sherman. Sie hat eine interessante Sichtweise auf den Fall, die du dir nicht entgehen lassen solltest.“

Kim verlor keine Zeit und steuerte geradewegs auf Erma zu. Myrtle rief ihr hinterher: „Immer schön dranbleiben, meine Liebe. Sie hat viele Geschichten zu erzählen.“ Wobei die meisten von eingewachsenen

Zehennägeln und Verdauungsproblemen handelten. Außerdem war es unmöglich, ihr zu entkommen. Das sollte Kim für eine Weile beschäftigt halten.

„Ich werde sie auf einen Kaffee einladen", rief Kim Sloan zu. „Kann ich die Spesen dafür einreichen?"

Sloan nickte ergeben. „Natürlich. Was ist schon der Preis für einen Kaffee im Vergleich zu herausragendem Journalismus?" Er nickte Myrtle zum Abschied kurz zu. „Na, vielen Dank auch."

Myrtle lächelte. „Gern geschehen." Sie beobachtete, wie Sloan auf Lucas Whitlow zuging, der nur mit aller Mühe die Fassung wahren konnte.

Miles kam indes zurück zu Myrtle, die Augen feucht vor Lachtränen. „Meine Güte", schnaubte Myrtle wütend, „so lustig war das auch wieder nicht."

„Was bist du nur für eine gute Fee, die ihre wertvollen Hinweise mit aufstrebenden Journalisten teilt", sagte Miles keuchend.

„Sie hat es nicht anders verdient. Ihre herablassende Art ist mir nicht entgangen. Sie verdient jede einzelne Schilderung von Ermas zahlreichen, ekelerregenden Krankheiten. Und nun los, sehen wir uns dieses angebliche Versteck genauer an", befahl Myrtle und ging entschlossenen Schrittes voraus.

Miles eilte an ihre Seite. „Ich dachte, wir wollten uns mit Lucas und Joan unterhalten. Oder nach Sybil und Felix suchen. Oder Tobin."

Myrtle aber steuerte unbeirrt auf ihr Ziel zu, bis sie dieses im Schatten der Bäume erreichte. „Tobin ist schon mal hier. Ich fürchte nur, dass wir nicht mehr die Gelegenheit bekommen werden, uns mit ihm zu unterhalten. Sieht so aus, als wäre er tot."

***

Das war er auch, offenbar umgekommen durch Schläge mit einer Schaufel, die neben ihm auf dem Boden lag.

„Ach, Tobin war im Grunde ein liebenswerter Zeitgenosse", sagte Myrtle traurig. „Tüchtig. Um die Nachbarschaft bemüht. Und er hat mir ein gutes Angebot für die Kiefer gemacht." Sie runzelte die Stirn. „Er war selbst groß wie ein Baum und muss auf allen Vieren kniend Unkraut gejätet haben, damit sein Mörder ihn so erwischen konnte."

„Nette Grabrede, Myrtle. Wir müssen jetzt Red informieren", sagte Miles.

„Mit Vergnügen", murmelte sie.

„Myrtle!"

„Ich sage nicht, dass mir der Tod des armen Tobin Vergnügen bereitet! Es verschafft mir lediglich eine gewisse Genugtuung, dass Red mir nicht glauben wollte ... und dass er sich getäuscht hat." Sie warf einen Blick auf die nichtsahnenden Trauergäste. „Auch wenn mir die Vorstellung missfällt, die Trauerfeier mit der Nachricht über einen Mord zu ruinieren."

„Die Trauerfeier ist vorüber und muss sehr rührend gewesen sein. Alle wirken tief bewegt. Aber wir müssen dafür sorgen, dass keiner den Tatort verlässt, damit Red mögliche Zeugen befragen kann." Miles wirkte äußerst entschlossen und eilte zielgerichtet über den Friedhof.

Myrtle hingegen rührte sich nicht vom Fleck, sondern starrte auf die Leiche auf dem Boden. Es sah aus, als hätte Tobin Gartenarbeit verrichtet. Nicht nur die Schaufel deutete darauf hin, sondern auch die Heckenschere und der Müllbeutel, die neben der Leiche lagen. Weitere Hinweise konnte Myrtle nicht entdecken. War Tobin früh am Morgen für Gartenarbeit zum

Friedhof gefahren, und war ihm jemand gefolgt? Wusste er etwas, das der Mörder vertuschen wollte?

Myrtle blickte auf, als Red sich mit lauter Stimme an die Trauergemeinde richtete. „So leid es mir tut, ich muss alle Anwesenden bitten, vor Ort zu bleiben. Bitte verlassen Sie den Friedhof nicht." Er nahm sein Telefon heraus, um vermutlich die State Police anzurufen, und eilte in Myrtles Richtung.

„Leiche?", fragte er außer Atem und mied es tunlichst, ihr in die Augen zu sehen.

„Leiche", bestätigte sie. „Tobin Tinker. Der arme Kerl. Es sieht so aus, als wäre er bei der Arbeit überrascht worden."

„Tobin verrichtete Gartenarbeit für die Kirche", sagte Red abwesend. „In Ordnung. Es tut mir leid, dass ich dir keine Beachtung geschenkt habe. Es klang einfach zu grotesk."

„Vielleicht war es das auch, aber du solltest mittlerweile wissen, dass ich eine Leiche erkenne, wenn ich eine sehe."

„Ja", sagte Red. „Auch wenn es mir ein Rätsel ist, wie es so weit kommen konnte. Nun gut, du kennst die Regeln. Bitte halte dich von der Leiche fern. Die Forensiker sind bereits unterwegs und ich muss mich mit den Leuten unterhalten."

Das wollte Myrtle ebenso. Glücklicherweise bekam sie ausreichend Gelegenheit dazu, nachdem Red damit beschäftigt war, den Tatort zu sichern, die Leute von der Leiche fernzuhalten und gleichzeitig Telefongespräche zu führen.

Die Anwesenden hatten sich inzwischen in einem Halbkreis um die Baumgruppe versammelt und beobachteten Red. Lucas schien als einziger nicht an den Geschehnissen interessiert zu sein. Er stand blinzelnd an Cosettes Grab, wobei er sich auf sein gutes Bein stützte, als hätte er Knieschmerzen. Sein dichtes, graues Haar wehte in der schwülen Sommerbrise. Er trug einen alten Anzug, der an den Ärmeln mit Sicherheit bereits ausgefranst war. Er ähnelte mehr einem verwirrten Professor als einem Buchhalter.

Myrtle näherte sich ihm. „Lucas, ich wollte nur noch einmal sagen, wie leid mir das mit Cosette tut.“

Lucas starrte sie ausdruckslos an und Myrtle fragte sich, ob er unter Medikamenteneinfluss stand. „Die Messe war rührend“, versuchte sie es erneut. „Ich bin mir sicher, dass Cosette sich ihre Verabschiedung genau so gewünscht hätte.“

Diese Worte schienen mehr Wirkung zu erzielen und holten Lucas aus seiner Traumwelt. „Denkst du das? Ich hoffe, du hast recht. Hazel war mir eine große Hilfe, musst du wissen.“ Er blickte sich unsicher um. „Wo ist sie denn?“

Myrtle entdeckte sie in der Menschenmenge. „Sie steht dort drüben unter den Bäumen.“

Lucas runzelte die Stirn, als er endlich die Szene wahrnahm, die sich ihm bot. „Was ist dort drüben los? Ist jemandem schlecht geworden?“

„Ich fürchte, wir haben einen weiteren tragischen Todesfall zu beklagen“, sagte Myrtle und schüttelte traurig den Kopf. „Ich weiß nicht, was mit der Welt los ist.“

„Noch ein Todesfall? Wer?“ Lucas krallte sich mit einer Hand an der Lehne eines Stuhls unter dem Pavillon fest, unter dem zuvor die Trauergäste Schutz vor der Sonne gefunden hatten.

„Dein Nachbar, Tobin. Ich weiß, dass er euch gegenüber wohnte. Standet ihr euch sehr nah?", fragte Myrtle unschuldig.

Lucas sah sie an, wandte dann aber rasch den Blick ab. „Oh, wie traurig ... er war immer ein guter Nachbar. Nein, ich fürchte, wir standen uns nicht sonderlich nah. Er lag mit Cosette im Clinch wegen unserer vielen Gäste. Die Autos blockierten seine Einfahrt, musst du wissen. Aber er und ich kamen gut miteinander aus. Er kam sogar vorbei, um mir sein Beileid auszusprechen."

„Hast du dich länger mit ihm unterhalten?", fragte Myrtle und dachte daran, wie sich Lucas im Schlafzimmer verbarrikadiert hatte, als sie und Miles bei ihm zu Besuch waren.

„Nur für ein paar Minuten", sagte Lucas. „Ich versicherte ihm, dass ich ihm seine Querelen mit Cosette nicht übelnehme. Ich hatte auch den Eindruck, dass er Frieden schließen wollte, wobei ich persönlich ja keine Probleme mit ihm hatte. Wir wollten die Vergangenheit ruhen lassen."

Sein Blick wanderte zurück zu der Menschentraube am Rande des Baumgrüppchens. „Was sagt Red zu Tobins Tod? Hatte er einen Herzinfarkt? Bei den Temperaturen könnte es auch ein Hitzschlag gewesen sein." In seiner gewohnt höflichen Art fuhr er fort: „Furchtbar, wie heiß es momentan ist. Es war sehr nett von dir, trotz der Hitze zum Begräbnis zu kommen."

„Das habe ich gerne gemacht", sagte Myrtle. „Doch leider scheint es sich um einen weiteren Mordfall zu handeln. Er wurde wohl mit einer Schaufel niedergeschlagen. Du meintest, er hätte dich kürzlich besucht. Hast du ihn denn abgesehen davon in letzter Zeit noch einmal getroffen? Vielleicht sogar heute Morgen?"

Lucas schüttelte den Kopf, wobei er Myrtles Blick erneut auswich. Da stieß Red zu ihnen. „Lucas, wenn du so freundlich wärst, würde ich mich gerne ein paar Minuten mit dir unterhalten."

Auch Joan kam zu ihnen herüber. Sie trug eine zu enge schwarze Hose und eine ähnlich schlechtsitzende Bluse. Ihr Blick war besorgt. „Warum willst du dich mit Dad unterhalten?"

„Ich muss alle Anwesenden befragen, um Tobins letzte Stunden zu rekonstruieren", sagte Red und warf seiner Mutter einen flehenden Blick zu, die ihm nur zu gerne beipflichtete.

„Joan, mach dir keine Sorgen. Red muss sich mit jedem einzelnen hier unterhalten. Es ist leider ein weiterer, schrecklicher Mord passiert, deshalb der Aufruhr. Tobin Tinker wurde ermordet."

„Was?", keuchte Joan. „Ich habe ihn doch gerade noch gesehen! Heute Morgen gegen zehn Uhr, als ich Noah bei Elaine vorbeibrachte. Da werkelte er putzmunter am Kirchanger."

„Fiel dir sonst noch jemand auf, als du mit dem Auto unterwegs warst?"

„Da war tatsächlich etwas Ungewöhnliches", sagte Joan nachdenklich. „Ich sah Felix Nelson, der zu Fuß unterwegs war. Er machte auf mich nicht den Eindruck, als würde ihm der Spaziergang Freude bereiten, und er war mit seinem Anzug und der Krawatte auch nicht entsprechend gekleidet. Ehrlich gesagt musste ich bei seinem Anblick schmunzeln. Er sah aus, als wäre er auf dem Weg zu einem Geschäftsessen. Es war schon heiß und er schwitzte. Aber dann dachte ich mir, dass Felix sich vermutlich auch in seiner Freizeit formell kleidet."

Joan blickte erneut zu den Bäumen. „Ich kann nachvollziehen, dass jemand meine Mutter umbringen wollte, aber warum in aller Welt würde jemand Tobin Tinker etwas antun wollen?"

***

Myrtle beobachtete das Geschehen, während sie darauf wartete, dass Red sie befragte. Die Sonne hatte beinahe ihren Höchststand erreicht, doch die Trauergäste schienen dies nicht zu bemerken und verfolgten stattdessen begierig die Ankunft der Forensiker und Reds Tun.

Myrtle hingegen war an einem Punkt in ihrem Leben angelangt, an dem man Hitze weder ignorierte noch auf die leichte Schulter nahm. Sie hatte sich nach ihrer Unterhaltung mit Joan unter den Pavillon in den Schatten gesetzt. Miles, der in ein Gespräch mit vier Witwen vertieft war – er erfreute sich bei dieser Bevölkerungsgruppe äußerster Beliebtheit – verabschiedete sich von den Damen und setzte sich zu ihr. Die Witwen bedachten Myrtle mit einem scharfen Blick.

„Red scheint die Befragungen kurz zu halten", bemerkte Miles. „Ich hoffe, dass wir bald gehen können. Ich verglühe." Er zog sein Jackett aus und legte es sich behutsam über den Arm.

„Er will nur herausfinden, wer heute Morgen was getan hat und ob jemand Tobin gesehen hat", sagte Myrtle schulterzuckend. „Es sollte nicht allzu lange dauern, bis er mit allen durch ist." Sie fixierte blinzelnd einen Punkt nahe der Straße. „Ist das nicht Sybil dort drüben? Das muss sie sein. Niemand sonst in Bradley fährt einen 1970er Chevy Caprice."

Miles lehnte sich in seinem Stuhl vor. „Ja, das ist Sybil. Sie war aber nicht beim Begräbnis, wenn ich mich recht erinnere. Vermutlich kam sie gerade vorbei und bemerkte, dass die Leute sich bei den Bäumen scharen statt am Grab und will jetzt den Grund dafür herausfinden."

„Oder sie hat Tobin Tinker ermordet, weil er zu viel wusste, und kann sich der Anziehungskraft des Tatorts nicht entziehen“, murmelte Myrtle, während sie Sybil beobachtete. „Joan meinte übrigens, dass sie Felix heute Morgen sah.“

„Wobei denn? Beim Mord an Tobin Tinker?“, fragte Miles erstaunt.

„Nein, davon sagte sie nichts. Sie sah ihn in der Nähe spazieren. Im Anzug.“

„Vielleicht hat er einen ähnlichen Tag hinter sich wie ich und musste nach einer Reifenpanne zu Fuß zu einem Geschäftstermin.“

Myrtle gab ein verächtliches Schnauben von sich. „Zwei Reifenpannen an einem Tag? Denkst du nicht auch, dass das eher unwahrscheinlich ist?“

„Nicht wirklich. Vielleicht lagen Nägel auf der Straße und wir hatten beide das Pech, einen zu überfahren. Ich will damit nur sagen, dass Felix nicht dabei beobachtet wurde, wie er Tobin Tinker mit einer Schaufel erschlug, sondern dass er sich lediglich in einem Anzug in der Nähe eines Friedhofs aufhielt.“

„Joan sah ihn also heute Morgen um zehn Uhr lebend. Ihr Alibi scheint Elaine zu sein, nachdem sie ihr Noah vor dem Begräbnis vorbeibrachte. Ich vermute, dass sie noch eine Weile bei Elaine blieb. Wenn sie also Tobin in der Nähe der Kirche sah, muss es kurz vor dem Mord gewesen sein, da das Begräbnis um elf Uhr anfing“, überlegte Myrtle.

„Was hat Lucas um zehn Uhr gemacht?“, fragte Miles.

„Diese Frage stellte Red ihm gleich nach der Befragung von Joan. Lucas machte sich für das Begräbnis bereit. Er meinte, dass Hazel das bezeugen könne“, sagte Myrtle. „Ich bezweifle jedoch, dass Hazel den ganzen Morgen über bei ihm war. Sie musste sich ja selbst fertigmachen. Ich glaube, dass es für Lucas ein Leichtes gewesen wäre, ins Auto zu springen, zum Friedhof zu fahren, Tobin zu ermorden und wieder nach Hause zu fahren.“

„Vielleicht. Aber nach zehn Uhr? Ist das wahrscheinlich? Das wäre direkt vor der Messe gewesen und ich vermute, dass er früher erwartet wurde als die anderen. Das scheint mir eine sehr riskante Sache zu sein“, sagte Miles.

„Vielleicht sagt Joan auch nicht die Wahrheit“, überlegte Myrtle. „Mitunter will sie ihren Vater schützen. Der Mord hätte auch um neun Uhr stattfinden können, nach allem, was wir bisher wissen.“

„Die Forensiker werden den Todeszeitpunkt mit Sicherheit genauer eingrenzen“, meinte Miles und fügte hoffnungsvoll hinzu: „Vielleicht teilt Red diese Information mit uns, sobald er sie erfährt.“

„Und vielleicht lernen Schweine bald fliegen“, sagte Myrtle.

Miles und Myrtle saßen für eine Weile schweigend nebeneinander, während sie auf eine kühle Brise hofften.

„Wie kommen wir eigentlich nach Hause? Ich hatte ganz vergessen, dass dein Auto nicht fahrtüchtig ist“, sagte Myrtle.

„So, wie wir hergekommen sind, fürchte ich. Zu Fuß. Wenn wir an meinem Auto vorbeikommen, muss ich auf alle Fälle kurz den Reifen wechseln.“

„Dann brauche ich jemanden, der mich fährt“, entschied Myrtle. „Es hat locker vierzig Grad und ich bin schon viel zu lange an der prallen Sonne.“ Da kam ihr eine Idee. „Ich werde Sybil darum bitten, wo sie schon hier ist. Das bietet mir die Gelegenheit, ihr ein paar Fragen zu stellen.“

„Um Fragen zu stellen? Ich dachte, du wolltest sie unter dem Vorwand besuchen, dir ihren Rat für den Buchclub einzuholen. Außerdem schleicht Sybil herum, als wolle sie nicht entdeckt werden. Sie wird sich nicht sonderlich freuen, wenn du sie um eine Mitfahrgelegenheit bittest." Er war offensichtlich stolz auf seine Idee mit dem Buchclub und entschlossen, dass Myrtle sie umsetzte.

„Wenn sich schon eine Gelegenheit ergibt, um Sybil ein wenig auf den Zahn zu fühlen, sollte ich diese beim Schopf packen", erklärte Myrtle. Sie wandte ihren Blick wieder von Miles zur Straße. „Verdammt. Mein Plan scheint sich erledigt zu haben, sie ist schon weg. Vielleicht kann Red mich fahren."

„Da wirst du kein Glück haben. Er wird noch stundenlang mit der State Police hier zugange sein", sagte Miles.

Erneut bog ein Fahrzeug auf den Parkplatz, angezogen von dem Aufruhr auf dem Friedhof. Es handelte sich um einen schäbigen, in die Jahre gekommenen amerikanischen Wagen.

Myrtle schoss hoch. „Schau! Das sind Puddin und Dusty." Sie klatschte in die Hände.

„Das ist doch mal eine Premiere. Ich habe dich noch nie zuvor die Namen deiner Haushaltshilfe und deines Gärtners mit so viel Freude aussprechen hören."

„Sie können mich mitnehmen ... immerhin sollten sie gerade auf dem Weg zu mir sein. Bestimmt! Puddin kam seit Ewigkeiten nicht mehr zum Putzen vorbei, sodass sich die Staubmäuse schon gegenseitig durchs Haus jagen. Und meinem Garten würde etwas Pflege ebenso wenig schaden."

Myrtle griff nach ihrem Gehstock und eilte auf Puddins und Dustys Auto zu, bevor diese wie Sybil unbemerkt wieder verschwinden konnten.

Kapitel 11

„Warte!“, rief Miles. „Was ist mit Red? Muss er nicht mit dir sprechen?“

„Er weiß, wo er mich findet“, rief Myrtle nur, ohne sich noch einmal zu ihm umzudrehen.

Puddin und Dusty wirkten wie immer nicht sonderlich erfreut über Myrtles Anblick. Puddin war eine blasse, untersetzte Frau, die sich um die Hausarbeit drückte, wann immer sich die Gelegenheit bot. Ihr Mann Dusty war ein halbwegs vernünftiger Gärtner, auch wenn es schwierig war, ihn zu regelmäßiger Arbeit zu motivieren. Doch Myrtle hatte keine bessere Alternative als die beiden.

Puddin aß gerade eine Feige, deren Saft ihr ungehindert über das Kinn lief. „Sollen wir Sie mitnehmen?“, fragte sie widerwillig. „Dusty und ich wollten sowieso zu Ihnen fahren.“

„Ja. Miles hat mich hergebracht, hatte aber eine Reifenpanne und es ist zu heiß, um zu Fuß nach Hause zu gehen“, sagte Myrtle und schob einen Wäschekorb voller Putzsachen zur Seite, um auf dem Rücksitz Platz zu nehmen. Sie betrachtete grimmig die Utensilien, die allesamt neu und ungeöffnet waren. Puddin plünderte mit Vorliebe die Vorräte ihrer Kunden, statt ihre eigenen zu verwenden.

„Was ist dort drüben los?“, fragte Dusty und nickte in Richtung der Trauergäste.

„Es gab einen Mord“, sagte Myrtle und blickte mürrisch auf ihre schwarze Hose. Wie konnten immer noch so viele Katzenhaare darauf sein?

Die Hose sah aus, als wäre sie aus Angora-Wolle.

Dusty nickte, als wäre das eine durchaus vernünftige und nachvollziehbare Antwort.

„Wer wurde umgebracht?“, fragte Puddin, die sich zu Myrtle umgedreht hatte und sie mit zusammengekniffenen Augen fixierte.

„Tobin Tinker“, sagte Myrtle.

Dusty grunzte. „Mehr Arbeit für mich.“

Myrtle drängte sich der Gedanke auf, dass all jene, die Tobins Arbeit und Gewissenhaftigkeit gewohnt waren, mit Dusty als Gärtner wohl nicht sonderlich zufrieden wären. Das behielt sie aber lieber für sich.

Weder Puddin noch Dusty schienen an weiteren Details über den Mord interessiert zu sein. Sie bogen in Myrtles Einfahrt, während Puddin seelenruhig den Rest der Feige in eine Serviette wickelte.

„Woher haben Sie die Feige?“, fragte Myrtle.

„Aus meinem Garten.“

„Wie schaffen Sie es, Vögel, Eichhörnchen und Ameisen davon fernzuhalten?“

„Um an meine Feigen zu kommen, müssten sie erst an mir vorbei“, sagte Puddin nur.

Dusty hatte im Anhänger seinen alten Rasenmäher mitgebracht, den er nun ablud, während Puddin darauf wartete, dass Myrtle ihren Schlüssel aus der Tasche fischte. „Ihr Rasen mäht sich leichter, wenn Sie Ihre Gartenzwerge nicht darauf verteilt haben“, bemerkte er.

Davon ging Myrtle aus, sie wollte aber dennoch nicht auf ihren Trumpf verzichten, die Zwerge bei Bedarf aus ihrem kleinen Gartenschuppen zu holen. „Vergessen Sie nicht, dass wir uns darauf geeinigt haben, dass Sie den Trimmer verwenden, wenn die Zwerge draußen sind. Red benimmt sich in letzter Zeit, sodass ich nicht dazu gezwungen war, die Zwerge zum Protest herauszuholen. Das heißt aber nicht, dass sich das nicht jederzeit ändern könnte."

Dusty zuckte mit den Schultern. „Ihr Garten." Sein Ton ließ erkennen, dass in seinem Garten niemals Zwerge zu finden sein würden, in welcher Form auch immer.

Myrtles Blick fiel auf die Türschwelle. „Übrigens, Puddin, auf der Veranda liegt ein Kadaver, den Sie noch entfernen müssen. Sie können ihn einfach in einen Plastiksack packen und in der Mülltonne entsorgen."

„Was?", rief Puddin und blickte zur Haustür. „Diese verfluchte Katze schon wieder."

„Unsinn. Ihr Aberglaube ist wirklich anstrengend, Puddin."

Endlich bekam Myrtle den Schlüssel zu fassen und ging mit Puddin ins Haus, wobei sie tunlichst darauf achtete, einen großen Bogen um den Hasen auf der Türschwelle zu machen. „Wie Sie sehen, hat sich schon überall Staub abgesetzt. Sie müssen also erst abstauben und dann staubsaugen. Außerdem könnten die Küche und das Bad eine Komplettreinigung vertragen, wenn Sie danach noch Zeit haben." Beinahe wäre ihr bei ihren eigenen Worten ein Lachen entfahren. Puddin würde mit Sicherheit keine Zeit dafür haben, denn es kostete sie meist schon fünfzehn Minuten, überhaupt in die Gänge zu kommen. Zehn davon allein, um die Putzsachen zu sortieren. *Myrtles* Putzsachen.

„Alles klar", sagte Puddin.

Puddin war eine lausige Haushaltshilfe. Myrtle hegte nur wenig Hoffnung, dass ihr Haus nach Puddins Putzaktion sauberer sein würde. Aber manchmal hatte sie nützliche Informationen. Die Putzhilfen der Stadt waren gut vernetzt und jede einzelne von ihnen liebte es zu tratschen. Außerdem war Puddin mit vielen von ihnen verwandt und hatte es lange als Nachteil angesehen, bei Myrtle zu putzen, da diese keinen Stoff für neuen Tratsch mehr bot. Sollte das jemals der Fall gewesen sein.

„Was wissen Sie übrigens über Sybil Brown und Felix Nelson?", fragte Myrtle.

Ein selbstgefälliger Ausdruck legte sich auf Puddins Gesicht und sie ließ sich sofort auf Myrtles Sofa fallen.

„Nein, nein, Puddin. Sie können sich unterhalten und gleichzeitig putzen."

„Ich wollte erst staubsaugen. Dabei kann man sich nicht unterhalten. Vor allem nicht bei Ihrem alten Gerät", sagte Puddin.

Myrtle presste ihre Lippen aufeinander. „Dann müssen Sie in Zukunft Ihren eigenen mitbringen. Abgesehen davon, wer saugt bitte vor dem Abstauben? Das ergibt doch keinen Sinn. Sie sollten den Staub aufsaugen, der beim Abstauben auf dem Boden landet."

Puddin ignorierte Myrtles Bemerkung. „Sybil und Felix also. Dann sehen wir mal. Nun, Sybil Brown hat keine Haushaltshilfe, so vornehm ist sie nämlich nicht, wissen Sie."

„Das bin ich auch nicht, nur alt. Viele Menschen, die eine Haushaltshilfe haben, sind nicht vornehm."

„Sie auf alle Fälle nicht", sagte Puddin selbstgefällig. Sie liebte es mehr als alles andere auf der Welt, recht zu haben, und kostete es für einen

Moment schweigend aus, dass Myrtle an ihren Lippen hing. „Dann Felix. Er hat natürlich eine Putzfrau für sein Büro, um sich nicht beim Saubermachen seine Anzüge zu ruinieren."

„Putzen Sie für ihn?"

„Nein", brummte Puddin. „Aber meine Cousine Cee-Cee zwei Mal die Woche."

Cee-Cees Arbeitswille war deutlich stärker ausgeprägt als Puddins und sie gehörte zum fleißigeren Teil der Familie. Myrtle beobachtete missbilligend, wie Puddin es sich auf ihrer Couch gemütlich machte und sich ein Kissen hinter den Rücken schob. Myrtle hoffte nur, dass Cee-Cee nicht sonderlich diskret war.

Ihre Hoffnungen wurden erfüllt. „Cee-Cee sagt, dass Sybil Felix ständig auf die Nerven geht und ihn dauernd anruft, um ihm dumme Fragen zu stellen. *Was ist deine Lieblingsfarbe? Was war dein erstes Haustier?* Sie bringt ihn damit gehörig auf die Palme, sodass er manchmal Cee-Cee ans Telefon gehen lässt, wenn er ihre Nummer auf dem Display sieht."

„Klingt nach einer guten Idee", murmelte Myrtle. Wer belästigte andere schon mit solchen Fragen auf der Arbeit?

„Das Problem ist nur, dass Sybil jetzt auf Cee-Cee eifersüchtig ist. Sie denkt, dass sie sich zu gut um ihren Felix kümmert", sagte Puddin und lehnte sich bei Myrtles überraschtem Gesichtsausdruck zufrieden zurück.

Myrtle war tatsächlich erstaunt. Cee-Cee schnitt zwar optisch besser ab als die mürrische Puddin, war aber trotzdem keine Augenweide. „Kennt Sybil Cee-Cee denn? Oder hat sie sie am Telefon mit jemand anderem verwechselt?"

Puddin schüttelte den Kopf. „Nee, Cee-Cee putzt auch für Sybils Nachbarn, sie sieht sie also jede Woche."

Sybil schien unter ernsthaften Wahrnehmungsstörungen zu leiden. Sie musste so vernarrt in Felix sein, dass sie auf jeden eifersüchtig war, der Zeit mit ihm verbrachte. Vielleicht hatte Cosette gar keine Affäre mit Felix und Sybil bildete sich das nur ein.

„Fällt Ihnen sonst noch etwas ein?", fragte Myrtle. „Zu Felix' Kunden vielleicht? Hat Cee-Cee mal erwähnt, dass sie Cosette Whitlow in seinem Büro gesehen hat?"

Puddin schien das Interesse an der Unterhaltung zu verlieren und zuckte nur mit den Schultern. „Keine Ahnung. Interessiert das denn irgendwen? Es ist doch nur ein Versicherungsbüro." Ihr Blick fiel auf die Pralinenschachtel, die Elaine als Dankeschön für Myrtles Babysitterdienste vorbeigebracht hatte.

In diesem Moment miaute Schara fröhlich und setzte zu einem Sprung auf Puddins Schoß an. Schara wurde ganz besonders von den Menschen angezogen, die sich vor ihr fürchteten. Puddin kreischte und hob ihre fleischigen Hände, um die Katze abzuwehren.

Schara landete auf Puddins Knien und begann sogleich, diese mit ihren Pfoten zu bearbeiten. Puddin sprang schreiend hoch, um Schara abzuschütteln. „Hexe!", schrie sie. „Diese Katze ist verhext."

„Sie mit Ihrem Unsinn schon wieder", schnaubte Myrtle und hob Schara vom Boden hoch. „Ich für meinen Teil bin froh, dass Schara Sie von meinem Sofa jagt." Sie reichte Puddin den Staubwedel und streichelte die Katze liebevoll.

***

Am nächsten Morgen sah Felix Myrtle gelassen und ausdruckslos über seinen Schreibtisch hinweg an. „Du möchtest also eine Lebensversicherung abschließen?" Er faltete seine Hände und sah Myrtle erwartungsvoll an.

„Ich denke darüber nach, ja", sagte Myrtle steif. „Für meine Angehörigen, sollte ich plötzlich versterben, weißt du."

Sie blickte sich in Felix' Büro um. Es war sauber und aufgeräumt. Unweigerlich fragte sie sich, ob das Cee-Cees Fertigkeiten oder Felix' Sinn für Ordnung zu verdanken war. Auf seinem Schreibtisch befanden sich neben einem Blatt Papier und einem PC nur wenige Gegenstände. Auch der Raum war spärlich dekoriert mit einer Topfpflanze auf einem Hocker in der Ecke, einem Aktenordner in der anderen und einer halbhohen Vitrine. Myrtle bemerkte, dass es Felix keineswegs überraschte, dass eine Achtzigjährige sich für eine Lebensversicherung interessierte. Hatte sie doch gewusst, dass Miles falsch lag. Ein Verkäufer war eben ein Verkäufer. Vermutlich würde er auch noch versuchen, ihr Sand in der Wüste anzudrehen.

„Es ist sehr klug von dir, an deine Angehörigen zu denken", sagte Felix aalglatt. „Immerhin deckt eine Lebensversicherung verschiedenste Aspekte ab, wie die letzten Ausgaben."

Myrtle runzelte die Stirn. Letzte Ausgaben? War der Weg in den Himmel etwa mautpflichtig? Da dämmerte ihr, dass er von den Begräbniskosten sprach. „Ach ja, meine letzten Ausgaben." Was Begräbnisse anging, vertrat Myrtle eine sehr pragmatische Ansicht, was Felix jedoch nicht wissen konnte. Ihr Begräbnis würde einfach sowie kostengünstig ausfallen und aus einer Verbrennung und einem kurzen Gedenkgottesdienst bestehen. Sie spekulierte darauf, dass es das kürzeste und billigste Begräbnis in der Geschichte von Bradley wurde. Myrtle hatte Red und Elaine bereits wissen lassen, dass sie sie auf ewig heimsuchen würde, wenn sie ihren Wunsch ignorierten und ihr Begräbnis zu einer aufwändigen Veranstaltung machten.

Sie verfolgte Felix' Ausführungen über Jahresbeiträge, Konditionen und Policen nur halbherzig. Cosette hatte mit Sicherheit kein Interesse an ihm gehabt. Er war genauso aufregend wie die Topfpflanze in der Ecke. Gut, er war dunkelhaarig, gutaussehend und pikfein angezogen und gab somit ein ordentliches Erscheinungsbild ab. Aber er war auch ernst und wortkarg und übte keinerlei Anziehungskraft aus. Sybil musste paranoid sein, wie Puddin schon bemerkt hatte.

Myrtle unterbrach ihn. „Es ist doch wirklich wichtig, für die Angehörigen vorzusorgen, nicht wahr? Der Tod kann sehr plötzlich in unser Leben treten."

Felix sah sie perplex an. „Ja, das stimmt. Damit hast du vollkommen recht, Myrtle. Wie ich soeben sagte, ..."

„Wie bei der armen Cosette Whitlow", sagte Myrtle und riss ihre Augen dramatisch auf, um den Eindruck einer tratschenden alten Dame zu vermitteln.

Er räusperte sich. „Das stimmt, es passieren leider immer wieder solche Tragödien."

„Du warst dort, als es passierte, nicht wahr?", sagte Myrtle. „Auf Cosettes Feier."

„Nein, nicht wirklich. Ich gehe nicht gerne auf Partys und meide sie deshalb nach Möglichkeit."

„Aber ich habe dich dort gesehen", ließ Myrtle nicht locker.

Felix seufzte. „Ich war nicht dort, als es passierte. Ich schaute nur für ein paar Minuten vorbei und ging gleich wieder. Ich wollte mich aus Höflichkeit kurz sehen lassen, nachdem die Whitlows meine Kunden sind.“

„Hatten Lucas und Cosette über dich Versicherungen abgeschlossen?“

„Wie gesagt, sie waren Kunden von mir“, wiederholte Felix zögerlich.

„Ich weiß zufällig, dass Lucas eine Police auf Cosette abgeschlossen hatte. Hatte Cosette auch eine für Lucas?“ Sie blinzelte Felix unschuldig an.

Er studierte Myrtle für einen Moment und fingerte dabei nervös an seiner Krawatte herum, bevor er sie schließlich als ungefährlich einstufte. Wie töricht.

„Nein, Cosette hatte keine. Ich gehe davon aus, dass sie einfach nicht dazu gekommen ist“, sagte Felix. „Die Police auf Cosette war ein Kompliment von Lucas an sie, um ihr zu zeigen, wie sehr er schätzte, was sie Zuhause und für die Gemeinschaft leistete“, sagte Felix steif.

„Verstehe“, sagte Myrtle. „Eine symbolische Geste.“

„Keineswegs, die Police war nicht zu unterschätzen“, sagte Felix. „Aber jeder hat andere Bedürfnisse, was mich zurück zu deinen bringt ...“

Myrtle hatte absolut kein Interesse daran, eine Police von Felix Nelson zu erwerben, wollte aber ihren Besuch auch nicht als Misserfolg verbuchen. Sie blinzelte ihn verschämt an. „Ich habe gehört, dass du und Sybil Brown ein Liebespaar seid“, zwitscherte sie. „Ich finde das ja herzallerliebst. Du hast aber gar keine Fotos von ihr im Büro stehen.“

Felix seufzte und resignierte offensichtlich angesichts der Erkenntnis, dass die ältere Generation, oder zumindest Myrtle, sich erst unterhalten musste, bevor man zum Geschäftlichen übergehen konnte. „Ich vertrete die Meinung, dass Privates nichts in Büroräumen zu suchen hat", sagte er schroff. „Aber ja, Sybil und ich gehen ab und zu zusammen aus. Ich weiß aber nicht, ob ich uns als Paar bezeichnen würde." Seine Lippen kräuselten sich, als hinterließen die Worte einen bitteren Beigeschmack.

„Da erzählte Sybil mir aber etwas anderes", fuhr Myrtle überrascht fort.

„Sybil weiß bestens Bescheid, wie wir zueinander stehen", beharrte Felix.

Myrtle bezweifelte stark, dass Felix eine gute Partie war. Er schien Beziehungen als etwas Verhandelbares anzusehen und war außerdem selbstgefällig, was in Myrtle das Verlangen weckte, ihn aus der Reserve zu locken.

„Hattet ihr auf der Feier etwa Streit?", fragte sie mit besorgter Stimme, die ihrer üblichen in keiner Weise ähnelte. „Du hast verärgert gewirkt, als ich dich dort sah. Sybil ebenso. Und ... Cosette."

Felix starrte sie einen Augenblick lang an, bevor er mit frostiger Stimme antwortete: „Wir führten eine politische Diskussion und kamen zu dem Schluss, dass der Kongress das wahre Problem dieses Landes darstellt. Die Diskussion der politischen Lage hat uns alle aufgebracht." Er verstummte. „Sehr aufgebracht sogar."

Myrtle hätte bei der Vorstellung, dass sich Sybil an politischen Diskussionen beteiligen könnte, beinahe laut aufgelacht, biss sich aber rechtzeitig auf die Unterlippe. „Ich verstehe. Da bin ich aber froh, dass es nicht um euch ging." Als Felix immer noch einen frostigen Eindruck machte, fuhr sie mit zuckersüßer Stimme fort: „Könntest du mir noch ein wenig mehr über meine letzten Ausgaben erzählen?"

Felix' eiskalter Blick ließ sie unmissverständlich wissen, dass er nur zu gerne dafür sorgen würde, dass diese Kosten früher anfielen, als ihr lieb war. Sie bemerkte, wie seine Finger sich um einen großen gläsernen Briefbeschwerer auf seinem Schreibtisch krallten, als wünschte er, es wäre Myrtles Kehle.

Kapitel 12

Dass Myrtle an diesem Abend keinen Schlaf fand, schrieb sie Felix zu. Zwischen seinem Monolog über letzte Ausgaben, ihren Gedanken zu den Morden und seiner offensichtlichen Abneigung ihr gegenüber, schlug ihre Schlaflosigkeit wieder zu.

Sie studierte die Lampenfassung an der Decke und sagte sich zum wiederholten Male, dass sie sie dringend austauschen sollte. Gleich darauf entschied sie, dass sie schnellstens aufstehen sollte, wenn sie sogar schon daran dachte, ihr Haus zu renovieren.

Meist halfen ihr möglichst langweilige Aufgaben dabei, müde zu werden und schließlich doch noch ein wenig Schlaf zu finden. Nachdem sie ihren Trockner gereinigt hatte (wozu Puddin praktischerweise nicht mehr gekommen war), stellte sie jedoch fest, dass sie immer noch hellwach war. Sie hatte sich eine Folge von *Das Versprechen von Morgen* aufgespart, aber ihre Seifenoper machte sie in der Regel eher wach anstatt schläfrig. Sie griff nach den Stricknadeln und der Wolle, legte sie sich in den Schoß und betrachtete die Utensilien nachdenklich. Es half nichts, sie bekam das Klischee nicht aus ihrem Kopf. Die strickende alte Dame. Pah!

Sie warf einen Blick auf die Uhr. Drei Uhr morgens. Myrtle entschied, dass Miles vermutlich ebenfalls wach war, zögerte dann jedoch. Die letzten Male, als sie Miles in den Morgenstunden besucht hatte, hatte er geschlafen. Änderten sich etwa seine nächtlichen Gewohnheiten?

Sie überlegte hin und her und spürte, wie Traurigkeit in ihr aufstieg. Eine ihrer Lieblingsbeschäftigungen war es, in schlaflosen Nächten mit Miles zusammen ein Glas Milch zu trinken und Kekse zu essen. Aber anscheinend waren ihre Schlafprobleme aktuell schwerwiegender als die von Miles.

Myrtle schrak zusammen, als es just in diesem Moment an der Tür klopfte. Immerhin konnte es kein Mörder sein, denn die klopften in der Regel weder an noch gehörte Höflichkeit zu ihren Stärken. Sie ging zur Tür und spähte durch die Vorhänge des Fensters neben der Tür, um sicherzugehen, dass nicht doch eine furchteinflößende Gestalt mit Skimaske vor der Tür lauerte.

Sie strahlte. Es war Miles. Und zum ersten Mal war er nicht sorgfältig gekleidet, sondern trug einen dunkelblauen Morgenmantel über einem karierten Pyjama.

„Miles!" Sie riss die Tür auf. „Ich habe gerade über einen Besuch bei dir nachgedacht. Aber ich fürchtete, dass du schläfst und ich dich nur aufwecken würde, wie so oft in letzter Zeit."

„Ich für meinen Teil machte mir überhaupt keine Sorgen, dass du schlafen könntest. Dein Schlafrhythmus ist dermaßen außer Kontrolle, dass ich mir sicher war, dich hellwach anzutreffen. Wäre kein Licht angewesen, wäre ich natürlich wieder umgekehrt und nach Hause gegangen."

Myrtle beschlich die Vermutung, dass er auf die Tatsache anspielte, dass sie sich keineswegs davon beirren ließ, ob bei ihm Licht brannte oder nicht.

„Na komm schon rein. Lass uns etwas essen." Myrtle freute sich wie ein kleines Kind über ihren Besuch. Miles hatte bisher noch nie nächtens bei ihr vorbeigeschaut und so fühlte es sich beinahe an, als würde sie eine Party schmeißen. Sie zog eine alte Käseplatte hervor, die sie schon seit den 1950er-Jahren ihr Eigen nannte. Sie bestand aus einem dunklen Holzrahmen und einer Keramikplatte mit großen gelben Margeriten darauf.

Sie nahm Käse aus dem Kühlschrank, richtete ihn mit Crackern auf der Platte an und ließ es sich nicht nehmen, auch noch ein paar Schokoladenkekse dazuzulegen. Dazu schenkte sie zwei Gläser Milch ein.

Miles hatte inzwischen am Küchentisch Platz genommen. „Nein", sagte Myrtle, „lass uns ins Wohnzimmer gehen, dort ist es gemütlicher."

Miles half ihr, ihr kleines Buffet ins Wohnzimmer zu tragen, wo sie es auf dem mit Büchern beladenen Beistelltisch platzierten. Myrtle seufzte zufrieden. „Wunderbar. Oh! Die Servietten." Schon war sie verschwunden.

Als endlich alles bereit war, sagte sie: „Und jetzt erzähl mir, warum du nicht schlafen konntest."

Er blinzelte, antwortete aber erst, als er den Bissen hinuntergeschluckt hatte, den er gerade von seinem Keks genommen hatte. „Das willst du wissen? Ich dachte, du wolltest mir erzählen, was du gestern aus Felix herausbekommen hast, und ein paar Theorien mit mir besprechen."

„Nein, ich möchte wirklich wissen, warum du nicht schlafen kannst." Sie lehnte sich erwartungsvoll nach vorne.

Miles wirkte geschmeichelt. „Erst dachte ich, es läge an meinem flauen Magen, aber dann bemerkte ich, dass mich ein Gedanke plagt und wachhält."

„Hat er mit Cosettes Feier zu tun?", fragte Myrtle.

„Nein. Mit Tobin, oder besser gesagt mit seinem Aufzug."

Myrtle runzelte die Stirn. Sie musste zugeben, dass Tobins Kleidung keinen sonderlichen Eindruck bei ihr hinterlassen hatte, weder im Positiven noch im Negativen. „Hatte er keine Arbeitskleidung an? Soweit ich mich erinnern kann, trug er eine Jeans und ein T-Shirt."

Miles schob sich die Drahtgestellbrille den Nasenrücken hoch. „Ganz genau. Aber mir ist heute Nacht klar geworden, wie sauber seine Kleidung war. Sein T-Shirt war strahlend weiß und auf seiner Jeans war keinerlei Schmutz oder Staub zu erkennen. Sogar seine Stiefel waren sauber. Wenn ich im Garten arbeite, bin ich danach immer mit Gras- und Schmutzflecken übersäht.“

Myrtle runzelte die Stirn. „Darüber habe ich bisher nicht nachgedacht, aber du hast vollkommen Recht. Was bedeutet das also? War er mit der Gartenarbeit bereits fertig, hatte sich zuhause umgezogen und war zum Friedhof zurückgekehrt? Oder hatte er mit der Arbeit noch gar nicht begonnen? Ich denke, dass uns der Todeszeitpunkt diese Frage am ehesten beantworten kann. Wenn wir den kennen, können wir die ersten Verdächtigen von der Liste streichen. Aber Red ist nicht besonders gut darin, derart wichtige Informationen mit mir zu teilen.“ Myrtle verzog das Gesicht. „Erwähnte Joan nicht, dass sie Tobin lebend sah, als sie Noah bei Elaine vorbeibrachte? Das war um zehn Uhr.“

„Und wenn Joan lügt?“ fragte Miles.

Myrtle nickte. „Das stimmt. Sollte sie lügen, hätte sie kein Alibi für die Tatzeit. Sie behauptet ja, dass sie für eine Weile bei Elaine war und dann direkt zur Beerdigung fuhr. Somit ist Elaine ihr Alibi. Wenn Tobin da allerdings bereits tot war, schaut die Sache anders aus.“

„Auch wenn es mir unwahrscheinlich erscheint, dass Joan auf dem Weg zum Babysitter einen Zwischenstopp einlegt, um Tobin mit seiner eigenen Schaufel zu erschlagen, während Noah im Auto wartet. Und dann soll sie einfach so zu Elaine gefahren sein, als wäre nichts passiert.“ Miles nahm einen Schluck Milch und tupfte sich sorgfältig mit einer Serviette den Mund ab.

„Genau so begeht man doch einen Mord“, sagte Myrtle. „Wer verdächtigt schon die Mami im Minivan?“ Sie nickte. „Darum konntest du also heute Nacht nicht schlafen. Tobins Kleidung.“

„Hast du gestern etwas herausgefunden?“, fragte Miles neugierig. „Wolltest du dich nicht mit Felix unterhalten?“

„Doch, auch wenn er nicht besonders hilfreich war. Rate mal, wer mir da schon mehr verriet.“

„Wer?“

„Puddin“, verkündete Myrtle. Sie balancierte ein Stück Käse auf einem Cracker und bugsierte dann beides in ihren Mund.

„Puddin?“, wiederholte Miles und lehnte sich überrascht zurück. Er sah sich im Raum um und ließ seinen Blick vom Kaminsims über die zahlreichen kleinen Beistelltische im Raum bis zum Tisch vor ihnen schweifen. „Willst du etwa sagen, dass Puddin hier kürzlich saubermachte?“

Myrtle zog eine Grimasse. „Ich weiß, es ist alles staubig. Aber du kennst Puddin ja.“

„Oh ja. Wie um alles in der Welt kann sie dir Informationen liefern, wenn sie nicht einmal in der Lage ist, den Job zu erledigen, für den du sie bezahlst?“, fragte Miles.

„Wenn sie eines kann, dann tratschen und sich vor der Arbeit drücken. Aber sie ist überraschend gut mit den Haushaltshilfen von Bradley vernetzt. Sie hat mir erzählt, dass Sybil Felix regelrecht nachstellt, der wiederum aber kaum Interesse an ihr hat.“

„Ist das so?", fragte Miles überrascht. „Sybil sieht doch gar nicht schlecht aus, ganz im Gegenteil."

„Das kann auch nur ein Mann sagen", seufzte Myrtle. „Das Problem ist vielmehr, dass sich in ihrem hübschen Köpfchen nur äußerst selten ein geistreicher Gedanke bildet. Ein bisschen verwirrt, die Gute."

„Was ist nochmal Sybils Motiv?", fragte Miles.

„Sie will sämtliche potenziellen Rivalinnen loswerden", sagte Myrtle schroff. War Miles überhaupt richtig wach? Er schien keinerlei Verbindung herstellen zu können.

„Tobin?"

„Nicht Tobin! Sybil war besorgt, dass Cosette Felix' Herz erobern könnte." Myrtle beobachtete, wie Miles ein Lächeln unterdrückte, und verdrehte die Augen. „Du hast gescherzt."

„Ja, bitte entschuldige. Aber lass uns zu Tobins Mord zurückkehren. Warum sollte Sybil ihn umbringen?" Miles sah unentschlossen auf die Kekse und wandte erst den Blick ab, entschied sich dann aber nach kurzem Zögern doch für einen weiteren Keks. Nummer fünf, dachte Myrtle. Sie war gespannt, wie er nach so viel Zucker noch schlafen wollte.

„Aus demselben Grund wie jeder andere. Er muss etwas gesehen haben, als er den Müllbeutel auf Cosettes Veranda platzierte. Vielleicht beobachtete er, wie jemand um das Haus herumschlich. Oder er sah jemanden, der behauptet, in dieser Nacht nicht bei den Whitlows gewesen zu sein. Der Mörder wollte sicherstellen, dass er nicht mehr die Gelegenheit dazu bekam, irgendjemandem davon zu berichten", sagte Myrtle.

Miles nickte und nahm sein Glas Milch. „Der Besuch bei Felix hat sich also als Pleite herausgestellt. Bist du zumindest zu einer

Lebensversicherung gekommen?“ Er sah sie belustigt an.

„Beinahe! Ich sagte ihm, dass ich es mir gut überlegen muss, ob ich so viel Geld ausgebe. Ich habe die Befürchtung, dass er mir gehörig auf die Nerven gehen wird, jetzt, wo er mich als vielversprechende Interessentin sieht. Er wird mich immer wieder daran erinnern, dass ich für die gefürchteten letzten Ausgaben vorsorgen sollte.“ Myrtle starrte missmutig auf den leeren Teller vor sich.

Miles verschluckte sich an seiner Milch und brauchte einen Moment, um sich zu fangen. „Letzte Ausgaben. Wow! Das klingt nach einem fröhlichen Termin. Vor allem, da du deine letzten Ausgaben längst vorbereitet und bezahlt hast.“

„Ganz genau. Noch dazu ist es ein recht magerer Betrag. Aber ja, es war ein überaus fröhliches Beisammensein mit Felix.“ Myrtle verzog erneut das Gesicht.

„Hast du es denn geschafft, die Unterhaltung auf das weitaus fröhlichere Thema Mord zu lenken?“

„Mehr oder weniger. Er bestritt alles und tat sogar so, als wäre er nicht auf Cosettes Feier gewesen. Bis ich ihm sagte, dass ich ihn dort gesehen habe. Da begann er, alles zu bagatellisieren und meinte, er hätte nur kurz vorbeigeschaut“, erklärte Myrtle.

„Wie kann er denn einen Streit bagatellisieren, wenn wir ihn mitangehört haben?“, fragte Miles und neigte den Kopf zur Seite. „Man konnte Felix seine Wut ansehen, auch wenn wir den Grund dafür nicht kennen. Sybil war offensichtlich am meisten aufgebracht, aber auch Felix schäumte vor Wut. Und Cosette schien ebenfalls an dem Streit beteiligt gewesen zu sein.“

„Ach weißt du, das war gar kein Streit, sondern eine politische Diskussion. Über den Kongress." Myrtle verdrehte die Augen. „Ich kann es nicht ausstehen, wenn die Leute ältere Menschen behandeln, als wären sie Kinder. Felix unterschätzt mich völlig."

„Was ihn vermutlich auf der Liste der Verdächtigen ganz nach oben rücken lässt", sagte Miles grinsend.

„Vermutlich."

Da klopfte es an der Tür und Miles und Myrtle warfen sich einen überraschten Blick zu. „Habe ich zu einer Feier geladen?", fragte Myrtle. „Wie schade, dass wir bereits das ganze Essen verputzt haben."

Myrtle ging zur Haustür, den Gehstock wie immer als treuen Begleiter in der Hand. Sie vermutete, dass der Blick durch das Fenster Reds Gesicht zutage befördern würde, und so war es auch. Da stand er in seiner Polizeiuniform.

„Ist es Red?", fragte Miles. „Ich gehe mal davon aus, dass wir nicht so laut waren, dass Erma sich deswegen beschweren kommt."

„Um Himmels willen nein", sagte Myrtle. „Es ist tatsächlich Red." Sie drehte sich um und grinste. „Soll ich ihn reinlassen?"

Red klopfte erneut und klang dabei schon ein wenig ungeduldiger, sodass Myrtle seufzend die Tür öffnete.

„Mama, ich habe schon befürchtet, dass du mir nicht aufmachst", sagte er. Er sah zu Miles, der in seinem karierten Pyjama und Bademantel dasaß, und wirkte keineswegs überrascht. „Hallo Miles, haltet ihr wieder euer Treffen der anonymen Schlaflosen ab?"

„Es scheint ganz so, als würdest du dich bald zu uns gesellen", sagte Myrtle säuerlich. „Warum trägst du deine Uniform?"

„Weil ich auf dem Weg zur Arbeit bin, Mama. Es ist beinahe fünf Uhr. Um diese Zeit müssen einige von uns bereits arbeiten."

„So früh gehst du aber für gewöhnlich nicht auf die Wache", stellte Myrtle mit hochgezogenen Augenbrauen fest.

„Mit ungelösten Mordfällen auf dem Schreibtisch schon. Da kennt das SBI keine Gnade."

Myrtle wusste, dass SBI für das *Special Bureau of Investigation*, also die State Police, stand. „Unterstützt dich Detective Lieutenant Perkins in diesem Fall? Er ist ausgesprochen nett."

„Ja, auch wenn sich ihm angesichts der hohen Mordrate vermutlich langsam die Frage aufdrängt, was in dieser Kleinstadt schiefläuft", sagte Red und ließ sich in einen von Myrtles Lehnstühlen fallen.

„Kleinstädte können allerlei unterdrückte Gefühle freisetzen", erklärte Myrtle. „Das weißt du doch." Sie setzte sich ebenfalls. „Was führt dich also zu mir? Möchtest du noch ein schnelles Frühstück, bevor du auf die Wache fährst?"

„Mir fiel ein, dass ich nach dem Begräbnis deine Aussage nicht aufgenommen habe", sagte Red und seufzte. „Es wäre nett, wenn du aufhören könntest, Leichen aufzuspüren. Das wirkt verdächtig." Er nahm ein kleines Notizbuch samt Stift aus der Tasche und sah sie erwartungsvoll an.

„Es gibt nicht sonderlich viel zu erzählen", sagte Myrtle. „Miles und ich kamen zu spät zum Begräbnis, wie du bereits weißt."

„Reifenpanne“, ergänzte Miles der Vollständigkeit halber.

„Ja. Wie dem auch sei. Ich entdeckte etwas zwischen den Bäumen, das wie ein Körper aussah. Das erwähnte ich dir gegenüber auch“, sagte sie und warf ihrem Sohn einen bedeutungsvollen Blick zu. „Was du gekonnt ignoriertest. Also ging ich der Sache persönlich auf den Grund und fand Tobin tot auf.“ Sie zuckte mit den Schultern. „Ende der Geschichte.“

Red seufzte. „Mama, ich sah nur nicht nach, weil es höchst unwahrscheinlich war, dort eine zweite Leiche zu finden. Vor allem auf dem Friedhof.“

„Man möchte doch meinen, dass ein Friedhof *der* Ort schlechthin für Leichen ist“, konterte Myrtle.

„Du weißt, wie ich das meine. Leichen *über* der Erde“, sagte Red und verdrehte die Augen.

„Angesichts der Mordrate in Bradley würde ich wagen zu behaupten, dass dies sehr wohl wahrscheinlich war.“

Red presste die Lippen zusammen und fragte dann: „Hattest du Tobin an dem Tag schon gesehen?“

„Nein.“

Miles spähte zu Myrtle, um zu sehen, ob sie dies weiter ausführen würde, wurde aber enttäuscht. Er räusperte sich. „Red, gehst du davon aus, dass Tobin frühmorgens oder kurz vor der Beerdigung ermordet wurde?“

Red sah ihn bedauernd an. „Ich würde dir das gerne beantworten, aber ich fürchte, ich muss die Einzelheiten zum Mord erst einmal für mich behalten.“

„Du kannst aber sicherlich bestätigen, dass Tobin mit einer Schaufel ermordet wurde“, hakte Myrtle sich ein. „Angesichts der Tatsache, dass die Schaufel direkt neben ihm lag und seine Leiche keine Einschusslöcher aufwies.“

Red zögerte. „Ja, ich denke, so viel kann ich verraten. Ich kann bestätigen, dass er an stumpfer Gewalteinwirkung durch jene Schaufel starb. Du weißt aber hoffentlich, dass diese Information nicht sofort über den *Bradley Bugle* verbreitet werden muss.“ Er runzelte die Stirn. „Ach warte, da fällt mir wieder ein, dass die neue Journalistin über den Fall berichtet. Zumindest hat Sloan das gesagt.“

„Sloan hat absolut keine Ahnung“, sagte Myrtle naserümpfend. „Ich habe deutlich interessantere Informationen zu liefern als diese Tina.“

„Kim“, korrigierte Miles sie.

„Wie auch immer.“

„Die Kolumne zu Freitag dem Dreizehnten war übrigens einsame Spitze, Mama“, sagte Red und sah sie aufrichtig beeindruckt an. „Du hast es immer noch drauf. Mir haben zig Leute erzählt, wie begeistert sie waren.“

Myrtle starrte auf ihren leeren Teller. Na wunderbar. Ein ungewollter Geniestreich.

Kaum waren Red und Miles zur Tür hinaus, setzte Myrtle sich an ihren PC und begann voller Eifer einen neuen Artikel.

Kapitel 13

An diesem Morgen schlief Myrtle länger als sie ursprünglich geplant hatte. Nachdem sie sich erst um sechs Uhr morgens schlafen gelegt hatte, störte sie sich keineswegs daran, dass der Wecker beim Aufwachen bereits halb elf anzeigte. Was sie jedoch sehr wohl störte, war das Klingeln an der Tür.

Mürrisch warf sie ihren Morgenmantel über (verkehrt herum, wie sie später verärgert feststellen sollte) und fuhr sich durch das weiße Haar, das ihr erneut wie Einsteins zu Berge stand. Schlaftrunken wie sie war, konnte sie ihren Gehstock nicht finden und wankte deshalb ohne zur Tür.

Sie spähte misstrauisch durch das Fenster neben der Tür und entspannte sich, als sie die Wahrsagerin Wanda erblickte. Wanda, oder *Wander*, wie ihr Bruder sie zu nennen pflegte, lebte in einer mit Radkappen bedeckten Hütte an der alten Landstraße außerhalb Bradleys. Das marode Schild an der Landstraße pries sie als *Madam Zora, das Medium*, an. Zumindest musste sich Myrtle für diesen Besuch nicht schick machen. Dennoch erschauderte sie. So sehr Myrtle sie belächelte, schien Wanda eine Art sechsten Sinn zu besitzen, den sie meist nutzte, um Myrtle mit düsteren Prophezeiungen zu bedenken.

Myrtle öffnete die Tür. „Harte Nacht hinter dir?", krächzte Wanda mit ihrer rauen Raucherstimme.

„Das kann man wohl sagen. Vor allem eine schlaflose. Kommen Sie herein", sagte Myrtle und bedeutete ihr, einzutreten.

Wanda war spindeldürr und ihre Hände waren vom Nikotin verfärbt. Ihr fehlten zahlreiche Zähne und ihre unscheinbare Kleidung hing lose an ihrer knochigen Gestalt.

„Frühstück?", fragte Myrtle, der sich der Gedanke aufdrängte, dass Wanda eine nahrhafte Mahlzeit nicht schaden konnte. „Dann sehen wir mal. Ich habe eine große Auswahl an Müslisorten, außer, Sie möchten lieber Rühreier mit Speck und Toast?"

Die Antwort erübrigte sich und so machte sich Myrtle an die Zubereitung der Eier und steckte zwei Scheiben Brot in den Toaster.

„Wie sind Sie hergekommen?", fragte Myrtle. „Ich habe kein Auto gehört."

„Das ist kaputt", antwortete Wanda knapp und zuckte mit ihren knochigen Schultern.

„Alle? Fährt denn keines der Autos, die um Ihr Haus herumstehen?" Myrtle wandte sich vom Herd ab und blickte Wanda überrascht an. „Wie kommt das?"

„Müssen alle repariert werden. Sind hin."

„Oh." Myrtle erinnerte sich, dass bei ihrem letzten Besuch tatsächlich viele der Autos auf Zementblöcken gestanden und auf eine Reparatur gewartet hatten. Sie stocherte mit dem Pfannenwender in den Eiern herum. „Wie sind Sie also hergekommen?"

„Bin gelaufen", sagte Wanda ruhig.

Myrtle starrte sie an. „Gelaufen? Von der alten Landstraße bis hierher? Sie müssen stundenlang unterwegs gewesen sein! Warum rufen Sie nicht einfach an?"

„Telefon ist auch hin“, sagte Wanda und zuckte erneut mit den Schultern. Dann hob sie eine Augenbraue. „Solltest mal die Eier wenden.“

Myrtle fuhr herum und widmete sich hastig wieder den Eiern. Als diese fertig waren, schob sie sie auf einen Teller, legte den Bacon dazu, den sie zuvor in der Mikrowelle warmgemacht hatte, und schmierte eilig Butter auf die Toastscheiben. Sie goss noch zwei Gläser Milch ein und setzte sich dann zu Wanda an den Küchentisch.

Wanda verputzte das Frühstück im Nu, beobachtet von Myrtle, die beschlossen hatte, Wanda erst nach dem Essen nach dem Grund für ihren Besuch zu fragen. Tatsächlich aß Wanda so schnell, dass Myrtle sowieso keine Gelegenheit blieb, ihr währenddessen eine Frage zu stellen. Vor allem, da sie selbst mit einer Portion Bacon beschäftigt war.

„Nehme an, du willst wissen, warum ich hier bin“, sagte Wanda und bewegte sich unruhig auf ihrem Stuhl. Myrtle vermutete, dass sie gerne eine Zigarette geraucht hätte und war froh, dass sie keine dabeihatte.

Myrtle nickte. „Auch wenn ich den Grund zu kennen glaube.“ Sie wappnete sich für das Unvermeidbare. Wanda hatte stets nur düstere Prophezeiungen für sie parat.

„Du bist in Gefahr“, sagte Wanda und blickte Myrtle unvermittelt an.

Myrtle schrak hoch, als Schara durch das angelehnte Küchenfenster hereinsprang, zu Wanda flitzte und es sich auf deren Schoß gemütlich machte. Myrtle setzte zu einer Entschuldigung an, schwieg jedoch, als sie sah, wie Wanda unbeeindruckt die Katze streichelte.

„Wieso wusste ich nur, dass Sie mich warnen würden?“ fragte Myrtle, nachdem sie einen Schluck Milch genommen hatte. „Sie haben nicht ein einziges Mal eine positive Botschaft im Gepäck. Nie kommen Sie und prophezeien mir, dass ich in fremde Länder reisen werde oder dass ein Mann in mein Leben treten und mich glücklich machen wird. Nein, jedes Mal bin ich in Gefahr. Sie sind wie eine kaputte Schallplatte."

Wanda zuckte mit den Schultern. „Bist eben immer in Gefahr." Sie streichelte unbeirrt die zufrieden schnurrende Schara.

„Dann werden wir uns wohl noch öfter sehen", entgegnete Myrtle. Sie wartete auf weitere Informationen, doch Wanda setzte Schara behutsam auf den Boden, stand auf und ging in Richtung der Haustür. „Einen Moment bitte. Ist das alles, was Sie an Informationen für mich haben? Gibt die Kristallkugel nichts weiter her?"

Wanda warf ihr einen missbilligenden Blick zu. „Nicht die Kristallkugel. Hab ich aus den Karten gelesen."

„Den Tarotkarten? Haben die zumindest verraten, woher die Gefahr stammt? Werde ich mir eine Grippe einfangen? Auf dem Weg zum Supermarkt in ein Gullyloch fallen? Trachtet mir ein wahnsinniger Killer nach dem Leben?" Myrtle warf frustriert die Arme in die Höhe. „Ihre Botschaft bringt mich kein Stückchen weiter. Ich brauche klare Aussagen."

Wanda sah sie kühl an. „Die Karten sagen, dass du ... mit dem Stricken anfangen solltest."

Myrtle starrte Wanda ungläubig an und warf dann einen Blick durch die Küche, um zu sehen, ob die Strickutensilien irgendwo zu sehen waren. Fehlanzeige. „Ich nehme nicht an, dass Red oder Elaine Sie zu dieser Aussage verleitet haben?"

Wanda sah sie fragend an.

„Wunderbar", murmelte Myrtle zu sich selbst. „Warten Sie, wo gehen Sie hin?"

„Nach Hause“, sagte Wanda und verschwand durch die Vordertür.

„Ich kann nicht zulassen, dass Sie den weiten Weg zu Fuß zurückgehen“, sagte Myrtle. „Ich fahre Sie.“

Das Medium hob eine Augenbraue und warf einen fragenden Blick auf Myrtles leere Einfahrt.

„Ich selbst fahre nicht mehr“, sagte Myrtle. „Also ich fahre schon noch, immerhin wurde mein Führerschein für die nächsten fünfzehn Jahre verlängert.“ Sie wartete, ob Wanda von dieser Information beeindruckt war. Vergebens. Also fuhr Myrtle fort: „Ich habe nur kein Auto mehr. Red meinte, es sei besser für mich, da ich mich meist in der näheren Umgebung aufhalte, und dass ich mir von dem Geld aus dem Autoverkauf etwas gönnen solle. Obwohl ich überzeugt davon bin, dass er mich nur vom Fahren abhalten wollte.“

„Tatsächlich?“, fragte Wanda.

„Im Grunde hält es mich auch davon ab, aber manchmal borge ich mir ein Auto, wenn mir nach einer Ausfahrt ist. Das von Ihrem Cousin Miles zum Beispiel.“ Myrtle schaffte es gerade noch, ein Lachen zu unterdrücken. Die Tatsache, dass der penible Miles mit Wanda verwandt war, amüsierte Myrtle immer wieder aufs Neue. Sie hatten dies erst kürzlich herausgefunden – zu Miles' großer Bestürzung.

Miles war nicht sonderlich erfreut über Myrtles und Wandas Anblick. Er war angezogen, wirkte aber noch recht verschlafen. „Du willst dir mein Auto borgen?“ Er sah sie mit zusammengekniffenen Augen an. „Ich weiß nicht. Das endete bisher noch nie sonderlich gut. Ich fahre euch lieber.“ Er drehte sich um und verschwand im Hausflur. „Ich hole nur schnell meine Schlüssel.“

„In deiner Tasche“, kam es gelangweilt von Wanda. Es musste ermüdend sein, immer alles zu wissen, dachte Myrtle.

„Ach ja.“ Miles warf Wanda einen scharfen Blick zu. „Nun gut, dann wollen wir mal.“

***

Miles schien in Eile zu sein, sodass sich Myrtle an der Tür festklammern musste, als sie die Landstraße zu Wandas Haus entlangrasten. Diese nickte Miles dankend zu und bedachte Myrtle mit einem letzten ernsten Blick, als wolle sie sie zur Wachsamkeit ermahnen. Dann war sie auch schon in ihrer bescheidenen Bleibe verschwunden.

Miles seufzte erleichtert. „Das wäre erledigt. Was hatte sie überhaupt bei dir zu suchen?“

„Ach, das Übliche. Sie musste mir eine grauenvolle Prophezeiung übermitteln“, sagte Myrtle schulterzuckend. „Ich bin in Gefahr, bla bla bla. Ich hege den Verdacht, dass Red und Elaine sie dafür bezahlt haben, mir zum Stricken zu raten. Es erscheint mir äußerst seltsam, dass sie das Thema ansprach.“

Miles hatte beim bloßen Gedanken an Wanda schon einen missbilligenden Ausdruck im Gesicht.

„Ich kann nicht nachvollziehen, warum du die arme Wanda so ablehnst. Vor allem, da sie zur Familie gehört“, fügte Myrtle verschlagen hinzu.

Miles rutschte peinlich berührt in seinem Sitz hin und her. „Vermutlich genau deswegen. Und vielleicht, weil ich mir manchmal denke, dass ich mich besser um sie kümmern sollte.“

„Vergiss nicht ihren Bruder“, sagte Myrtle unschuldig. „Da ist auch noch Crazy Dan.“

Miles’ Gesichtsfarbe nach zu urteilen plagten ihn Verdauungsprobleme. „Ach herrje, ja. Ich bin wirklich nicht erpicht auf ihre Gesellschaft, habe aber trotzdem ein schlechtes Gewissen.“

„Sie scheinen weder dir noch irgendjemand anderem gegenüber Erwartungen zu haben. Sie sagen die Zukunft voraus, verkaufen ein paar Radkappen, Lebendköder oder Erdnüsse und kommen damit über die Runden. Es mag nicht das sein, was wir uns unter einem angemessenen Lebensunterhalt vorstellen, aber es ist ein Lebensunterhalt.“

Ihre Worte schienen Miles aufzumuntern und so wirkte er etwas weniger betrübt, als sie den Rückweg nach Bradley antraten.

Myrtle entschied, dass sie seine gebesserte Laune ausnutzen sollte. „Würde es dir etwas ausmachen, auf dem Heimweg bei der Bibliothek vorbeizufahren? Ich wollte mir die Bücher für den Buchclub ausleihen und bei Sybil vorbeischauen.“

„Ich muss aber nicht mit zu Sybil?“ Miles schaute sie alarmiert an.

„Warum? Hast du Angst, Sybil könnte nach einem neuen Objekt der Begierde Ausschau halten und sich auf dich stürzen?“

„Ich kann mir nicht vorstellen, dass ich mich sonderlich gut dafür eigne“, entgegnete Miles steif. „Ich bin alt genug, um ihr Vater zu sein. Und Rentner. An mir ist nichts glamourös.“

„An Felix genauso wenig. Er ist nur auf sein Geschäft fixiert und ich habe keine Ahnung, was Sybil an ihm findet“, sagte Myrtle. „Aber jedem das Seine.“

„Soll ich dich zu ihr fahren?", fragte Miles.

„Nein. Sie wohnt in der Nähe der Bibliothek, und ich habe nur ein paar Bücher und meinen Gehstock zu tragen."

„Wie willst du das machen?", fragte Miles stirnrunzelnd.

Myrtle griff nach ihrer Handtasche und zog einen Jutebeutel hervor. „Indem ich vorbereitet bin", sagte sie grinsend.

Kapitel 14

Myrtle ließ ihren Blick über die ordentlich sortierten Bücherreihen schweifen. Sie würde zwei Bücher zur Auswahl mitnehmen – eines, das sie selbst gerne für den Buchclub vorschlagen wollte, und ein zweites, das Sybils Geschmack entsprach. Dies hatte den großen Vorteil, dass sie nicht nur Sybil über den Mord ausfragen konnte, sondern barg auch die Chance, den Mitgliedern des Buchclubs richtige Literatur näherzubringen.

Der Gedanke an den Buchclub verstimmte Myrtle und so lenkte sie ihre Aufmerksamkeit zurück auf die Buchreihen. Sie fand eines ihrer Lieblingsbücher, Eudora Weltys *Die Tochter des Optimisten,* und zog es behutsam aus dem Regal. Sie legte es vorsichtig in ihren Jutebeutel und widmete sich dann mit kritischem Blick wieder der Büchersammlung vor ihr.

Darunter fand sich ein fürchterlich aussehender Roman eines Promis, von dem nun wirklich niemand wissen brauchte, dass Myrtle ihn kannte. Daneben stand ein Buch mit einer Frau mittleren Alters auf dem Umschlag, die gedankenverloren in den Sonnenuntergang blickte. Myrtle verzog das Gesicht. Der Stil des Umschlags entsprach achtzig Prozent der Leseliste des Buchclubs der letzten eineinhalb Jahre. Somit schied auch dieses Buch aus, da sie es mitunter bereits hätte lesen sollen.

Und dann erblickte Myrtle es: *Das Leben ist eine Seifenoper*. Sie blätterte durch das Buch und erkannte einige Gemeinsamkeiten mit ihrer Lieblingsseifenoper *Das Versprechen von Morgen*. Außerdem schien es von Frauen in der Midlife-Crisis zu handeln. Perfekt. Sie legte es ebenfalls in ihre Tasche und fischte ihren Bibliotheksausweis aus der Geldbörse.

Myrtle hob erstaunt eine Augenbraue, als sie die Person vor sich in der Schlange erkannte: Es war Joan. Sie lieh sich ein Stapel an Kinderbüchern aus, den die Bibliothekarin mit flinken Händen einscannte. Noah, der neben ihr stand, drehte sich um und lächelte, als er Myrtle erkannte. „Mama", sagte er und zog an Joans Hosenbein.

Joan nahm die Bücher und drehte sich ebenfalls um. „Hi Myrtle!"

„Hallo zusammen! Hast du ein paar schöne Bücher gefunden, Noah?"

Noah nickte und deutete auf eines der Bücher in Joans Händen. „Mit Lastwagen!"

Ein genauerer Blick auf den Bücherstapel verriet, dass kein einziges von Biochemie oder höherer Mathematik handelte. Es musste also tatsächlich Cosette gewesen sein, die Noah dazu gedrängt hatte, Fremdsprachen zu lernen und eine akademische Laufbahn einzuschlagen. Joan und Noah hingegen hatten Bücher über Lastwägen, Bauarbeiter, Dinos und Feen ausgesucht. Was für ein Kind in seinem Alter auch deutlich angemessener war.

Joan schien derselbe Gedanke zu kommen, als sie auf die Bücher hinabblickte. „Mutter dreht sich bei meiner Buchauswahl vermutlich im Grab um." Sie hielt sich rasch die Hand vor den Mund, als bereute sie ihre Worte, wirkte jedoch alles andere als reuevoll. „Es ist nur, dass Mutter immer versuchte, mit Noah diese überschlauen Bücher zu lesen. Dabei möchte er doch nur Bilder von Kipplastern und Planierraupen anschauen."

Myrtle nickte. „Das kenne ich nur zu gut. Als Red noch ein kleiner Junge war, schauten wir öfters den Arbeitern auf einer Baustelle zu. Man hätte ihn damit stundenlang unterhalten können."

Joan schnippte mit den Fingern. „Entschuldige den Themenwechsel, aber mir fällt gerade ein, dass ich dir noch dein Gefäß zurückbringen muss. Das, in dem du die Suppe vorbeigebracht hast." Aus irgendeinem Grund mied sie Myrtles Blick. War ihr das Gefäß etwa kaputt gegangen?

„Das hat keine Eile. Bring es bei Gelegenheit mal vorbei." Da fiel ihr ein, dass sie einen Vorwand brauchte, um erneut mit Joan über den Mord zu sprechen. „Wobei ich es selbst oft benutze", fügte sie daher hinzu.

„Ich bringe es morgen oder übermorgen vorbei", versprach Joan.

„Das wäre freundlich von dir. Ich dachte letzthin erst wieder daran," fuhr Myrtle unschuldig fort, „dass du erwähntest, Tobin am Tag seines Mordes gesehen zu haben ... und dass er auf dem Friedhof arbeitete, als du Noah zu Elaine fuhrst. Bist du dir sicher, dass es Tobin war und dass er arbeitete?"

Joan errötete und blickte zu Noah, der erneut an ihrem Hosenbein zog. „Warte Noah." Sie holte tief Luft und sagte dann heiter an Myrtle gewandt: „Ja, ich bin mir sicher. Ich dachte mir noch, dass es eine gute Idee ist, sich an einem heißen Sommertag früh an die Arbeit zu machen. Er machte einen sehr geschäftigen Eindruck." Sie seufzte, als Noah nicht lockerließ. „Es war nett, mit dir zu plaudern. Wir müssen dann mal los."

Myrtle beobachtete nachdenklich, wie die Bibliothekarin ihre Bücher scannte. Es war interessant, dass Joan darauf beharrte, Tobin schwer beschäftigt auf dem Friedhof gesehen zu haben ... wo seine Kleidung weder Schmutz- noch Schweißflecken aufwies. Ob sie jemanden deckte? Und war dieser Jemand vielleicht sie selbst?

Sybil wohnte unweit der Bibliothek. Myrtle war einmal für ein Buchclubtreffen bei ihr gewesen und erinnerte sich an ein kleines, unordentliches Häuschen, das mit Nippes vollgestellt war. Sybil musste an verschiedene Orte gereist sein oder dort gelebt haben, angesichts der Mardi-Gras-Ketten, Fingerhüte und dem anderen Krimskrams, der dort zu finden war. Sybil hatte sie nicht erwartet und war somit weniger aufgebrezelt als sonst. Sie trug eines ihrer üblichen Rüschenkleider samt überdimensionalen Ohrringen, sah aber ohne all das Make-up in vielerlei Hinsicht hübscher aus – und vor allem jünger.

Man musste ihr zugutehalten, dass sie es sich nicht anmerken ließ, sollte sie vom Besuch einer älteren Dame mit einer Tasche Bücher im Gepäck genervt sein. „Schau an! Jetzt bist du so weit gelaufen, um mit mir über Bücher zu sprechen! Komm rein und setz dich.“

Sie nahm Myrtle sogleich ihre Büchertasche ab und führte sie in das vollgestellte Wohnzimmer.

„Ich hole uns Limonade. Oder lieber Tee? Was ist dir lieber?“

„Tee wäre schön, wenn du welchen hast.“ Myrtle erinnerte sich daran, dass sie die tattrige alte Dame spielen musste, wenn sie mit diesem Besuch erfolgreich sein wollte.

Myrtle sah sich aufmerksam im Wohnzimmer um, während Sybil die Getränke holte. Beim Buchclubtreffen hatte sie darauf geachtet, sich nicht allzu auffällig umzusehen, aber nun nutzte sie die Gelegenheit und betrachtete alles eingehend: die russischen Matroschkas (auf die die Gesichter von Politikern gemalt waren), Keramikkatzen, Süßigkeitenboxen in Cartoonform, Schneekugeln und Kewpie-Puppen. Es war überwältigend.

Nun gut, wenn sie nichts Positives sagen konnte, schwieg sie lieber. Ihre Miene würde sie mit Sicherheit verraten, wenn sie sich an einem falschen Kompliment versuchte. Sie widmete sich lieber den Büchern im Jutebeutel, den Sybil vor ihren Füßen abgelegt hatte.

Plötzlich kam ihr ein Gedanke. Wenn Sybil derart in Felix vernarrt war (der so pedantisch ordentlich war, dass Myrtle sich ihn nicht einmal in diesem Raum vorstellen konnte), musste ein Anhaltspunkt dafür zu finden sein. Sybil hatte sie zu einem Sofa geführt, von dem aus sie auf die Regale voller Souvenirs blickte, also reckte Myrtle den Kopf in die andere Richtung. Da erblickte sie hinter sich auf einem Beistelltisch eine ganze Sammlung an Bilderrahmen mit Fotos von Felix. Felix allein, ein ernst dreinblickender Felix mit einer lachenden Sybil, Felix, der demonstrativ die Kamera ignorierte und Sybils Anwesenheit nicht einmal zu bemerken schien.

„Da wären wir!", trällerte Sybil und kam mit einem kleinen Tablett herein. Das Tablett war mit einem wilden Blumenmuster verziert und sah aus, als stamme es aus dem Souvenirshop einer Ferieninsel.

„Übrigens wollte ich dir schon lange sagen, wie sehr ich deine Gartenzwerge bewundere. Du hast da eine zauberhafte Sammlung. Es hat bestimmt gedauert, bis du so viele zusammen hattest."

Es traf Myrtle nur ein kleines Bisschen, dass Sybil ihre Gartenzwerge bewunderte. „Dankeschön", sagte Myrtle. „Ich sammle schon seit gut 45 Jahren. Angefangen hat alles, als Red mich im Teenageralter in den Wahnsinn trieb. Er hasste es, wenn ich die Gartenzwerge in den Vorgarten stellte. Also tat ich genau das, wann immer er respektlos oder launisch war."

Sie zögerte, als Sybil sie erwartungsvoll ansah. Anscheinend lag es nun an ihr, den Schnickschnack um sie herum zu bewundern. „Du hast aber auch eine ... erstaunliche ... Sammlung.“ Das war nicht einmal gelogen, wie Myrtle stolz feststellte. „Du musst dich sehr an ihr erfreuen.“

„Das tue ich“, sagte Sybil und blickte sich strahlend um. Dann verdunkelte sich ihre Miene, als ihr Blick hinter Myrtle hängenblieb. Die Fotos von Felix. Sybil wandte sich rasch ab und warf Myrtle ein seltsam anmutendes Lächeln zu. „Auch wenn ich mich jederzeit über einen Spontanbesuch freue, bin ich mir sicher, dass du aus einem bestimmten Grund hier bist.“

Sybil wirkte so freundlich, dass Myrtle sie sich gar nicht als Doppelmörderin und Stalkerin vorstellen wollte. Der Gedanke betrübte sie aufrichtig, auch wenn sich hinter ihrer Freundlichkeit etwas Eigentümliches zu verbergen schien.

„Ja, und ich hoffe, dass ich nicht ungelegen komme“, sagte Myrtle mit ihrer zuckersüßen Alte-Dame-Stimme, der sie sich von Zeit zu Zeit bediente. „Ich bin diesen Monat an der Reihe, einen Roman für den Buchclub auszusuchen, und wollte dich um Rat fragen. Du hast immer so gute Vorschläge.“ Myrtle musste schwer schlucken, da ihr angesichts ihrer dreisten Lüge die Galle aufstieg.

Sybil blinzelte sie durch ihre langen Wimpern hindurch an. „Tatsächlich? Irgendjemand hat mir erzählt, dass du alles andere als begeistert von meiner Buchauswahl bist.“

Myrtle stieß ein nervöses Lachen aus. „Haha! Ist das so? Da sind aber auch ein paar Spaßvögel dabei. Aber auch gute Freunde, nicht wahr?“

„Das stimmt. Ich bin immer noch dabei, mich in Bradley einzuleben, aber die Mitglieder des Buchclubs haben mich sehr nett aufgenommen. Zumindest die meisten“, sagte Sybil und verzog das Gesicht. „Dann sehen wir uns mal an, was du mitgebracht hast.“

„Gut." Myrtle zog das Werk von Eudora Welty aus ihrer Tasche und hielt es Sybil hin. „Das ist eines meiner Lieblingsbücher. Ich dachte, es wäre genau das Richtige für eine Gruppe Südstaatenfrauen."

„Und Miles", fügte Sybil lachend hinzu. „Der Hahn im Korb."

„Er würde um nichts in der Welt ein Treffen verpassen", sagte Myrtle und verdrehte die Augen. „Meiner Meinung nach genießt er es, im Mittelpunkt zu stehen."

Sybil blätterte langsam durch das Buch und Myrtle sah ihr an, dass die Tatsache, dass es sich dabei um richtige Literatur handelte, es für sie uninteressant machte. „Ich bin mir sicher, dass das ein wunderbares Buch ist, Myrtle. Aber für den Buchclub? Ich weiß nicht. Es sieht sehr alt aus."

„Alt? Es ist eines von Weltys späten Werken, genauer gesagt von 1972."

Sybil warf ihr ein mitleidiges Lächeln zu. „1972 ist sehr lange her."

Myrtle schnaubte. „Das ist quasi gestern, Sybil. Wenn du irgendwann in mein Alter kommst, wirst du einen realistischeren Blick auf die Zeit bekommen."

Sie bemerkte, dass sie sich zu sehr auf die Buchauswahl fokussierte. Vor allem, da sie diese nur als Vorwand brauchte, um Sybil zu den Morden zu befragen. Aber sie konnte nicht anders, das Thema lag ihr zu sehr am Herzen. „Ich überlege seit geraumer Zeit", fuhr Myrtle eifrig fort, „ob wir unsere Leseliste nicht ein wenig aufwerten wollen. Du weißt schon, uns auf etwas Neues einlassen. Unseren Horizont erweitern. Uns vom Lesesessel aus auf Abenteuer begeben, begleitet von fiktiven Charakteren, die eine gute Gesellschaft abgeben."

Sybils Blick war glasig. „Bücher sind zum Entspannen da. Das Leben ist zu anstrengend, um mühsame Bücher zu lesen." Sie schlug das Buch zu. „Was hast du noch mitgebracht?"

Myrtle verspürte einen ungeheuren Widerwillen, das zweite Buch aus der Tasche zu holen, ermahnte sich aber zur Gelassenheit. Sie hatte doch nicht ernsthaft geglaubt, Sybils Ansichten zum Buchclub verändern zu können? Außerdem war sie nicht einmal mit Aussuchen an der Reihe. Also reichte sie es Sybil. „Das hier sollte besser zu denen passen, die wir bisher gelesen haben."

Sybils Miene erhellte sich, als sie den Titel erblickte. „Ich habe schon davon gehört, es soll sehr unterhaltsam sein. Und so wahr. Das Leben erinnert manchmal durchaus an eine Seifenoper, denkst du nicht auch?" Erneut zeichneten sich dunkle Schatten auf ihrem Gesicht ab.

Da es ein Ding der Unmöglichkeit schien, die Richtung des Buchclubs zu beeinflussen, besann sich Myrtle auf den eigentlichen Grund ihres Besuchs zurück. Sie musste nur darauf achten, Sybil nicht abzuschrecken, damit sie sich ihr gegenüber nicht komplett verschloss.

„Hast du Schwierigkeiten, meine Liebe? Du wirkst traurig." Myrtle warf ihr einen – wie sie hoffte – unschuldig besorgten Blick zu.

Sybil tastete in der Tasche ihres Kleides nach einem Taschentuch, woraufhin Myrtle ein ganzes Päckchen aus ihrer gigantischen Handtasche zog und es ihr reichte.

Sybil schnäuzte sich lautstark. „Ich treffe mich mit einem ganz besonderen Mann. Wir sind in jeder Hinsicht füreinander geschaffen. Von ihm habe ich all die Jahre geträumt."

„Teilt er deine Gefühle?", fragte Myrtle mitfühlend.

„Das ist es ja. Er teilt meine Gefühle und ist bis über beide Ohren verliebt. Aber er ist sehr auf seine Arbeit konzentriert und erkennt das nicht“, erklärte Sybil.

Das klang nach einem Satz, den Sybil sich wie ein Mantra immer und immer wieder vorgebetet haben musste, bis sie ihn selbst glaubte.

„Seid ihr schon lange ein Paar?“, fragte Myrtle.

Sybil wirkte unzufrieden, wobei nicht erkennbar war, ob sich ihr Ärger auf Myrtle oder Felix bezog. „Wir waren immer schon Seelenverwandte. Felix tut sich nur schwer damit, sich auf uns einzulassen. Außerdem kam uns diese Frau in die Quere.“

Myrtle warf ihr einen arglosen Blick zu. „Welche Frau?“

„Du weißt schon. Cosette Whitlow. Felix bildete sich tatsächlich ein, er könnte Gefühle für sie entwickeln.“ Sybil gab ein bellendes Lachen von sich, um die Lächerlichkeit dieser Vorstellung zu betonen.

„Ich erinnere mich, euch zwei auf Cosettes Feier gesehen zu haben“, sagte Myrtle mit besänftigender Stimme. „Ihr habt aber einen sehr unglücklichen Eindruck auf mich gemacht. Habt ihr euch gestritten?“

Sybil rieb sich die Augen. „Das war vielleicht ein Abend. Felix wollte unbedingt auf diese Feier gehen und war nicht davon abzubringen. Ich wusste, dass Cosette auf einen Flirt aus war. Sie war ziemlich eingebildet, was ihr Aussehen anging. Ich sagte Felix deshalb, dass ich nicht hingehen möchte, nur um Cosette beim Flirten zuzusehen, aber er meinte, er gehe mit oder ohne mich hin.“

„Ich hatte den Eindruck“, sagte Myrtle vorsichtig, „dass Felix wütend auf Cosette war. Als ob er ihr in irgendeiner Form drohen würde.“

Sybil fuchtelte mit dem Zeigefinger durch die Luft. „Ganz genau. Bingo. Meiner Meinung nach übertrieb Cosette es mit der öffentlichen Flirterei, sodass Felix sie zurechtwies. Ich hörte aber diesen Teil der Unterhaltung nicht, weil ich zu spät in die Küche kam. Kannst du dich noch erinnern, als ich mich von Miles und dir verabschiedete, um nach ihm zu sehen?" Sie lachte trocken. „Hätte er doch nur auf mich gehört. Ich hätte ihm sagen können, dass Cosette ihm kein Glück bringen würde."

So viel zur angeblichen politischen Diskussion. Felix hatte mit Cosette Schluss gemacht ... was er auch bei Sybil versucht hatte, wenn auch nur mit spärlichem Erfolg. Wie Myrtle es vermutet hatte.

„Du denkst also, dass ihm die Sache mit Cosette zu brisant wurde?", fragte Myrtle.

„Ich bin mir sicher, dass sie aufdringlich war und er einen Skandal verhindern wollte", sagte Sybil. Sie zuckte mit den Schultern. „Ein geschäftstüchtiger Mann wie Felix möchte nicht mit einer verheirateten Frau gesehen werden. Er soll immerhin Vertrauen bei seinen Kunden erwecken. Außerdem", sagte sie und hielt ihre Hände vor sich, „sind er und ich ein Paar. Das wollte er ihr bestimmt erklären."

„War das nicht ein furchtbarer Abend?", fragte Myrtle mit ihrer besten Tratschstimme, um den Weg für ihre nächsten Fragen zu ebnen. „Du weißt vermutlich schon, dass ich Cosette im Garten gefunden habe."

Sybil zog ihre Augenbrauen nach oben. „Nein, das wusste ich nicht. Ich ging davon aus, dass Felix nach ihr suchte und sie fand." Sie lehnte sich vor und drückte mitfühlend Myrtles Hand. „Das muss sehr schlimm für dich gewesen sein."

„Das war es. Furchtbar, dass der Mörder frei herumläuft. Der arme Red arbeitet so hart an dem Fall. Hast du zufällig etwas gesehen oder gehört, als du mit Felix die Feier verlassen hast?"

Sybil schaute nachdenklich zur Decke. „Lass mich überlegen. Nein."
Sie warf Myrtle ein bedauerndes Lächeln zu. „Ich war so auf den wütenden
Felix konzentriert, dass ich mich nicht einmal an unsere Heimfahrt erinnere.
Das sagte ich Red auch schon. In dieser Hinsicht bin ich leider keine Hilfe."

„Du hast nicht zufällig gesehen", fuhr Myrtle langsam fort, „wie ein
Mann eine Mülltüte zum Haus trug?"

Sybil sah sie überrascht an. „Tatsächlich habe ich einen Mann
gesehen, der mit einer Mülltüte in der Hand über die Straße und in Richtung
der Whitlows ging. Seltsam. Das hatte ich ganz vergessen."

Vielleicht konnte man ihrer Erinnerung noch weiter auf die Sprünge
helfen.

„Da war also ein Mann mit einer Mülltüte. Fiel dir sonst noch etwas
auf? Es muss dir unangenehm gewesen sein, die Feier mit dem
wutschnaubenden Felix zu verlassen. Sahst du dich vielleicht um, ob
jemand die Szene beobachtete?", fragte Myrtle.

Nun schien Sybil angestrengt nachzudenken. „Erma Sherman war
draußen. Erma vom Buchclub."

„Ich weiß", sagte Myrtle grinsend. „Sie ist meine Nachbarin."

„Du Arme", sagte Sybil. „Wie auch immer, ich ärgerte mich sehr über
sie, weil ich weiß, wie gerne sie tratscht. Felix schäumte vor Wut und zerrte
mich regelrecht von der Feier fort." Erneut dachte sie nach. „Da waren noch
mehr Leute, die ich aber nicht kannte. Wegen ihnen machte ich mir keine
Sorgen, da ich sie nicht kannte und Felix offenbar auch nicht." Sie hielt
inne. „Und ich habe Joan gesehen, Cosettes und Lucas' Tochter."

„Joan?", wiederholte Myrtle. „Als sie die Feier verließ?" Joan hätte um diese Zeit längst nicht mehr dort sein sollen.

„Nein, als sie ankam. Sie suchte einen Parkplatz und stellte ihr Auto schlussendlich ein Stück die Straße hinunter ab, um nicht parallel einparken zu müssen. Ich dachte mir noch, dass sie spät dran war, auch wenn es eine Feier der legereren Sorte war. Und ich fragte mich, wo ihr Sohn war. Als sie aus dem Auto ausstieg, war er nicht bei ihr. Dann ging sie um das Haus herum, was auch seltsam war."

Myrtle wartete einen Augenblick, ob Sybil sich an weitere Details erinnerte, diese schüttelte jedoch lediglich den Kopf. „Das war's."

„Ist es nicht erstaunlich, wie unsere Erinnerung einfach so zurückkommt?", sagte Myrtle. „Erinnerst du dich zufällig auch an den Tag, an dem der zweite Mord geschah? Der an Tobin Tinker?"

Erneut schüttelte Sybil den Kopf. „Nein, da kann ich dir leider nicht weiterhelfen. Ich habe keine Ahnung, wer Tobin war. Vermutlich bin ich in vielerlei Hinsicht immer noch neu in Bradley, nachdem ich noch lange nicht alle Einwohner kenne."

„Tobin ist der Mann mit der Mülltüte", erklärte Myrtle ruhig.

Sybil sog scharf die Luft ein. „Oh nein. Wirklich? Das ist aber ein Zufall."

„Nicht wahr? Die Polizei geht davon aus, dass die beiden Morde in einem Zusammenhang stehen", sagte Myrtle. „Ist dir bei Cosettes Beerdigung etwas aufgefallen, das Hinweise auf den Mord an Tobin geben könnte?"

Sybil schüttelte den Kopf und wandte den Blick ab. „Ich war nicht auf Cosettes Begräbnis. Begräbnisse sind dafür da, seinen Respekt zu zollen.

Wenn man keinen Respekt für diese Person hat, geht man auch nicht hin.“

Myrtle sah Sybil eindringlich an. „Ich habe dich aber dort gesehen. An der Straße. Vielleicht warst du nicht bei der Messe unter den Trauernden, aber du warst dort. Dein Auto sticht heraus, musst du wissen. Hast du etwas beobachtet?“

Sybil sah erst aus, als wolle sie erneut bestreiten, dort gewesen zu sein, zuckte schlussendlich aber mit den Schultern und ließ das Eis in ihrem Glas klimpern. „Ich war nicht wegen des Begräbnisses dort. Ich wollte herausfinden, was bei den Bäumen los war. Mir fiel auf, dass irgendetwas komisch war. Zum einen, weil die Menschen nicht neben Lucas am Grab standen, so wie man es erwarten würde, und zum anderen, weil sie schockiert aussahen. Begräbnisse mögen traurig sein, aber schockierend sind sie für gewöhnlich nicht.“

Myrtle nickte. „Du hast also später herausgefunden, dass unter den Bäumen eine Leiche lag. Hast du etwas gesehen, als du die Szene von der Straße aus beobachtet hast?“

„Nein“, sagte Sybil. „Gar nichts. Erzähl mir lieber, woher du deine Gartenzwerge hast. Hast du auch schon mal welche online bestellt?“

Kapitel 15

Auf dem Nachhauseweg entschied Myrtle, dass es an der Zeit war, ihr Geschirr bei Lucas abzuholen. Mit ihm hatte sie von allen Verdächtigen bislang am wenigsten gesprochen. So bemitleidenswert er war, er zählte immer noch zu den Verdächtigen. Er war der Ehemann und bekam seiner Tochter zufolge durch die Lebensversicherung eine stattliche Summe ausbezahlt. Hazel und Joan hatten beide erwähnt, dass es ihm vor Cosettes Tod finanziell nicht besonders gut ging. Er war offensichtlich am Boden zerstört, aber es konnte auch die Schuld sein, die schwer auf ihm lastete.

Das Gewicht der Bücher, die sie beide nicht für den Buchclub vorschlagen würde, nachdem sie erst in einem halben Jahr wieder an der Reihe war, verlangsamte Myrtles Schritte. Sie beschloss daher, einen Umweg über die Bibliothek zu machen, um erst die Bücher zurückzugeben.

Die Bibliothek befand sich in einem zweistöckigen Backsteingebäude, in dem es für Myrtles Geschmack eindeutig zu viele Treppen gab. Sie stand am Fuße der Steinstufen, die zum Eingang hinaufführten, und seufzte. Dieses eine Mal würde sie die Rampe für die Kinderwägen nehmen. Immerhin hatte sie zuvor bereits die Stufen genommen und es würde sowieso niemand davon erfahren.

Während sie sich die steile Rampe hochkämpfte, verfluchte sie zum wiederholten Male die hohe Luftfeuchtigkeit, die ein Sommer in den Südstaaten mit sich brachte. Der Eingangsbereich der Bibliothek war glücklicherweise temperiert und so nahm sie sich ein paar Minuten, um zu Atem zu kommen, bevor sie die Bücher in die Rückgabeklappe steckte. Als sie sich mehr oder weniger erholt hatte, wandte sie sich dem Ausgang zu, um die Bibliothek über die Rampe wieder zu verlassen.

Draußen war es ruhig. Offensichtlich hatten alle außer Myrtle beschlossen, bei dem heißen Wetter lieber drinnen zu bleiben. Der Weg die Rampe hinunter bereitete ihr mehr Schwierigkeiten als das Hochgehen zuvor, was verwunderlich war, nachdem das Hinuntergehen weniger Anstrengung erforderte.

Sie hatte gerade den ersten Schritt getan, als sie ein Prickeln im Nacken verspürte und eine Bewegung hinter sich wahrnahm. Im selben Moment legte sich eine Hand an ihren unteren Rücken und stieß sie ruckartig nach vorne. Als Myrtle die Rampe hinunterglitt, hörte sie, wie sich Schritte hinter sich entfernten.

***

Es war ihr verhasster Gehstock, der sie rettete. Durch den Stoß hatte sie die Balance verloren und war mit der Hand vom Geländer abgerutscht. Zu ihrem Glück klammerte sie sich instinktiv mit ihrer linken Hand an den Gehstock und rammte diesen vor sich in den Boden, als würde sie Skifahren. Das half ihr, ihren Schwung zu bremsen und so landete sie – wenn auch recht unsanft – auf ihrem Allerwertesten. So saß sie zitternd und reglos da, bis ein Auto auf den Parkplatz der Bibliothek einbog.

Als sie aufsah, bemerkte sie mit Schrecken, dass es ein Polizeiauto war und Red auf sie zueilte. Verdammt. Was er sich wohl jetzt wieder dachte?

Red zögerte keinen Augenblick, ihr seine Gedanken mitzuteilen. „Du bist hingefallen! Mama, geht es dir gut?"

Dessen war Myrtle sich nicht sicher, aber sie ging zumindest davon aus, dass sie sich nichts gebrochen hatte. Und sie würde diesen Vorfall mit Sicherheit nicht als Unfall durchgehen lassen. Behutsam bewegte sie ihre Arme und Beine. „Alles in Ordnung. Aber ich bin nicht gefallen, ich wurde gestoßen.“

Reds Gesichtsausdruck wechselte von Erleichterung zu Skepsis. „Natürlich, du fällst nie von alleine, nicht wahr?“

„Red, ich wurde gestoßen. Ich habe ein paar Bücher zurückgebracht und wollte gerade über die Rampe gehen, als sich jemand herangeschlichen und mich gestoßen hat. Schau dich in der Bibliothek nach Verdächtigen um!“

„Verdächtige?“, fragte Red. „Mama, mir liegt mehr daran, dich zu einem Arzt zu fahren, der dich durchcheckt.“

„Es geht mir gut“, entgegnete Myrtle. „Das letzte, das ich jetzt gebrauchen kann, ist zu allem Übel noch eine teure Arztrechnung. Das sind nur ein paar blaue Flecken. Und wenn du dich nicht nach dem Schurken umsehen willst, dann werde ich das selbst in die Hand nehmen.“ Sie rappelte sich mühsam auf und spürte bereits die ersten Anzeichen der Blutergüsse und blauen Flecken. Red stützte sie am Ellbogen und half ihr auf die Beine.

„Komm, wir setzen dich in die Bibliothek. Ich fürchte, die Hitze tut dir nicht gut. Du redest wirres Zeug.“ Er hielt sie immer noch am Arm und führte sie behutsam in das Foyer zurück. Myrtle bemerkte, dass sie sich mehr auf ihren Gehstock und Reds Arm stützte, als ihr lieb war und konnte jetzt schon mit Sicherheit sagen, dass ihr schmerzvolle Tage bevorstanden.

Red führte sie zum ersten freien Sessel und half ihr, sich zu setzen. Sie plumpste hinein, als ihre Beine unter ihr nachgaben. Red sah sie mit besorgtem Blick an, den Myrtle mit einem Stirnrunzeln erwiderte. „Mach dir keine Sorgen um mich. Geh schon und durchsuch die Bibliothek." Sie sah sich mürrisch um, konnte aber niemanden erblicken, mit Ausnahme von Gladys, der Bibliothekarin, die mit gerunzelter Stirn und sorgenvollem Blick auf sie zugeeilt kam. Sie hatte schon hier gearbeitet, als Myrtle sich ihren ersten Bibliotheksausweis holte. Myrtle war bewusst, was das über Gladys Alter aussagte. Es irritierte sie zunehmend, dass man ihr das nicht ansah und vor allem, dass nicht *sie* sich Gedanken darüber machen musste, wie sie es jemals wieder aus diesem Sessel schaffen sollte.

„Alles in Ordnung", murmelte Myrtle.

Gladys' sorgenvolles Herumwuseln hatte die Aufmerksamkeit einiger Besucher angezogen. Unter anderem die eines schläfrig dreinblickenden älteren Herrn aus der Zeitschriftenabteilung, großäugiger Kinder aus der Kinderecke und eines Teenagers, der mit mürrischem Blick aus der Jugendabteilung zu ihnen herüberblickte.

„Bist du gestolpert?", fragte Gladys und wrang ihre knochigen Hände.

„Ja", antwortete Red grimmig.

„Ich wurde gestoßen", wiederholte Myrtle stur. „Gladys, hast du Sybil hier drinnen gesehen? Oder vielleicht Felix oder Lucas?"

„Wen?" Gladys blinzelte und Myrtle erinnerte sich daran, dass Gladys sich Buchtitel weitaus besser merkte als Namen. An Myrtle erinnerte sie sich auch nur deshalb, weil sie sich schon über achtzig Jahre kannten.

„Ach egal", sagte Myrtle mit einem Seufzen. „Was ist mit Joan? Du kennst doch Joan, nicht wahr?"

„Ja, ich habe sie heute gesehen."

„Wirklich?", fragte Myrtle mit wachsendem Interesse.

„Ja. Vor einer Weile, als sie mit dem kleinen Noah Bilderbücher auslieh." Gladys runzelte die Stirn, die viel zu faltenfrei für ihr Alter war. „Du warst doch auch hier. Sag nicht, dass du die beiden Bücher schon gelesen hast."

„Nun gut", sagte Myrtle und wandte sich an Red. „Ich weiß nicht, wer es war, aber derjenige hat mich hierher verfolgt und auf eine Gelegenheit gewartet, mir etwas anzutun. Er oder sie muss mir in die Bibliothek gefolgt sein und sich zwischen den Regalen versteckt haben, bis ich das Foyer wieder verlassen habe. Dann hat derjenige mich gestoßen. Ich hätte mir das Genick brechen können."

„Daran besteht kein Zweifel", sagte Red. „Aber alles andere an deiner Geschichte klingt völlig paranoid. Als nächstes behauptest du, du hättest ein Raumschiff, einen Yeti oder das Monster von Loch Ness gesehen."

Myrtle biss sich auf die Unterlippe und musste sich zurücknehmen, um nicht zu kontern. Er sprach ihr in aller Öffentlichkeit jegliche Glaubwürdigkeit ab und Gladys würde das bestimmt in der ganzen Stadt verbreiten. Außerdem würde sie überall herumerzählen, dass sie gestürzt war. Es war doch zum Aus-der-Haut-Fahren. Myrtle warf ihm einen mahnenden Blick zu und schielte dann ungeduldig in Richtung der kleinen Truppe, die sie immer noch anstarrte. „Sie können sich gerne wieder Ihren Angelegenheiten widmen. Hier gibt es nichts zu sehen." Die Truppe löste sich in die verschiedenen Bereiche der Bibliothek auf. „Ich möchte jetzt gehen", sagte Myrtle.

„Ich fahre dich", sagte Red.

Das sah Myrtle anders. „Ich bin allein hergekommen und werde es auch allein nach Hause schaffen. Du wolltest doch sicher Besorgungen machen oder warst auf Streife.“

Red gab vor, ihren Einwand zu überhören, wurde jedoch von den roten Flecken verraten, die sich auf seinem Nacken ausbreiteten. „Dann gehen wir mal zum Auto“, sagte er nur. Myrtle fragte sich für einen Moment, ob er vorhatte, ihr auch noch Handschellen anzulegen.

Sie ließ widerwillig zu, dass er sie am Arm stützte, und ging langsam mit ihm zum Auto.

Auf dem Heimweg war ihr nicht zum Reden zumute.

„Wir sollten überlegen, ob wir dir nicht einen Rollator besorgen, wenn du so wackelig auf den Beinen bist. Oder wir schauen uns das Greener Pastures Seniorenheim noch einmal an. Die Leute sagen mir ständig, wie gern ihre Eltern dort leben.“

„Ich bin nicht wackelig auf den Beinen“, krächzte Myrtle. „Und ich war vorsichtig, ich habe sogar die Rampe benutzt. Zu letzterem verbitte ich mir jeglichen Kommentar.“

Red bog in ihre Einfahrt und eilte zur Beifahrertür, um Myrtle aus dem Auto zu helfen, bevor sie eigenmächtig aussteigen konnte. „Ich bin nicht so schwach auf den Beinen“, murmelte sie.

Red ignorierte sie weiterhin, zog seinen Schlüsselbund aus der Hosentasche und suchte nach ihrem Haustürschlüssel. Myrtle dachte erneut daran, die Schlösser austauschen zu lassen. Es beschlich sie jedoch die böse Vorahnung, dass sie ausgerechnet dann stürzen und sich etwas brechen würde, sodass sie auf seine Hilfe angewiesen wäre.

„Warum legst du dich nicht für eine Weile hin?“, fragte Red abwesend, während er die Tür öffnete und sie hineinwies. „Danach fühlst du dich sicher besser. Ich besorge dir Tee und Schmerztabletten.“

Die Angelegenheit stimmte Myrtle langsam, aber sicher missmutig. Dass ihre Arme und Beine zu schmerzen begannen, machte es nicht besser. „Ich möchte mich nicht hinlegen."

„Soll ich Trina Baker anrufen? Sie ist Krankenschwester und es wäre vermutlich gut, ihre Meinung einzuholen."

„Oder wir holen die Meinung von jemandem ein, der mir glaubt, dass ich die Rampe hinuntergestoßen wurde."

Red presste die Lippen zusammen, als müsste er sich selbst vom Sprechen abhalten. Stattdessen warf er einen kurzen Blick auf seine Uhr und sagte mit beschwichtigender Stimme: „Nur war es nicht so. Aber nun gut. Wenn du dich nicht hinlegen willst, bringen wir dich doch zu deinem Sessel und schalten dir deine Seifenoper ein. Sie fängt gleich an."

Myrtle humpelte langsam zu ihrem Sessel, setzte sich und machte es sich bequem. Mit einem Mal fühlte sie sich erschöpft. Red schaltete den Fernseher ein und ging dann in die Küche, um ihr Tee und eine Tablette zu holen. Das Gurgeln und Zischen, das aus der Küche zu ihr drang, zauberte ihr ein Lächeln ins Gesicht. Schon fluchte Red.

„Du solltest das Küchenfenster nicht offenstehen lassen, Mama", rief er. „Du willst doch dieses pelzige Mistvieh nicht im Haus haben. Dann schauen wir mal, ob ich es mit Thunfisch rauslocken kann."

Bevor er im Schrank nach einer Dose Thunfisch suchen konnte, war Schara schon ins Wohnzimmer geflitzt, auf den gepolsterten Lehnstuhl gesprungen und hatte es sich in Myrtles Schoß gemütlich gemacht. Myrtle zog überrascht die Augenbrauen nach oben. Schara war ihr gegenüber nie abweisend gewesen, aber diese Art der Zuneigung war neu. „Schlaues Kätzchen", sagte sie und streichelte sie sanft, was Schara mit einem zufriedenen Schnurren belohnte.

Red verzog das Gesicht, als er die beiden erblickte. „Hast du dir heute nicht schon genug Verletzungen zugezogen? Ich traue diesem Vieh zu, dass es dich beißt oder kratzt, wenn ihm der Sinn danach steht.“

„Daran würde Schara im Traum nicht denken“, erwiderte sie. Red reichte ihr den Tee und die Tablette, die sie folgsam schluckte.

Red zögerte, bevor er sprach. „Wenn ich schon mal da bin ... es gibt noch etwas, das ich dich fragen wollte. Unsere Ermittlungen deuten immer wieder auf Felix Nelson hin und ich kann mir einfach keinen Reim darauf machen.“

Myrtle musterte ihn. „Ist das so?“

„Ich habe auch erfahren, dass du bei ihm im Büro warst, als ich ihn heute zum Fall befragte. Er wollte mir einreden, dass diese Lebensversicherung eine gute Idee für dich sei.“ Red rieb sich verwundert die Stirn. „Ehrlich gesagt hätte ich beinahe laut gelacht. Dann erzählte er mir, dass du eine Lebensversicherung abschließen möchtest, um deine letzten Ausgaben zu decken. Da war ich mir sicher, dass er den Verstand verloren hat, wo ich doch weiß, dass du das billigste Begräbnis aller Zeiten planst. Ich gehe also davon aus, dass du ermittelst.“ Red seufzte genervt. „Aber so sehr ich auch versuche, eine Verbindung herzustellen, ich kann mir nicht erklären, warum du Felix ins Visier nimmst.“

Myrtle verspürte eine große Genugtuung angesichts der Tatsache, dass sie Red einen Schritt voraus war. Sie wartete mit ihrer Antwort – manchmal machte ihn das nervös und er gab Informationen preis.

Auch dieses Mal unterbrach er die Stille nach wenigen Sekunden. „Ich weiß, dass Felix und die Whitlows geschäftlich miteinander zu tun hatten.“

„Hat Lucas eine hohe Versicherung auf Cosette abgeschlossen?“, fragte Myrtle.

„Ja. Offensichtlich war das eine Art Kompliment von Lucas, mit dem er ihr zeigen wollte, wie sehr er sie schätzte.“ Red zuckte mit den Schultern. „Ich für meinen Teil bin der Meinung, dass eine hohe Police ein wenig mehr ist als ein Kompliment. Es ist ein Motiv, zumal die Whitlows Geld benötigten. Aber zurück zu der Frage, was du bei Felix wolltest.“

„Na, meine letzten Ausgaben absichern.“ Sie wartete erneut ab.

Wieder füllte Red die Stille. „Weißt du etwas über Felix und die Whitlows, das mir entgangen ist?“ Myrtle schwieg und streichelte Schara. Er seufzte. „Ich weiß, dass Felix bei einer hitzigen Diskussion mit Tobin gesehen wurde, kurz bevor dieser ermordet wurde. Ich frage mich, ob er auch mit Cosette in Verbindung stand.“

„Felix stritt sich mit Tobin? Woher um alles in der Welt kannten sie sich?“, fragte Myrtle. Da erinnerte sie sich an Joans Aussage, dass sie Felix am Tag der Beerdigung in einem Anzug in der Nähe des Friedhofs gesehen hatte.

„Vielleicht kannten sie sich einfach so, immerhin sprechen wir von Bradley. Oder Tobin verrichtete Gartenarbeiten für Felix. Ich werde den Grund für den Streit schon noch rausfinden, mach dir da keine Sorgen“, sagte Red grimmig. „Und vergiss nicht, die Ermittlungen sind nicht deine Aufgabe, sondern meine. Ich möchte aber trotzdem wissen, warum du bei Felix im Büro warst und ob es etwas mit Cosettes Feier zu tun hat.“

Myrtle sagte nichts. Red hatte ihr Informationen auf dem Silbertablett serviert, also sollte sie ihm auch welche verraten. Er würde den Fall sowieso nicht vor ihr lösen. „Felix und Cosette hatten bei der Feier eine Auseinandersetzung. Sybil stieß jedoch zu spät dazu, um den Grund dafür zu erfahren. Also ja, ich würde sagen, dass es zwischen Felix und Cosette um mehr ging als eine Lebensversicherung. Auch wenn ich nicht weiß, was das ist oder was wer für wen empfand."

Red sah seine Mutter eindringlich an. „Worum ging es bei dieser Auseinandersetzung?"

Myrtle schüttelte frustriert den Kopf. „Das ist es ja. Miles und ich kamen zu spät. Als wir dazustießen, wurden keine Details mehr genannt, sondern nur gestritten."

„Wie lautet deine Einschätzung des Ganzen?", fragte Red. Als er bemerkte, dass Myrtle nicht recht mit der Sprache rausrücken wollte, bezirzte er sie. „Du hast eine bewundernswerte Intuition bei solchen Angelegenheiten."

Red wusste, dass sie seinen Schmeicheleien nur schwer widerstehen konnte. Sie ließ sein Kompliment einen Augenblick lang wirken, bevor sie sprach. „Ich vermute, dass es sich um eine Dreiecksgeschichte handelt. Das scheint am meisten Sinn zu ergeben. Sybil denkt offensichtlich, dass Cosette sich Felix' Auffassung nach ihm gegenüber in der Öffentlichkeit zu vertraut verhält."

„War Lucas nicht in der Küche? Bekam er von all dem nichts mit?", fragte Red.

Myrtle schüttelte den Kopf. „Er war bei den Gästen. Erst als Cosette verschwunden war und es offensichtlich an Essen und Getränken fehlte, nahm er seine Rolle als Gastgeber wahr und lief zwischen Wohnzimmer und Küche hin und her." Nun war es an der Zeit, Red Informationen über Lucas zu entlocken, da sie in dieser Hinsicht bisher nicht weit gekommen war. „Zählt er noch zu den Verdächtigen?"

Red dachte noch immer über Myrtles Schilderungen nach und hörte nur halb zu. Das war in der Regel ein günstiger Zeitpunkt, um Informationen aus ihm herauszubekommen. „Als Ehemann der Getöteten, ja. Aber wir konnten ihm bisher nichts anlasten. Niemand sah ihn rausgehen oder reinkommen und ein Streit mit seiner Frau ist nicht bekannt. Er war ihr in jeder Hinsicht ergeben. Einzig die Lebensversicherung ist verdächtig und natürlich sein Streit mit Tobin.“

Myrtle blinzelte und versuchte, ihre Überraschung zu verbergen, um Reds Redefluss nicht zu unterbrechen. „Ach“, sagte sie beiläufig, „geht es um den jahrelangen Nachbarschaftsstreit zwischen Cosette und Tobin?“

„Wer weiß schon, was wirklich dahintersteckt?“, sagte Red seufzend. „Tobin ist tot, er kann uns schon mal nicht mehr weiterhelfen. Und Lucas meinte nur, dass die Zeugin seine Unterhaltung mit Tobin falsch verstanden haben muss. Laut ihm wurde er im Garten von seinen Gefühlen übermannt, woraufhin Tobin herüberkam, um ihn zu trösten.“

„Die Zeugin?“, fragte Myrtle vorsichtig.

„Erma.“ Red grinste. „Deine liebste Nachbarin.“

Myrtle zog eine Grimasse. Es schien, als führten in diesem Fall alle Wege zu Erma. Vielleicht war es falsch von ihr gewesen, das Journalisten-Küken zu ihr zu schicken.

„Ich werde dann mal gehen und dich mit deiner Seifenoper allein lassen. Und bitte vergiss den Fall und überlass die Verbrecherjagd mir. Du siehst ziemlich erschöpft aus, also tu mir den Gefallen und ruh dich aus.“ Er schnippte mit den Fingern. „Da fällt mir was ein. Du solltest stricken, das ist eine nette, ruhige Aufgabe. Und du hast etwas zu tun, während du dich ausruhst.“

Myrtle empfand seine Aussage als bevormundend, hielt sich jedoch mit Kommentaren zurück, da sie tatsächlich erschöpft war. Red schloss die Tür hinter sich ab, während Myrtle mit der Fernbedienung hantierte, bis die wohlbekannte Titelmelodie von *Das Versprechen von Morgen* erklang. Offenbar hatten sich Kristin und ihre Mutter bei der Planung ihrer gefühlt zwanzigsten Hochzeit erneut in die Haare gekriegt. Myrtle folgte der Sendung, bis sie die Augen nicht länger offenhalten konnte und in einen tiefen Schlaf fiel.

Kapitel 16

Myrtle erwachte mitten in der Nacht und realisierte, dass sie noch immer in ihrem Lehnsessel saß, während auf dem Bildschirm eine fröhliche Moderatorin vor einem äußerst aufmerksamen Publikum eine Dauerwerbesendung präsentierte. Sie stolperte in ihr Schlafzimmer und ließ sich voll angezogen in ihr Bett fallen.

Am nächsten Morgen verfluchte sie sich dafür, dass sie nicht daran gedacht hatte, vor dem Schlafengehen eine Schmerztablette zu nehmen. Schon das Aufstehen würde ein Alptraum werden. Aber umso länger sie im Bett liegenblieb, desto unruhiger wurde sie. Der Sturz auf der Rampe hatte sie aufgewühlt und sie spürte jede einzelne Faser ihres Körpers. Ein Zweifel beschlich sie. War sie vielleicht doch zu alt für Mordermittlungen? Alle um sie herum versuchten sie davon zu überzeugen – vielleicht sollte sie auf sie hören. Gestern war sie noch gänzlich anderer Meinung gewesen, aber ihr aktueller Zustand ließ sie dies infrage stellen. Wenn ein kleiner Zwischenfall schon derartige Schmerzen verursachte, wie würde es ihr dann erst nach einem ernsthaften Sturz gehen? Was, wenn sie sich die Hüfte brach? Das würde vermutlich das Fass zum Überlaufen bringen und Red würde sie endgültig ins Greener Pastures Seniorenheim verfrachten.

Myrtle seufzte. Bereits der Gedanke daran betrübte sie. Sie hievte sich rücklings an die Bettseite, setzte ihre Füße auf den Boden und richtete sich behutsam auf.

Sie hatte es gerade auf die Beine geschafft, als es an der Tür klingelte. Es war doch erstaunlich, wie viele Besucher sie in letzter Zeit beehrten. Sie wollte das Klingeln schon ignorieren, als doch die Neugier siegte.

Sie spähte durch das Fenster neben der Tür und blickte geradeaus in Ermas grinsendes Gesicht. Sie wich eilig zurück. Konnte man durch den weißen Vorhang hindurchsehen? Oder wollte Erma ihr einen Streich spielen? Am liebsten hätte sie ihre Nachbarin vor der Tür stehengelassen, erinnerte sich aber an Reds Aussage, dass Erma etwas über den Streit zwischen Tobin und Lucas wissen könnte. So öffnete sie nach einem kurzen Zögern die Tür.

„Myrtle", sagte Erma und stürmte an ihr vorbei, eine Hand an der Kehle. „Ich hätte beinahe einen Herzanfall gehabt – einen richtigen, wie mein Vater ihn hatte. Er hatte eine vierfache Bypass-Operation, habe ich das mal erwähnt? Ich habe vermutlich seine Gene geerbt, manchmal fühlt es sich an, als würde mein Herzschlag kurz aussetzen."

Myrtle hätte ihr erklären können, dass ein Mitralklappenprolaps, an dem Erma laut ihren eigenen Schilderungen litt, nichts mit einem Herzinfarkt zu tun hatte, wusste aber, dass das vergebliche Liebesmüh wäre. Sie ging zu ihrem Sessel, die schnatternde Erma im Schlepptau.

„Als ich heute Morgen meine liebe, alte Nachbarin auf der Titelseite der Zeitung sah, hatte ich mehr als nur einen Aussetzer. Vermutlich an die zehn! Ich dachte schon, ich würde an Ort und Stelle dran glauben müssen."

Es war doch eine Schande, dass dem nicht so war. Dann runzelte Myrtle die Stirn. „Moment. Titelseite? Ich?"

Auf Ermas Gesicht spiegelte sich bestürztes Entzücken wider. „Weißt du das noch gar nicht? Kann das denn möglich sein? Aber stimmt, deine Zeitung lag noch vor der Tür."

„Es ist nicht nur möglich, es ist auch so." Myrtle erhob sich mühsam aus ihrem Sessel. „Wenn du mich entschuldigen würdest, ich muss die Zeitung holen."

„Ich habe sie dir mitgebracht." Erma blickte sich abwesend um, schnippte dann mit den Fingern und griff in ihre Handtasche aus Kunstleder. „Bitteschön."

Myrtle riss sie ihr aus den Händen und blickte entsetzt auf die Schlagzeile. *Bradleys Urgestein stürzt über die Stufen der Bibliothek,* von Kim McKenzie.

Erma schnatterte indes unbeirrt weiter. „Diesen jungen Leuten entgeht aber auch gar nichts. Wie hat Kim von deinem Sturz erfahren, wenn nicht einmal ich als deine unmittelbare Nachbarin davon wusste? Glücklicherweise geht es dir gut, wie ich sehe, auch wenn du da einen fiesen Bluterguss am Arm hast."

Wie auf Kommando begann Myrtles Arm zu pochen.

„Das erinnert mich an einen Bluterguss, den ich mir holte, als ich in ein Stoppschild lief. Du weißt doch, wie nachlässig die Stadt für eine Zeit mit Stoppschildern war. Dann stellten sie aus heiterem Himmel eines auf, und – zack! – lief ich bei meinem täglichen Spaziergang hinein. Das sah vielleicht aus ... Erst war er blau, dann grünlich, bevor er ..."

Myrtle wollte auf keinen Fall weitere Details über Ermas Zwischenfall mit dem Verkehrszeichen hören und unterbrach sie rasch. „Ich bin nicht die Treppen hinuntergefallen, ich wurde gestoßen." Sie bemerkte selbst, wie bockig sie klang, konnte aber nicht anders. Das Journalisten-Küken hatte alles falsch verstanden. Es war doch äußerst ärgerlich, als alte, fahrige Schachtel dazustehen, die Treppen hinunterstürzte.

Ermas Nagetier-ähnliche Augen weiteten sich entsetzt. „Hast du dir den Kopf gestoßen?" Subtilität gehörte mit Sicherheit nicht zu Ermas Stärken.

„Nein, ich bilde mir das nicht ein, Erma. Ich spürte eine Hand an meinem Rücken, die mich stieß.“

„Na dann.“ Erma schien es die Sprache verschlagen zu haben. Was jedoch nur für eine Millisekunde andauerte. „Warum denkst du, wurdest du gestoßen?“

„Weil ich dem Mörder auf der Spur bin. Und sobald ich ihn überführt habe, wird der *Bradley Bugle* endlich wieder eine richtig gute Schlagzeile haben. Ich werde den besten investigativen Bericht aller Zeiten schreiben. Ich habe auch schon damit angefangen.“

Erma sah sie mit zusammengekniffenen Augen an.

Myrtle seufzte. „Wo du schon mal hier bist ... ich wollte dich etwas fragen. Red meinte, du hättest einen Streit zwischen Tobin und Lucas beobachtet.“

Erma grinste breit und entblößte mehrere Zahnfüllungen. „Ich beobachtete ihn nicht, ich hörte ihn mit an. Als ich sah, dass sie eine intensive Diskussion führten, ließ ich mein Autofenster herunter. Aus Interesse, du weißt schon.“

„Tobin tröstete Lucas also nicht?“, fragte Myrtle.

„Ganz im Gegenteil. Lucas war außer sich. Er ruderte wild mit seinen Händen und schrie Tobin an, dass er immer so gemein zu Cosette gewesen sei. Dann ging es um irgendwelchen Müll, was ich nicht recht verstand.“ Erma runzelte frustriert die Stirn. „Wie auch immer, Lucas war fuchsteufelswild. Ich hatte ihn zuvor noch nie wütend erlebt, du schon? Nicht einmal, wenn Cosette ihn wie Dreck behandelte, was sie ständig tat. Vielleicht hat er Tobin umgebracht.“

Vielleicht. Es erschien Myrtle jedoch wahrscheinlicher, dass Lucas seine Wut auf Tobin an Ort und Stelle ausgelassen hätte, anstatt ihm zu einem Friedhof zu folgen und ihn am Tag der Beerdigung seiner Frau hinterhältig niederzuschlagen. Aber wer konnte das schon mit Sicherheit sagen?

„Mehr konntest du nicht hören?", hakte Myrtle nach. „Tobins Antwort zum Beispiel?"

Die Röte stieg Erma ins Gesicht. „Es ist nicht so, dass ich es nicht probiert hätte. Aber ich war im Auto und hatte bereits auf 5 km/h heruntergebremst. Es wäre zu offensichtlich gewesen, wenn ich stehengeblieben wäre. Aber Tobin sah wütend aus. Er hatte die Arme vor der Brust verschränkt und sah aus, als würde er schreien."

„Red gegenüber behauptete Lucas, Tobin hätte ihn getröstet."

Erma gab lediglich ein bellendes Gelächter zur Antwort.

„Na gut, eine Frage hätte ich noch. Du warst nicht allzu lange auf Cosettes Feier, nicht wahr?"

Erma verstummte und nickte. „Ich hatte an diesem Abend schreckliches Sodbrennen. Ich hatte diesen Dip probiert. Bäh! Das war der übelste Dip, den ich je gegessen habe. Spinat mit Artischocke. Der Geschmack war so seltsam, dass mir übel davon wurde und ich nach Hause ging."

Myrtle rutschte unruhig in ihrem Sessel hin und her. „Standen da nicht mehrere Dips?"

Erma schüttelte energisch den Kopf. „Nein, nur der eine. Ganz übles Zeug, das Sodbrennen und Übelkeit verursacht. Ekelhaft!"

Immerhin konnte Myrtle sich mit dem Gedanken trösten, dass sie Erma Sherman Übelkeit beschert hatte. „Wie auch immer. Wen hast du gesehen, als du die Feier verlassen hast? War da jemand, der gerade kam oder ging?"

Erma kniff gedankenverloren die Augenbrauen zusammen. „Felix und Sybil gingen gerade."

Das passte zu Sybils Aussage. „Sie verließen die Feier also zusammen."

„Nein. Sie fuhren mit zwei Autos davon, nachdem Sybil Felix ihre Liebe beteuert hatte und er aussah, als wolle er schnellstmöglich von ihr wegkommen", erklärte Erma glucksend.

„Welchen Eindruck machte Felix auf dich?"

„Er war wütend", sagte Erma. „Und Sybil war stocksauer, weil Felix ihre Liebesschwüre nicht erwiderte." Sie grinste hämisch.

„War da sonst noch jemand?" Als Erma sie nur ausdruckslos anstarrte, wurde Myrtle konkreter. „Cosettes Tochter Joan zum Beispiel?"

„Ach, ja klar. Die ging um das Haus herum."

Myrtle sog scharf die Luft ein. „Überraschte dich das nicht? Es war immerhin keine Gartenparty."

Erma zuckte mit den Schultern. „Vor der Haustür standen viele Leute. Ich ging davon aus, dass sie sich nicht durch die Menge schieben wollte. Außerdem wusste ich, dass ihr Sohn noch dort war. Vermutlich wollte sie ihn abholen und gleich wieder fahren."

Offenbar hatte Myrtle das Maximum an Informationen aus Erma herausgepresst, weshalb sie sie schnellstmöglich wieder loswerden wollte.

„Ich bin sehr erschöpft und möchte mich ein wenig ausruhen. Wir sehen uns sicher bald wieder." Außer, Myrtle erblickte Erma zuerst.

***

Nachdem Erma fort war, ging Myrtle in die Küche, um sich einen Kaffee zu kochen. In ihrer Jugend hatte sie gerne Kaffee getrunken, aber mit der Zeit hatte er ihr immer mehr auf den Magen geschlagen. Dieser Morgen aber verlangte nach starkem Kaffee. Sie holte die Kaffeesahne und die Zuckerdose hervor und schenkte sich eine Tasse ein. Sie hatte vorsorglich eine ganze Kanne zubereitet, nachdem sie davon ausging, dass sie sie brauchen würde.

Myrtle setzte sich an den Küchentisch und gab Kaffeesahne und Zucker in die Tasse. Ihre Augenbrauen schossen hoch, als sie einen ersten vorsichtigen Schluck nahm. Das würde sie zweifelsohne aufwecken.

Sie schoss herum, als sie aus den Augenwinkeln eine Bewegung wahrnahm. Ihr Puls beschleunigte sich, beruhigte sich jedoch wieder, als sie Miles durch das Küchenfenster hereinschielen sah.

Sie öffnete ihm die Tür. „Willst du mich zu Tode erschrecken?"

Miles schaute sie verlegen an. „Nein. Ich wollte sichergehen, dass du wach bist, und dich nicht mit meinem Klopfen aus dem Schlaf reißen. Deshalb dachte ich, ich schaue erst durch das Fenster."

„Es hätte gut sein können, dass ich noch nicht ordentlich angezogen bin", murmelte Myrtle sauer.

Miles schien sich auf die Zunge zu beißen und die Bemerkung zu verkneifen, dass sie ihm regelmäßig mitten in der Nacht im Morgenmantel einen Besuch abstattete.

„Ich gehe davon aus, dass du wegen dem Zeitungsbericht hier bist“, sagte Myrtle mit einem tiefen Seufzer.

Miles zog die Zeitung hervor, die er sich unter den Arm geklemmt hatte. „Hast du es schon gesehen? *Bradleys Urgestein ...*“

„Ja, habe ich“, unterbrach Myrtle ihn. „Ein Schandstück des Journalismus, sogar für Bradley. Da läuft ein Mörder frei herum und metzelt die halbe Stadt nieder und dieser Kim fällt nichts Besseres ein, als über meinen Sturz zu berichten. Dabei hat sie nicht einmal gründlich recherchiert. Es war kein Sturz! Hätte sie das korrekt beschrieben, wäre es zumindest eine Schlagzeile wert. Außerdem passierte es nicht auf der Treppe, sondern auf der Rampe.“

„Du bist nicht gefallen?“ Miles’ Blick fiel auf Myrtles lädierten Arm.

„Ich wurde gestoßen.“

Miles starrte sie an. „Gestoßen. Bist du dir da sicher?“

„Natürlich bin ich mir sicher. Ich werde mir die Hand auf meinem Rücken wohl kaum eingebildet haben!“

„Du versuchst nicht zufällig davon abzulenken, dass du nicht mehr ganz sicher auf den Beinen bist?“

„Keinesfalls. Und ich bin sehr wohl sicher auf den Beinen. Außerdem benehme ich mich vernünftig. Ich bücke mich nicht nach Dingen auf dem Boden, renne nicht und trage ordentliche Schuhe. Ich. Wurde. *Gestoßen!*“ Myrtle war rot angelaufen und hatte das Bedürfnis, sich zu verteidigen. Wenn ihr nur eine weitere Person unterstellte, sich das ausgedacht zu haben, würde sie sich nicht mehr zusammennehmen können. Erneut spürte sie das verunsichernde, entmutigende Gefühl des Alters auf sich lasten.

„Wer denkst du, könnte das gewesen sein?"

„Jeder von ihnen", sagte Myrtle mit einer ausladenden Handbewegung.

„Von ihnen?"

„Von den Verdächtigen, Miles! Denk doch ein bisschen nach. Wer sonst würde mich die Treppe hinunterstoßen wollen?"

Miles fielen sehr wohl ein paar Menschen ein, die von Zeit zu Zeit in Versuchung kommen könnten. Allen voran Myrtles Sohn.

„Jeder einzelne der Verdächtigen hätte es gewesen sein können. Wenn jemand zu einem Mord imstande ist, ist er auch in der Lage, andere zum Schweigen zu bringen, wenn sie der Wahrheit zu nahe kommen." Auf Miles' fragenden Blick hin fuhr Myrtle ungeduldig fort. „Mich, Miles. Mich."

„Hast du etwas Neues herausgefunden? Soweit ich mich erinnern kann, war dein letzter Wissensstand nicht so brisant, dass er dich in Lebensgefahr bringen könnte."

„Den Eindruck hatte ich auch. Joan kehrte zum Haus ihrer Eltern zurück, auch wenn sie das nicht zugibt. Sie schlich sich sogar um das Haus herum. Sybil verließ die Feier entgegen ihrer Behauptung nicht mit Felix. Sie fuhren mit getrennten Autos heim und können sich somit gegenseitig kein Alibi liefern. Sybil bestätigte, dass Felix und Cosette einen handfesten Streit hatten, auch wenn sie den Grund dafür nicht kennt. Vielleicht machte Sybil direkt kehrt und zog Cosette aus Wut mit dem Kricketschläger eines über. Lucas stritt sich mit Tobin und Joan sagte, dass sie Tobin am Morgen seines Todes gesehen hätte." Sie zuckte mit den Schultern. „Das sind nicht wenige Informationen und offensichtlich ist jemand der Meinung, dass ich ihm gefährlich werden könnte."

Die Klingel ertönte und Myrtle verdrehte die Augen. „Man könnte meinen, ich führe einen Zeitungskiosk."

„Ich kümmere mich darum", sagte Miles.

„Die Leute werden noch glauben, dass wir ein Paar sind", erwiderte Myrtle trocken. „Hoffen wir mal, dass es nicht schon wieder die großmäulige Erma ist. Sie ist davon überzeugt, dass wir jede freie Minute miteinander verbringen."

Miles spähte vorsichtig durch die Scheibe. Myrtle wusste, dass er genauso wenig auf eine Begegnung mit Erma Sherman erpicht war wie sie. „Oh. Es ist die junge Reporterin."

„Tina?"

„Ich glaube, ihr Name war Kim", sagte Miles mit einem Seitenblick auf Myrtle.

„Wie auch immer."

„Empfängst du Besuch?", fragte Miles vornehm.

„Lass sie rein, ich habe eine Idee." Miles ging zur Tür und Myrtle griff nach ihrem Strickzeug, das in einem Karton auf einem Küchenstuhl verstaut war.

Ihr erster Eindruck von Kim während des Begräbnisses bestätigte sich. Sie mochte mit ihrer Perlenkette, den langen blonden Haaren und dem Haarband ein gepflegtes, tadelloses Erscheinungsbild bieten, konnte Myrtle aber nicht über ihren boshaften Blick hinwegtäuschen. Denselben Blick hatte sie an zahlreichen mobbenden Kindern in ihrer Zeit als Lehrerin gesehen und wenn sie während all dieser Jahre eines gelernt hatte, dann, dass sie Mobber nicht ausstehen konnte.

Myrtle strahlte. „Komm herein, meine Liebe. Kann ich dir ein Glas Milch und Kekse anbieten?“

Kim schenkte ihr ein breites Lächeln, das ihre Augenpartie nicht erreichte. „Nein, danke. Ich wollte nur an meinen Artikel anknüpfen. Wie geht es Ihnen? Die Leute scheinen sich für Sie zu interessieren, also bat Sloan mich, bei Ihnen vorbeizuschauen.“ Sie machte sich nicht einmal die Mühe, ihren gelangweilten Tonfall zu verbergen.

„Ach, mir geht es gut“, sagte Myrtle mit zuckersüßer Stimme.

Miles runzelte die Stirn. „Myrtle, wolltest du Kim nicht erzählen ...“

Offenbar wollte er ihr erzählen, dass sie gestoßen wurde, weshalb sie ihn rasch unterbrach. „Was ich mit Red besprochen hatte? Ganz genau, das wollte ich ihr erzählen.“

Myrtle ignorierte Miles' gerunzelte Stirn und fuhr unbeirrt fort: „Ich bin mir sicher, dass dich die Geschichte von meinem Sturz bereits langweilt.“

Der Anflug von Unbehagen auf Kims Gesicht bestätigte Myrtle, dass sie ins Schwarze getroffen hatte. „Nein. Nun, ein wenig vielleicht. Aber wir befinden uns nun mal in einer Kleinstadt, in der sich die Leute für Geschichten interessieren, die es anderswo nicht in die Zeitung schaffen würden.“

„Möchtest du dich nicht lieber den Ereignissen der letzten Tage widmen? Den Morden?“

Kims boshafte Augen strahlten. „Doch natürlich. Nur werden aktuell keine neuen Informationen herausgegeben. Moment, sind Sie nicht die Mutter des Polizeichefs?"

Myrtle knirschte mit den Zähnen angesichts dieser Beschreibung. „Ja, die bin ich. Wobei Red natürlich äußerst vorsichtig ist, was die Herausgabe von Informationen angeht. Aber zwischendurch verrät er mir das eine oder andere Detail."

„Das wäre nur verständlich", pflichtete Kim ihr betont freundlich bei. Dann runzelte sie die Stirn. „Sloan meinte, dass Sie selbst einen Artikel über den Fall schreiben wollen."

„Ich?" Myrtle brach in schallendes Gelächter aus, was Miles' Kinnlade herunterklappen ließ. „Sloan ist aber auch ein Scherzbold. Er weiß doch, dass ich es gerade so schaffe, die Kolumne mit den nützlichen Haushaltstipps pünktlich fertigzubekommen." Bei der Erwähnung der Kolumne fiel ihr siedend heiß ein, dass sie die Abgabefrist erneut vergessen hatte. „Vermutlich will er mir schmeicheln, immerhin war ich seine Englischlehrerin."

„Welche Informationen teilte Chief Clover denn nun mit Ihnen?", fragte Kim, die keine Zeit zu verlieren hatte.

„Anscheinend gibt es für den Mord am Friedhof eine Zeugin, immerhin fand er in aller Öffentlichkeit statt. Diese gewisse Zeugin stibitzt gerne Pekannüsse vom Friedhof. Sind dir die Pekannussbäume dort schon aufgefallen?", fragte Myrtle unschuldig.

Kim wurde ungeduldig. „Nein, sind sie mir nicht. Die Zeugin war also auf dem Friedhof und kann Hinweise zum Mord geben? Offensichtlich reichen diese aber nicht für eine Verhaftung aus."

„Ach, da wäre ich mir nicht so sicher. Obwohl tatsächlich noch niemand verhaftet wurde.“

Kim ließ ihre winzige Handtasche aufschnappen und holte einen Notizblock und einen Stift heraus. Neidvoll betrachtete Myrtle die Tasche, die so viel handlicher war als ihre. Sie hatte es mit kleineren Modellen versucht, war aber stets zu den größeren zurückgekehrt, da diese mehr Platz boten. Trotzdem entfuhr ihr ein sehnsüchtiger Seufzer beim Anblick der kecken kleinen Tasche.

Den Stift im Anschlag schaute Kim sie erwartungsvoll an. „Wie lauten Name und Adresse der Zeugin? Hat Chief Clover Ihnen das gesagt?“

Myrtle war höchst zufrieden mit sich. „Darla Covington. Sie verkauft die Pekannüsse zusammen mit Maiskolben, Tomaten und anderen Gemüsesorten auf dem Bauernmarkt. Sie lebt auf einer Farm an der County Road 5.“

Miles warf ihr einen tadelnden Blick zu. „Das ist recht weit weg für eine junge Dame, die allein unterwegs ist.“

Kim warf Miles einen verächtlichen Blick zu. „Was für altmodische Ansichten Mr. ... jetzt habe ich leider Ihren Namen vergessen. Ich habe einen Job zu erledigen und bin manchmal allein unterwegs, kann Ihnen aber versichern, dass mir in Bradley nichts zustoßen wird. Sollte ich mich doch einmal unsicher fühlen ...“ Sie öffnete ihre kleine Handtasche erneut und hielt sie Myrtle und Miles entgegen, sodass diese einen Blick hineinwerfen konnten. Darin lag eine Pistole.

„Wie Sie sehen, müssen Sie sich um mich keine Sorgen machen. Ich komme zurecht“, verkündete Kim mit einem selbstgefälligen Grinsen.

Myrtle wusste aus Erfahrung, dass Selbstgefälligkeit meist mehr
Ärger mit sich brachte als erwartet. „Miles hat recht, meine Liebe. Du
solltest Sloan mitnehmen." Was Sloan recht geschah, wenn er schon ihren
Artikel an dieses junge Ding vergab. „Man kann nie wissen. Aber
unterhalte dich mit Darla und frag sie, was sie an jenem Morgen
beobachtete. Vielleicht verhilft dir das zum Durchbruch."

Kim strahlte. Sie schien es kaum erwarten zu können, Bradley hinter
sich zu lassen, brauchte aber für eine Anstellung bei einer namhaften
Zeitung einen großen Artikel. Sie stand auf und ging zur Haustür. „Bleiben
Sie ruhig sitzen", rief sie Myrtle zu, ohne auch nur den Kopf zu wenden.
„Ich finde schon raus. Ich werde einen kurzen Artikel schreiben und
berichten, dass es Ihnen gutgeht, Mrs. Clover."

Miles' Blick fiel auf einen Ordner, den Kim auf dem Tisch vergessen
hatte. Er griff danach und wollte ihr gerade hinterherrufen, als Myrtle ihm
empört auf die Hand schlug.

„Auf Wiedersehen, Kim!", trällerte Myrtle.

Kapitel 17

Kaum war die junge Frau durch die Tür verschwunden, griff Myrtle nach dem Ordner. „Sperr rasch die Tür ab, Miles! Mit ein bisschen Glück merkt sie erst morgen, dass sie den Ordner vergessen hat. Ich kann immer noch sagen, dass er vom Tisch gerutscht ist und ich ihn nicht bemerkt habe."

Als Miles zu ihr zurückkam, hatte sie den Ordner bereits aufgeschlagen. „Warte kurz", überlegte Miles. „Die Pekannüsse sind doch noch gar nicht reif. Die werden in dieser Gegend erst im Spätherbst geerntet."

„Was sie ja nicht wusste. Das respektlose Ding musste allein für diese Unterhaltung schon all ihre Geduld aufbringen. Ich habe mir das natürlich ausgedacht. Miss Tina wurde mir ein wenig zu aufdringlich, also musste ich sie für eine Weile beschäftigen. Ich kann es nicht gebrauchen, dass sie mich ständig zu meinem Sturz befragen will."

„Sie heißt Kim, nicht Tina. Wohnt dort draußen überhaupt eine Darla Covington?"

„Aber natürlich, und sie wird sie gehörig in Beschlag nehmen, so viel steht fest. Die kleine Miss wird danach nicht mehr wissen, wo ihr der Kopf steht," sagte Myrtle und blätterte durch den Ordner.

„Was ist drin?", fragte Miles. „Stört es dich, wenn ich mir einen Kaffee einschenke?"
„Bedien dich", sagte Myrtle abwesend. „Es sind allerlei Fotos und Notizen."

„Fotos?" Miles goss sich eine große Tasse Kaffee ein.

„Ja. Sieht so aus, als wären sie ausgedruckt worden. Das Mädchen machte offenbar wahllos Fotos, in der Hoffnung, sie könne das eine oder andere für einen Artikel verwenden. Ich bin nur froh, dass sie nach meinem Sturz nicht zufällig vorbeikam." Sie erschauderte beim Gedanken an ein Foto von sich auf dem Boden vor der Bibliothek.

Miles nahm einen Schluck von seinem Kaffee und verzog prustend das Gesicht. „Wie stark ist bitte dieser Kaffee? Der ist mit Sicherheit tödlich."

„Stell dich nicht so an, ich brauchte etwas Starkes zum Wachwerden heute Morgen." Myrtle gestikulierte in Richtung ihrer Tasse. „Ich habe meinen ausgetrunken."

Miles hustete noch immer. „Das Zeug kippt einen aus den Latschen", keuchte er.

„Blödsinn." Bei den letzten Bildern im Ordner angekommen, hielt Myrtle inne. „Interessant. Kim wollte vermutlich ein Foto von einer Katze schießen, die einen Vogel jagt. Aber schau dir das in der Ecke an."

Miles nahm Myrtle das Foto aus der Hand. „Ist das nicht Sybil? Und Tobin? Ist das von dem Tag, an dem er umgebracht wurde?"

„Dem Datum auf dem Bild zufolge nicht. Aber Sybil gab vor, Tobin überhaupt nicht zu kennen, erinnerst du dich? Und hier sieht man sie inmitten einer Unterhaltung."

„Einer Unterhaltung?" Miles betrachtete das Foto mit zusammengekniffenen Augen. „Ist das nicht etwas weit aus dem Fenster gelehnt? Es sieht eher so aus, als würden sie sich zufällig über den Weg laufen. Vielleicht fragte er sie nach der Uhrzeit."

Myrtle riss das Foto wieder an sich. „Sie trägt nicht einmal eine Armbanduhr."

„Sie könnte auch auf ihrem Handy nachschauen. Ich will ja nur sagen, dass sie sich an diese Begegnung vielleicht gar nicht erinnern kann oder nicht wusste, wer er war. Dann wäre es nur verständlich, dass sie deine Frage nach Tobin nicht zuordnen konnte." Miles' Tonfall war schrecklich vernünftig. Sie hasste das.

„Vielleicht", brummte Myrtle, die immer noch auf das Foto starrte. „Wie dem auch sei, ich werde Sybil danach fragen."

„Wann willst du sie das nächste Mal treffen? Ich könnte mitkommen."

„Ich weiß nicht", antwortete Myrtle. „Ich bin ein wenig verstimmt." Sie presste ihre Lippen zusammen, als sie bemerkte, dass sie sie schmollend geschürzt hatte, entschied dann aber, dass sie sich zumindest authentisch verhielt. Es war nur verständlich, dass sie verstimmt war. Sie war gestoßen, der Lüge bezichtigt und von zahlreichen Besuchern belagert worden, und das zu allem Übel in einem staubigen Haus, das Puddin nicht sauber bekam. Es war doch alles höchst ärgerlich.

Erneut klingelte es an der Haustür und Myrtle stöhnte. „Herzlich Willkommen in Myrtle Clovers Café. Haben Sie reserviert?"

Miles rieb sich die Stirn. „Für gewöhnlich freust du dich über Besuch." Er eilte erneut durch den Flur, um durch das Fenster zu schauen und Bericht zu erstatten. „Vor allem, wenn es sich dabei um Verdächtige handelt. Lucas, Joan und Noah stehen mit Essen vor der Tür."

Myrtles Miene erhellte sich. „Vermutlich bringen sie die Dosen zurück und haben Essen mitgebracht." Mit einem Schlag verdunkelte sich ihre Miene wieder. „Ob es vergiftet ist? Das könnte durchaus sein. Vielleicht waren auch sie es, die mich gestern gestoßen haben.“

„Ich lasse sie erst einmal herein“, entschied Miles. „Und dann solltest du diese schlechte Laune dringend loswerden. Die passt so gar nicht zu dir.“

Myrtle streckte seinem Rücken die Zunge heraus und setzte dann rasch einen unschuldigen Gesichtsausdruck auf, als Lucas und Joan eintraten. Sie griff sogar nach ihrem Strickzeug, um vollständig in die Rolle der alten Dame zu schlüpfen, auch wenn es bestimmt verdächtig wirkte, dass sie noch keine einzige Reihe gestrickt hatte. Sie musste sich von Elaine ein paar fertige Strickprojekte bringen lassen, sodass sie vorgeben konnte, dass sie gerade mit einer neuen Arbeit anfangen wollte.

Noah sauste ins Haus und auf Myrtle zu. „Kekse?“, fragte er mit einem hoffnungsvollen Blick auf das Keksglas auf der Anrichte.

„Aber natürlich! Wenn deine Mama nichts dagegen hat“, sagte Myrtle zuckersüß. „Und was habt ihr mir Schönes mitgebracht? Einen Eintopf? Wie nett von euch!“

Joan stellte ihren Eintopf in den Kühlschrank und nahm ihrem Vater den seinen ab, um ihn dazuzustellen. Sie strich sich das mausgraue Haar aus der Stirn und warf Myrtle durch ihre dicken Brillengläser hindurch einen prüfenden Blick zu. „Wir konnten nicht einfach die leeren Behälter zurückbringen, nachdem wir von deinem Sturz in der Zeitung lasen.“

„Furchtbar“, sagte Lucas mit einem sorgenvollen Blick auf Myrtle. Er schien an diesem Tag weniger zu humpeln als sonst. „Hast du dich sehr erschrocken?“

Myrtle dachte zurück an den Sturz und erschauderte. Sie hatte sich tatsächlich sehr erschrocken, worüber sie sich ärgerte. Sie hasste dieses

Gefühl und traf deshalb eine Entscheidung: Statt sich wegen des Sturzes zu sorgen, würde sie die Emotion in Wut übertragen. Wut konnte ein kraftvoller Motivator für Myrtle sein und sie gab sich nur äußerst ungern dem Gefühl der Niedergeschlagenheit hin.

Joan, die sie beobachtet hatte, konnte Myrtles Gesichtsausdruck mühelos lesen. „Natürlich hat sie sich erschrocken. Immerhin bist du sicher und wohlauf, hier zuhause mit deinen Stricksachen."

Wie auf Knopfdruck machte Myrtle ein paar Strickbewegungen. Es war erstaunlich, dass ihre Hände sich an die Handbewegungen erinnerten. Das musste das Körpergedächtnis sein. „Sicher und wohlauf ... und bestens umsorgt. Es ist wirklich aufmerksam von euch, mir Essen vorbeizubringen."

„Ein Mittag- und ein Abendessen. Ich habe dir einen Zettel mit einer Anleitung dazugelegt, wie du sie aufwärmst. Noah, nur zwei Kekse", sagte Joan ernst und hielt zur Verdeutlichung zwei Finger hoch.

„Möchtest du nicht auch einen Keks, Joan? Oder Lucas?"

Lucas schüttelte den Kopf und Joan blickte bekümmert an ihrer rundlichen Figur hinab, die sie mit einem weit geschnittenen T-Shirt zu verbergen versuchte – vergebens. „Ich verzichte lieber, aber vielen Dank."

Myrtle schenkte Joan ein Lächeln und wandte sich dann mit herausforderndem Unterton an Lucas: „Ich wusste gar nicht, dass du kochen kannst."

Sein pausbäckiges Gesicht lief dunkelrot an. „Kann ich auch nicht, aber Joan kocht vortrefflich und hat für uns beide etwas zubereitet. Ich wurde von Hazel bestens versorgt, während sie bei mir war. Mir war nicht einmal bewusst, wie gut es mir erging", sagte er seufzend. „Aber sie konnte nicht ewig bleiben, weshalb Joan mich freundlicherweise unterstützt. Cosette war einfach eine Meisterin ihres Fachs", sagte er und strich sich sehnsüchtig über den voluminösen Bauch.

Myrtle bemerkte, dass seine Augen feucht wurden, auch wenn er nicht mehr ganz so niedergeschlagen wirkte wie an den letzten Tagen.

Auch Joan beobachtete ihn skeptisch und fürchtete offenbar einen Gefühlsausbruch. „Milch?", fragte Noah in diesem Moment.

„Aber natürlich! Wir brauchen definitiv ein Glas Milch, um die Kekse runterzuspülen", sagte Myrtle.

„Ich kümmere mich darum", sagte Miles und wirkte froh um eine Beschäftigung. Er konnte mit Gefühlen nicht sonderlich gut umgehen und war vermutlich genauso besorgt wie Joan, dass Lucas jeden Moment in Tränen ausbrechen könnte.

„Geht es dir halbwegs gut?", fragte Joan, während Noah genüsslich das Glas Milch trank, das Miles ihm gebracht hatte. „Hast du Schmerzen?"

„Heute tut mir alles weh", gab Myrtle zu. „Aber das war zu befürchten."

„Ich glaube ja, dass du sehr viel Glück hattest", sagte Lucas. „So ein Sturz kann übel ausgehen." Er blickte aus dem Fenster. „Wohnst du gerne auf der Seeseite der Straße?"

„Ja, ich habe das vor allem früher sehr genossen, als Red noch klein war. Auch heute gehe ich noch ab und an zum Deck hinunter, setze mich in meinen Schaukelstuhl und schaue auf das Wasser hinaus. Das Boot habe ich Red verkauft, nachdem er fand, dass ich zu alt für Bootsausflüge bin. Er nutzt es manchmal zum Fischen und Jack freut sich sowieso immer über eine Ausfahrt."

Lucas ging zum Fenster und inspizierte Myrtles Garten. „Du hast es schön schattig hier, das wirkt sich sicher positiv auf die Kosten für die Klimaanlage aus."

„Ich bin tatsächlich froh um den Schatten. Der Garten schaut auch recht annehmlich aus, dafür, dass Dusty sich um ihn kümmert." Sie schnaubte. „Auch wenn die Gardenien derzeit ein wenig kümmerlich aussehen. Sie sind schon ganz gelb und verlieren Blätter."

Lucas sah zu den Büschen. „Oje. Sieht nach Mottenschildläusen aus, du solltest Dusty beim nächsten Mal bitten, dass er die Büsche einsprüht."

„Vermutlich bekommt er einen Herzinfarkt, wenn ich ihn bitte, mehr zu tun als den Rasen zu mähen und die Hecken zu stutzen", sagte Myrtle trocken. „Red kann das übernehmen."

„Vielleicht kannst du dir meine Büsche auch ansehen, sie schauen ähnlich schlecht aus. Da ich Pestizide nach Möglichkeit vermeide, wüsste ich nicht einmal, was ich gegen Mottenschildläuse unternehmen könnte."

„Wie nachhaltig von dir, Miles!", sagte Myrtle mit hochgezogenen Augenbrauen.

„Na ja, alles, was ich in meinem Garten versprühe, wird schlussendlich in den See sickern", entgegnete Miles mit einem Achselzucken. „Ich gehe schlichtweg davon aus, dass wir das nicht trinken möchten."

„Ich sehe mir deine Büsche gerne an", bot Lucas an. „Sollen wir rasch zu dir rübergehen, während Noah und Joan für einen kurzen Besuch hierbleiben? Vielleicht fällt mir in der Zwischenzeit ein natürliches Pestizid ein, das du selbst herstellen kannst."

Als sie gegangen waren, sagte Joan: „Das ist ein netter Zug von Miles. Ein wenig Ablenkung wird Dad guttun.“

„Schön, dass er wieder unter die Leute geht. Die sozialen Kontakte werden ihm dabei helfen, wieder auf die Beine zu kommen.“

„Das denke ich auch. Es fällt ihm schwer, sich an das neue Leben ohne Mutter zu gewöhnen. Er tendiert dazu, sich zu Hause zu verkriechen und Trübsal zu blasen, sodass ich mir ständig neue Ausreden einfallen lassen muss, um ihn aus dem Haus zu locken“, sagte Joan und wischte Noah mit einer Serviette über das schokoladenverschmierte Gesicht.

„Es ist wirklich eine Schande“, sagte Myrtle und gab vor, eine Fluse vom gescheckten Geschirrtuch zu entfernen. „Es ist so traurig, dass er jetzt ohne deine Mutter auskommen muss. Du wirst sicher ständig darüber nachdenken, ob du nicht doch etwas Wichtiges beobachtet hast.“

Sie blickte gerade rechtzeitig auf, um Joans prüfenden Blick zu bemerken. „Natürlich. Auch wenn Mutter und ich uns nicht sonderlich nahestanden, möchte ich die Polizei bestmöglich bei den Ermittlungen unterstützen.“

Das klang einstudiert, was Myrtle dazu bewegte, genauer nachzuhaken. „Ich unterhielt mich heute mit meiner Nachbarin und sie sah, wie du in dieser schrecklichen Nacht zur Feier zurückgekehrt bist. Sybil erwähnte das bereits, aber jetzt, wo Erma das auch noch bestätigte ...“ Myrtle zuckte mit den Schultern.

Joan öffnete den Mund, um ihr zu widersprechen, schloss ihn dann aber wieder. Sie und Myrtle beobachteten Noah, der mit den Magneten an Myrtles Kühlschrank spielte und dabei ein Selbstgespräch führte.

„Das stimmt", sagte Joan mit einem tiefen Seufzer. „Ich kehrte zur Feier zurück. Es ist aber nicht so, wie du denkst. Die Sache ließ mir einfach keine Ruhe. Mutter regte mich unglaublich auf mit ihrer penetranten Art und dass sie mich immer noch wie ein Kind behandelte. Aber schlussendlich machte sie sich nur Sorgen um mich und Noah, auch wenn sie das auf eine falsche Art und Weise zeigte. Nachdem ich mich etwas beruhigt hatte, wurde mir klar, dass ich mich entschuldigen sollte. Das war ich Noah schuldig."

„Du wurdest gesehen, wie du um das Haus herum gingst", sagte Myrtle. „Noah war aber im Schlafzimmer."

Joan warf Myrtle einen verärgerten Blick zu. „Ganz genau. Denk an den Abend zurück, Mutter hatte die halbe Stadt eingeladen. Das kleine Haus war so überfüllt, dass man kaum durchkam. Wenn ich den Weg durch das Haus gewählt hätte, wäre ich alle paar Meter aufgehalten worden. Außerdem blockierten die Leute die Haustür."

„Also gingst du um das Haus herum ..."

„... und sah dort meine Mutter auf dem Boden liegen." Joan verstummte und schien ihre Worte abzuwägen. Sie warf einen prüfenden Blick zu Noah, der noch immer in sein Spiel vertieft war und ihnen keine Beachtung schenkte. „Ich weiß, dass das gefühllos klingt. Ich habe meiner Mutter nichts Schlechtes gewünscht. Ich näherte mich ihr erst auch, aber sie lag reglos da und ich ging davon aus, dass jede Hilfe zu spät kam. Als ich euch dann in den Garten kommen hörte, haute ich ab." Sie sackte in ihrem Sessel zusammen. „Ich wusste, dass Dad dort war und der Babysitter auf Noah aufpasste."

„Du fuhrst also wieder nach Hause?", fragte Myrtle.

„Ja. Ich war wie benommen. Ich weiß, dass ich mich anders verhalten hätte sollen. Ich hätte zu ihr laufen und ihren Puls fühlen sollen. Ich hätte die Polizei oder den Krankenwagen anrufen und die Leute im Haus alarmieren sollen. Ich hätte zu Noah gehen und ihn an einen ruhigeren Ort bringen sollen. Aber ich tat das alles nicht."

„Warum nicht?"

„Weil ich wusste, wonach es aussehen würde. Ich wäre zur Hauptverdächtigen geworden, vor allem, da jeder wusste, wie ich über Mutter sprach. Praktischerweise wäre ich auch noch am Tatort gewesen. Ich dachte an Noah und wie furchtbar es für ihn wäre, wenn ich im Gefängnis säße, auch wenn ich überhaupt nichts getan habe. Also ging ich."

Myrtle warf ihr einen prüfenden Blick zu. Die Geschichte war glaubhaft ... aber wäre das nicht genau ihr Ziel?

„Pipi!", verkündete Noah und unterbrach sein Spiel abrupt.

„Musst du Pipi machen?", fragte Joan und warf Myrtle einen entschuldigenden Blick zu.

„Kein Problem, die Toilette befindet sich den Gang hinunter." Myrtle stand auf und blickte aus dem Fenster, während Joan zu ihrem Sohn ging. „Miles wird deinem Vater über sein Gebüsch ein Ohr abkauen. Mir war gar nicht bewusst, dass er sich so gut mit Gartenpflanzen auskennt."

Joan warf ihr einen flüchtigen Blick zu, den Myrtle nicht deuten konnte. „Er kennt sich in vielen Bereichen sehr gut aus", sagte sie nur.

Noah und Joan waren gerade im Flur verschwunden, als Miles und Lucas zurückkehrten. Miles wirkte äußerst zufrieden.

„Habt ihr ein Mittel für die Büsche gefunden?", fragte Myrtle.

„Das haben wir. Sollte etwas übrigbleiben, gebe ich es dir gerne weiter.“

„Gib es Dusty. Mit ein wenig Glück weiß er es richtig einzusetzen“, sagte Myrtle. Sie seufzte. „Und wenn nicht, hoffe ich, dass ich einen halbwegs ordentlichen Ersatzgärtner finde. Es scheint ein Ding der Unmöglichkeit zu sein, in Bradley einen neuen Gärtner zu finden. Mit Tobin haben wir einen guten verloren.“

Lucas machte eine unruhige Bewegung und Myrtle bemerkte, dass er den Augenkontakt mied.

„Auch wenn du vielleicht nicht der Meinung bist, dass Tobin ein guter Gärtner war ... oder ein guter Mensch im Allgemeinen. Eine Nachbarin erwähnte, dass sie dich und Tobin vor seinem Tod bei einem Streit sah“, sagte Myrtle. „Wart ihr mit der Gartenarbeit unzufrieden, die er für euch erledigte?“

„Oh nein, Tobin hat nie für uns gearbeitet. Für die schwere Arbeit beauftragten wir Tiny und um die Blumen und die Dekoration kümmerte sich Cosette selbst.“

Tiny war entgegen der Erwartungen, die sein Name schürte, ein Hüne von einem Mann. In den Südstaaten wimmelte es nur so von derartigen Namen. „Ich gehe davon aus, dass Cosette das Kricketset gekauft hat“, sagte Myrtle.

„Ja, vermutlich für eine Party.“

„Worüber habt ihr euch dann gestritten, wenn Tobin nicht für euch arbeitete?“, fragte Myrtle.

Lucas seufzte. „Ich spreche nur ungern schlecht über die Toten und gebe zu, dass ich den Verdacht nicht noch mehr auf mich ziehen wollte, als es schon der Fall war. Also gut ... ich brachte den Müll raus und Tobin machte eine spitze Bemerkung über Cosette. Dass er froh sei, dass es nun deutlich ruhiger in der Straße war. Das ließ sämtliche angestaute Wut in mir hochkommen und das zeigte ich ihm auch deutlich. Jetzt fühle ich mich furchtbar deswegen."

Joan kam mit Noah zurück und warf Lucas einen fragenden Blick zu, bevor sie sagte: „Wir sollten gehen. Myrtle, wie gesagt, der Zettel mit den Infos zum Aufwärmen liegt neben den Behältern. Dad sieht erschöpft aus und ich denke, dass auch dir ein wenig Ruhe guttun wird."

„Mir geht es gut, nachdem ich ordentlich ausgeschlafen habe. Aber vermutlich werde ich auch diese Nacht wieder gut schlafen", sagte Myrtle.

Miles schnaubte, was ihm einen mahnenden Blick von Myrtle einbrachte. Nun gut, *womöglich* schlief sie diese Nacht gut.

Nachdem Joan, Noah und Lucas gegangen waren, setzte sich Miles zu Myrtle an den Küchentisch. „Hat uns der Besuch weitergebracht?"

„Es klingt, als verschwiegen sie die eine oder andere Sache, um sich selbst zu schützen und um zu vermeiden, dass die Polizei falsche Schlüsse zieht", sagte Myrtle. „Aber sie könnten auch lügen. Tatsache ist, dass Lucas sich mit Tobin stritt und Joan zur Feier zurückkehrte und um das Haus herumging. Der Rest ihrer Geschichten könnte frei erfunden sein."

Es klopfte an der Haustür und Myrtle stöhnte gequält auf. „Lasst mich doch in Ruhe!"

Auch dieses Mal übernahm Miles das Öffnen. „Vielleicht solltest du im *Bugle* eine Anzeige für einen Butler aufgeben", bemerkte er, während er aus dem Fenster sah. „Es ist Red."

„Dann lassen wir ihn mal herein", sagte Myrtle.

„Es sieht aus, als trage er ... etwas“, sagte Miles langsam.

„Dann mach auf, damit er es abstellen kann.“ Manchmal gab sich Miles unbeholfen wie ein Kind.

Er öffnete die Tür. „Hallo Red.“

Red trat ein, in den Händen hielt er einen zusammengeklappten Rollator. Myrtle schrie auf und fasste sich entsetzt ans Herz.

Kapitel 18

„Ich muss dann mal los", murmelte Miles und hastete zur Tür hinaus.

Ein feiner Freund war er.

„Red, schaff mir das Ding aus den Augen. Bring es sofort zurück, das ist reine Geldverschwendung. Ich werde es nicht benutzen. Ich brauche keinen Rollator."

Red seufzte. „Bist du fertig? Hast du jeden einzelnen Grund aufgezählt, warum du ihn nicht willst? Gut. Außerdem habe ich ihn nicht gekauft. Carolyn Frances hat ihn mir gegeben, weil ihre Mutter ihn nicht mehr braucht."

„Weil ihre Mutter tot ist! Wer weiß, vielleicht ist sie über den Rollator gestolpert und daran gestorben. Ich will das Ding auf alle Fälle nicht", verkündete Myrtle mit einem Seitenblick auf das Hassobjekt.

„Du bist nur stur. Es ist nichts dabei, wenn man ein bisschen Unterstützung braucht, um sicherer auf den Beinen zu stehen. Ich sehe das so, dass der Rollator dir dabei hilft, länger unabhängig zu sein", sagte Red.

Myrtle stand auf und ging äußerst sicher auf den Beinen zur Anrichte, um sich eine weitere Tasse Kaffee einzuschenken. Dann kehrte sie zum Sofa zurück, ohne auch nur ansatzweise zu schwanken. „Ich bin unabhängig genug. Ich hasse diese Dinger. Sie quietschen und lassen sich nur schwer schieben."

Red öffnete eine Plastiktüte, die an seinem Arm baumelte. „Deshalb habe ich die mitgebracht." Er hielt einen Beutel voller Tennisbälle hoch.

„Wir werden die Tennisbälle an den Hinterbeinen des Rollators festmachen und schon wirst du wie ein Schwan umherstolzieren.“

„Ich möchte nicht wie ein Schwan umherstolzieren. Ich bevorzuge es, mit meinem Gehstock umherzuhumpeln.“ Myrtle spürte, wie ihr die Röte ins Gesicht stieg. Vermutlich platzte ihr bald noch die Schlagader. Und alles wegen Carolyn Frances, dieser hinterhältigen Schlange.

Red ignorierte sie, während er die Tennisbälle über die Beine des Rollators stülpte und unbeirrt weitersprach. „Ich bin mir sicher, dass du dich schnell an ihn gewöhnen und bemerken wirst, dass er dir mehr Stabilität verleiht und neue Möglichkeiten offenbart.“

„Es ist eine Verschwendung, eine reine Verschwendung, Red. Du solltest dieses Ding einer älteren Dame geben, die ihn braucht.“

„Mama, du *bist* eine ältere Dame.“

„Ich habe nichts anderes behauptet, ich habe nur gesagt, dass du ihn einer älteren Dame geben solltest, die ihn auch *braucht*. Ich brauche ihn nicht und er wäre mir sowieso keine Hilfe, wenn mich erneut jemand auf einer Rampe stößt.“

Red sah zu seiner Mutter auf. „Darüber wollte ich auch mit dir sprechen. Du solltest nicht überall herumerzählen, dass du auf der Rampe vor der Bibliothek gestoßen wurdest. Das lässt dich nur lächerlich aussehen.“

„Es ist die Wahrheit! Und ich habe in meinem ganzen Leben noch nie lächerlich ausgesehen.“

„Trina Balmer kommt morgen vorbei und zeigt dir, wie du den Rollator richtig benutzt. Anscheinend braucht man ein wenig Übung und könnte bei falscher Anwendung stolpern.“

Myrtle presste die Lippen zusammen. Sie hatte die leise Vorahnung, dass sie unglücklicherweise verhindert sein würde, wenn Trina Balmer am nächsten Tag bei ihr klingelte.

„Und öffne Trina bloß die Tür. Sie richtet es sich extra ein", sagte Red. Er stand auf und machte ein paar vorsichtige Schritte mit dem Rollator. „Gut, ich sehe schon, das ist nicht sonderlich intuitiv. Es wird dir helfen, mit ihr zu üben." Er beugte sich zu ihr und gab ihr einen flüchtigen Kuss auf die Wange, bevor sie ihm ausweichen konnte. „Das wär's, ich muss dann weiter und ein paar Hinweisen nachgehen. Wir sehen uns später."

***

Nur wenige Minuten später war Myrtle damit beschäftigt, die Gartenzwerge aus dem Schuppen zu hieven und auf dem Rasen zu verteilen, wobei sie tunlichst darauf achtete, diese geradewegs in Reds Blickfeld zu stellen. Mit dem Rollator hätte er sich weitaus mehr Gartenzwerge verdient, aber Myrtle musste sich zurückhalten. Sie hatte immer noch Schmerzen vom Sturz.

Myrtle machte gerade eine kurze Verschnaufpause, als Sybil in ihrem 1970er Chevy Caprice vorfuhr. Sie parkte in Myrtles Einfahrt und winkte ihr fröhlich zu. Dann hüpfte sie aus dem Wagen und öffnete die Hintertür, um etwas von der Rückbank zu nehmen. Als Sybil um das Auto herum auf Myrtle zuging, trug sie einen Gartenzwerg auf dem Arm. Sie grinste, wobei sich ihre strahlend weißen Zähne grell von ihrem gebräunten Gesicht abhoben.

„Schau dich an!", flötete sie. „Du bist ja schon wieder auf den Beinen. Ich habe mir schreckliche Sorgen um dich gemacht, nachdem ich aus der Zeitung von dem Sturz erfuhr."

Myrtle winkte bei der Erwähnung des Artikels missbilligend ab. „Reiner Sensations-Journalismus“, verkündete sie naserümpfend. „Was hast du mitgebracht?“

„Ein Genesungsgeschenk für dich. Ich schlendere gerne durch Flohmärkte und Garagenverkäufe, um nach besonderen Stücken für meine Sammlung zu suchen. Da bin ich auf dieses Kerlchen hier gestoßen.“ Sybil hielt ihn Myrtle entgegen, sodass diese ihn besser sehen konnte. Der Gartenzwerg war in einwandfreiem Zustand und streckte fröhlich seine Zunge heraus. Ein besonders lebhaftes Kerlchen.

Myrtle strahlte. „Er ist wunderbar. Was bekommst du dafür?“

Sybil schüttelte den Kopf. „Er war ein Schnäppchen und so gut wie umsonst. Wo darf ich ihn für dich hinstellen?“

Myrtle warf einen prüfenden Blick auf ihren Vorgarten. „Wie wäre es gleich hier? Ganz vorne mit Blick auf Reds Haus.“

Sie beobachtete zufrieden, wie Sybil den frechen Gartenzwerg an vorderster Front platzierte, wo Red ihn nicht übersehen konnte. „Perfekt!“

Sybil kam zurück zu Myrtle. „Du siehst müde aus. Wolltest du noch mehr Gartenzwerge aus dem Schuppen holen? Ich würde das für dich übernehmen, damit du zurück ins Haus gehen kannst.“

„Ich finde, dein Gartenzwerg verpasst dem Vorgarten den letzten Schliff. Möchtest du für ein Glas Eistee reinkommen? Es ist warm hier draußen und wir sollten uns ein wenig erfrischen.“

Sybil folgte Myrtle und hielt ihr die Tür auf. „Warte, seit wann hast du einen Rollator?“

Myrtle bedachte das beleidigende Ding mit einem düsteren Blick. „Red spielt sich auf und ist übervorsichtig wie immer. Ich brauche keinen Rollator, ich habe doch den hier." Sie nahm ihren Gehstock und schwenkte ihn durch die Luft.

Sybil starrte auf den Rollator. „Meine Mutter hat auch einen. Sie mag es, dass sie ihre Tasche dranhängen und Sachen transportieren kann."

„Dafür hat man eine Handtasche", sagte Myrtle. „Meine ist äußerst geräumig und stört überhaupt nicht, wenn ich sie über der Schulter trage und den Gehstock benutze."

Sybil schien den Ärger in Myrtles Stimme zu bemerken und wechselte eilig das Thema. „Stricksachen? Strickst du jetzt auch? Ich muss in letzter Zeit im Buchclub schlecht aufgepasst haben."

„Nein, nicht wirklich. Das war Elaines Idee. Red und Elaine wollen mich um jeden Preis beschäftigt halten." Sie sah auf die Stricksachen. „Aber gut, vielleicht probiere ich es einmal aus, wenn ich nicht schlafen kann oder rastlos bin. Auch wenn ich keine große Lust darauf habe, weil ich mich damit wie eine alte Frau fühle."

„Ich kenne einige Strickerinnen und keine von ihnen ist alt, um ehrlich zu sein. Es ist sogar eine Teenagerin darunter. Außerdem ist Elaine auch nicht alt und strickt."

Da war was dran. Ein Funken Interesse regte sich in Myrtle. „Ja. Hmm. Ich werde es ausprobieren, vielleicht gefällt mir nur die Wolle nicht, die Elaine mir brachte."

„In der Innenstadt gibt es einen Wollladen", sagte Sybil.

Myrtle runzelte die Stirn und taxierte Sybil mit ihrem Blick. „Du hast dich aber nicht mit Elaine und Red zusammengeschlossen, hoffe ich? Für ihre Beschäftigungsmasche?"

Sybil brach in schallendes Gelächter aus. „Keineswegs. Ich bin eher überrascht, dass dir der Laden noch nicht aufgefallen ist. Normalerweise bist du doch das Adlerauge, nicht wahr?"

„Mir würde ein Handarbeitsladen nicht einmal auffallen, wenn er mit lila Punkten bemalt wäre", sagte Myrtle. Sie seufzte. „In Ordnung. Ich werde mal vorbeigehen und mich umschauen. Vielleicht ist das Stricken langweilig genug, um mich in schlaflosen Nächten müde zu machen."

Sybil schien das Interesse an ihrer Unterhaltung verloren zu haben und starrte stattdessen auf ein Foto in ihrer Hand – das Bild, das Myrtle aus der Mappe des Journalisten-Kükens genommen hatte. Ihre Hand zitterte. „Ah ja. Das hat die junge Journalistin des *Bugle* dagelassen, die diesen sensationsheischenden Artikel schrieb." Eine kleine Notlüge.

Sybil starrte weiterhin auf das Foto. „Warum sollte sie dieses Foto aufnehmen? Und warum sollte sie es hierlassen?"

„Das sind gute Fragen", sagte Myrtle und rutschte unruhig auf ihrem Stuhl herum. Wenn ihr doch nur eine Antwort auf die zweite Frage einfallen würde. „Warum sie dieses Foto machen sollte? Na ja, sie ist neu in der Stadt und auf der Suche nach Zeitungsmaterial. Offenbar streift sie durch die Stadt und sieht sich um. Es ist nicht unbedingt die beste Methode, um an Material zu kommen, aber sie wird es schon noch lernen, denke ich."

„Warum hast du das Foto?"

Myrtle seufzte. Mittlerweile war sie tatsächlich müde. „Es war ein Versehen. Sie bemerkte nicht, dass sie es hier vergaß, und ich interessierte mich für das Foto. Du sagtest zu mir, dass du gar nicht wüsstest, wer Tobin sei, und auf diesem Foto sieht man dich in eine Unterhaltung mit ihm verwickelt. Das ist doch verwunderlich, findest du nicht?“

Sybil studierte Myrtle mit derselben Sorgfalt, mit der sie zuvor das Foto betrachtet hatte. „Vermutlich.“

Myrtle räusperte sich. „Ich fragte mich, warum jemand die Bekanntschaft mit einer anderen Person leugnen sollte. Mir fielen viele Gründe dafür ein ... mehr als ich erwartet hätte. Einer davon ist, dass du dir Sorgen machst, erneut in einem Mordfall verdächtig zu sein, habe ich recht?“

Sybil nickte, wobei ihre Ohrringe im Takt schaukelten.

„Du bist eine Sammlerin und auch Tobin sammelte leidenschaftlich. Er lebte allein und hatte eine riesige Sammlung an Baseballkarten, wie er mir erzählte. Dass er sich ständig mit Cosette zankte, lag meiner Meinung nach daran, dass er sich langweilte und vielleicht auch ein wenig einsam war.“

Sybil nickte erneut und wirkte gerührt.

Myrtle atmete tief ein. „Ihr verstandet euch auf Anhieb. Du sammelst genauso gerne wie er. Vielleicht verrichtete Tobin Gartenarbeit bei dir und ihr kamt dabei ins Gespräch. Außerdem langweiltest du dich ebenso und warst einsam.“

Sybil hörte aufmerksam zu.

„Deshalb verbrachtet ihr gerne Zeit miteinander“, führte Myrtle weiter aus.

„Ja“, sagte Sybil mit einem Nicken.

„Aber als du Felix kennenlerntest und sich etwas zwischen euch entwickelte, hast du dich voll und ganz auf ihn konzentriert. Er ist intelligent, erfolgreich und scheint dich besser auszugleichen, als Tobin das konnte. Vielleicht hast du dich auch ein wenig für Tobin geniert und wolltest dein Leben nicht an der Seite eines Gärtners verbringen“, mutmaßte Myrtle.

„Das kann man so nicht sagen“, widersprach Sybil rasch, hielt dann jedoch inne. „Gut, vielleicht war ich ein wenig voreingenommen. Auch wenn ich mir sicher bin, dass eine Beziehung langfristig nicht funktioniert hätte.“ Sie errötete. „Das klingt vermutlich überheblich.“

„Nicht wirklich. Es ist ja nicht so, als hätten du und Tobin einen Vertrag über eine Beziehung abgeschlossen. Aber lass mich raten ... wollte Tobin mehr von dir?“, fragte Myrtle.

„Ja, aber zu diesem Zeitpunkt war ich schon mit Felix zusammen. Ich lehnte also dankend ab. Eine Zeitlang akzeptierte er meine Entscheidung, dann aber versuchte er erneut, mich zu einem Date zu überreden. Ich nehme an, dass er einsam war, wie du schon sagtest.“

„Was dachte Felix darüber, dass du deine Aufmerksamkeit ganz ihm zuwandtest? War das in seinem Sinne?“

Sybils Blick verdüsterte sich. „Nein, war es nicht. Er geht gerne mal ins Kino oder zum Abendessen, aber so langsam vermute ich, dass er nicht mehr möchte. Umso mehr ich mich um ihn bemühe, desto mehr geht er auf Abstand. Das brachte mich zum Verzweifeln. Als dann auch noch Cosette ein Auge auf ihn warf, konnte ich die Situation kaum mehr ertragen. Ich hatte das Gefühl, dass meine Verbindung mit Felix nicht stark genug war, als dass er gegen ihre Flirtereien immun wäre.“

„Wie lief es in letzter Zeit zwischen euch? Seid ihr noch ausgegangen?", fragte Myrtle.

„Nein, kein einziges Mal. Ich rief immer wieder an und fuhr im Büro oder bei ihm zuhause vorbei, aber er war stets zu beschäftigt oder ignorierte meine Anrufe und mein Klingeln. Auch wenn ich wusste, dass er dort war, weil ich zuvor schon vorbeigefahren war und sein Auto gesehen hatte." Sybil wirkte verletzt.

Sie gab eine erstklassige Stalkerin ab, ohne sich dessen bewusst zu sein.

„Dann hatte ich in den letzten ein, zwei Tagen aus heiterem Himmel verpasste Anrufe von ihm auf dem Telefon. Ich frage mich, ob er mich anruft, um die Sache zu beenden", sagte Sybil besorgt.

Für Myrtle klang es nicht so, als gäbe es viel zu beenden. „Nahmst du nicht ab, als er dich anrief?"

„Ich hatte ein schlechtes Gefühl dabei, also ließ ich es und mied ihn." Sybil seufzte.

„Das passt nicht ganz zum Thema, aber kannst du dir erklären, warum Felix in einem Anzug die Straße entlanglaufen sollte? Dazu noch schlecht gelaunt?"

Sybil runzelte die Stirn. „Meinst du am Tag von Tobins Begräbnis? Ich habe eine Vermutung. An diesem Tag wollte sein Auto nicht anspringen und er hatte gleich frühmorgens einen Kundentermin. Also musste er zu Fuß zur Arbeit gehen. Das machte mich schrecklich wütend, weil er sich nicht einmal die Mühe machte, mich um Hilfe zu bitten. Man würde doch meinen, dass man auch unter Freunden um diesen kleinen Gefallen bittet.

Aber nein. Es gab mir das Gefühl, dass unsere Beziehung für ihn nichts Besonderes ist."

Das irritierte Myrtle. Sie erkannte Dickköpfigkeit, wenn sie sich ihr darbot, und wenn Felix so versessen darauf war, allein gelassen zu werden, dann sollte er seinen Willen verdammt nochmal bekommen. „Weißt du was, Sybil? Du verdienst mehr als diese einseitige Beziehung. Wirklich." Sybil war nicht die hellste Kerze auf der Torte und hatte einen scheußlichen Buchgeschmack, aber sie schien ein freundliches Wesen zu besitzen.

Dieser Gedanke war ihr scheinbar noch nicht gekommen. Ein überraschter Ausdruck huschte über ihr Gesicht und sie sagte zögerlich: „Ich glaube, du hast recht, Myrtle. Vielleicht verdiene ich wirklich etwas Besseres."

Da ertönte ein gebieterisches Klopfen an der Tür und eine ebenso gebieterische Stimme rief: „Sybil? Ich weiß, dass du dort drinnen bist. Dein Auto ist kaum zu übersehen."

Sybil sog scharf die Luft ein. „Felix!" Auf ihrem Gesicht spiegelte sich eine Mischung aus Sehnsucht und Beklommenheit wider.

„Vergiss nicht", sagte Myrtle, „du hast etwas Besseres verdient."

Felix riss die Haustür auf und machte eine seltsam abgehakte Kopfbewegung in Myrtles Richtung. „Hallo Myrtle, bitte entschuldige die Störung. Ich versuche Sybil schon seit Tagen zu erreichen. Ich hoffe, es geht dir gut und du hast dir schon Gedanken zu deinen letzten Ausgaben gemacht."

Myrtle presste ihre Lippen zusammen, um zu verhindern, dass ihr eine Antwort herausrutschte. Nun war Sybil an der Reihe.

Diese nahm all ihren Mut zusammen und verkündete mit entschlossener Stimme: „Ich bin froh, dich zu sehen. Es ist aus zwischen uns, was auch immer es war. Ich wäre dir dankbar, wenn du mich nicht mehr anrufen oder mir durch die Stadt folgen würdest." Sie reckte ihr spitzes Kinn in die Höhe und sah ihn von oben herab an.

Felix schnaubte. „*Ich* folge *dir* durch die Stadt? Du verwechselst da wohl etwas. Du treibst mich in den Wahnsinn und ich bin nur gekommen, um das ein für alle Mal zu beenden."

Sybil begann zu zittern und Myrtle stand unter Schmerzen auf, was sie nur mithilfe ihres Gehstocks schaffte. „Deine kleine Rede ist gänzlich überflüssig, nachdem Sybil soeben die Beziehung beendet hat. Du solltest jetzt gehen."

Felix warf Sybil einen verächtlichen Blick zu und sagte: „Sybil hat mich wochenlang durch die ganze Stadt verfolgt und ..."

Sybil stieß einen lauten Schrei aus. „So behandelst du mich also, nachdem ich dich bei Cosettes Feier gedeckt habe?"

Felix' Gesicht lief tiefrot an. „Du weißt gar nicht, was du da sagst. Du musstest mich nicht decken."

„Und ob ich das habe. Wir verließen die Feier nicht gemeinsam und ich habe beobachtet, wie du umgedreht und zurückgegangen bist. Ich wäre dir beinahe gefolgt."

Felix stieß ein gellendes Lachen aus. „Du hast doch den Verstand verloren."

„Vielleicht, aber mir wird gerade so einiges klar. Du bist zu Cosettes Haus zurückgegangen. Hast du sie auf dem Gewissen? Hattet ihr Streit und sie drohte dir, dass sie eure Affäre öffentlich machen würde? Das würde dir in einer Kleinstadt wie Bradley das Geschäft vermiesen, nicht wahr?"

Felix lief puterrot an.

„Vertrauen ist in der Versicherungsbranche unabdingbar", sagte Myrtle nachdenklich. „Und die Menschen in Bradley tratschen. Ihnen mag bewusst sein, dass man auf das Gerede nichts geben sollte, aber sie können nicht anders."

Felix nahm mit flatternden Nasenflügeln mehrere tiefe Atemzüge. „Wir haben die Feier gemeinsam gemeinsam."

„In getrennten Autos. Dann bist du noch einmal zurückgegangen."

Nach einem Augenblick der Stille sprach Felix mit stockender Stimme. „Also gut, ich bin umgekehrt. Aber nur, weil ich meine Geldbörse dort vergessen hatte."

„Sehr glaubwürdig." Sybil schnaubte.

„Ich habe Cosette nicht ermordet, das kannst du mir glauben. Wenn ihr mich jetzt bitte entschuldigen würdet, nachdem zwischen uns alles geklärt ist." Er ging steif zur Haustür, wo er sich ein letztes Mal umdrehte, die Hand bereits auf der Türklinke. „Myrtle, falls du dich noch einmal über die letzten Ausgaben unterhalten möchtest ..."

Sie schwenkte zur Antwort nur drohend ihren Gehstock, woraufhin er rasch durch die Tür verschwand.

***

Nachdem Sybil ebenfalls gegangen war, entschied sich Myrtle für einen Spaziergang an der frischen Luft. Es war ein schöner, sonniger Tag und sie wollte Carolyn Frances mit einem überschwänglichen Dankeschön den Rollator zurückbringen. Außerdem wollte sie in dem Wollladen vorbeischauen, den Sybil erwähnt hatte, und dort ein wenig stöbern. Immerhin hatte das Medium ihr zur Strickarbeit geraten. Vielleicht sollte sie dieses eine Mal auf den Rat eines Außenstehenden hören.

Sie beschloss, sich von Treppen jeglicher Art fernzuhalten, und hoffte, dass ein wenig Bewegung gegen die schmerzenden Glieder half.

Sie packte die Stricksachen in ihre Handtasche und griff mit beiden Händen nach dem Rollator. Ihr blieb nichts anderes übrig, als ihn bis zu Carolyns Haus zu benutzen und machte sich auf den Weg. Sie bewegte sich langsam die Straße entlang, gebremst durch ihre ungewohnte Gehhilfe.

Sie war gerade in eine Seitenstraße in Richtung Carolyns Haus eingebogen, als neben ihr eine Stimme ertönte. Myrtle wandte sich um und erblickte Joan in ihrem Auto.

„Ich wusste gar nicht, dass du einen Rollator hast!", sagte Joan alarmiert. „Ist das wegen deinem Sturz auf der Rampe?"

„Ich brauche ihn nicht und will ihn der Person zurückbringen, die ihn mir geliehen hat. Vielleicht kann sie ihn jemandem geben, der ihn wirklich braucht."

„Das sieht etwas unbeholfen aus, kann ich dich fahren?"

Die Temperaturen stiegen stetig an und Myrtle hatte bereits bemerkt, dass sie nicht sonderlich trittfest unterwegs war. Das Ding war anspruchsvoller, als sie gedacht hatte. „Gerne", sagte sie. „Ich kann den Rollator zusammenfalten und auf den Schoß nehmen, immerhin ist es nicht weit. Hast du Noah nicht dabei?"

„Der ist bei seinem Opa", erklärte Joan.

Myrtle klappte den Rollator rasch zusammen und kletterte auf den Beifahrersitz. Joan fuhr los. „Vielen Dank", sagte Myrtle. „Draußen ist es ganz schön heiß." Sie runzelte die Stirn, als Joan aufs Gaspedal trat. Die jungen Leute heutzutage waren stets in Eile.

Doch da war noch etwas anderes, das Myrtle nicht behagte, auch wenn sie es nicht zu fassen bekam. Joan plapperte indes unbeirrt weiter. „Es ist heiß, aber noch erträglich. Immerhin weht heute ein leichter Wind. Ich versuche ja, jeden Tag mit Noah draußen zu spielen und denke, dass ich ihn heute dazu bringen kann. Ich werde das Plantschbecken raustellen und ihn mit dem Gartenschlauch spielen lassen. So kann er sich ein wenig abkühlen."

Myrtle nickte beiläufig, während sie fieberhaft überlegte, was ihr nicht behagte.

„Wohin müssen wir?", fragte Joan.

„Hmm?"

„Zu wem fahren wir?", fragte Joan ein wenig lauter, als wäre Myrtle schwerhörig.

„Carolyn Frances." Myrtle verstummte für einen Augenblick, bevor sie weitersprach. „Joan, warum sagtest du gerade, dass ich die Rampe hinuntergefallen bin?"

Kapitel 19

Joan warf ihr einen flüchtigen Blick zu, während sie auf Carolyns Haus zusteuerte. „Weil es so war. Erinnerst du dich nicht? Du bist gestürzt."

„Nein, ich wurde gestoßen", seufzte Myrtle. „Ich bin es so leid, dass die Leute das behaupten. Aber du hast als einzige die Rampe erwähnt, alle anderen sprachen von der Treppe. Sogar in der Zeitung stand, dass ich die Treppe hinuntergefallen bin."

Joan stieß ein kurzes Lachen aus. „Ich muss wohl aus irgendeinem Grund an eine Rampe gedacht haben, nichts weiter."

„Da waren noch andere Dinge, die mich in letzter Zeit stutzig machten", sagte Myrtle gedankenverloren. „Dass dein Vater hoch und heilig schwor, dass er niemals in einen Streit mit Tobin verwickelt war – bis er mit erdrückenden Beweisen konfrontiert wurde. Dass du behauptetest, du wärst nicht zur Feier von deiner Mutter zurückgekehrt – bis ein Zeuge das Gegenteil bestätigte. Ganz schön viele unbeantwortete Fragen, nicht wahr?"

„Das denke ich nicht", sagte Joan mit eisiger Stimme.

„Aber das war noch nicht alles. Dein Vater gab vor, nichts von den Kricketschlägern zu wissen, da er nie draußen wäre und sich nicht für Gartenarbeit interessiere. Dennoch konnte er mir sagen, dass Dusty die Unterseite meiner Gardenienbüsche besprühen müsse, um sie von den Mottenschildläusen zu befreien. Erscheint dir das nicht auch seltsam?"

„Er wollte nur helfen", sagte Joan schroff. „Wenn du deine Läuse behalten willst, dann ignorier ihn einfach. So wie Mutter es tat."

„Ich möchte ihn aber nicht ignorieren, ich möchte, dass Dusty sich meinen Büschen annimmt. Ich frage mich nur, warum er sich so gut auskennt.“

„Vermutlich hat er das von Mutter aufgeschnappt“, sagte Joan mit einem Schulterzucken.

„Ich hatte ja den Eindruck, dass er ihr nicht sonderlich aufmerksam zuhörte.“

„Das kann man vermutlich so sagen. Ich denke, so funktionierte ihre Beziehung.“ Joans Finger krallten sich um das Lenkrad.

„Du bist doch auch Mutter, Joan. Hättest du Cosette wirklich auf dem Boden liegen gesehen, wärst du instinktiv zu ihr gelaufen und hättest nach ihr gesehen“, sagte Myrtle.

„Sie war nicht die Art von Mutter“, murmelte Joan.

„Aber zumindest aus Neugier wärst du zu ihr gelaufen.“ Dessen war Myrtle sich sicher und diese Überzeugung manifestierte sich auch in ihrer Stimme. „Es ergibt alles zusammen keinen Sinn. In meiner Seifenoper *Das Versprechen von Morgen* streiten sich Kristin und ihre Mutter wegen ihrer Hochzeit. Sie liegen sich schon seit zehn Folgen in den Haaren, aber würde Kristins Mutter am Boden liegen, würde sie zumindest ihren Puls fühlen. Das würde man sogar bei einem Wildfremden tun.“

„Aber natürlich, lös einen Mordfall mithilfe einer Seifenoper.“ Joan schnaubte.

„Wenn wir uns den Ablauf des Abends vor Augen führen, kamst du um die Zeit zurück, als Erma, Sybil und Felix gerade gingen. Wärst du dann um das Haus herumgegangen und auf deine Mutter zugelaufen, als du sie auf dem Boden erkannt hättest – und ich bin überzeugt davon, dass dem so gewesen wäre – hätte ich dich bei der Leiche sehen müssen. Das Zeitfenster ist äußerst kurz.“

„Aber das hast du nicht. Du hast mich nicht bei der Leiche gesehen.“

„Weil du dich direkt nach dem Mord aus dem Staub machtest. Ich muss sie nur Minuten später entdeckt haben“, sagte Myrtle. Sie musste aus diesem Auto raus. Joan aber drückte aufs Gas und Myrtle realisierte, dass sie bei einem Sprung aus dem fahrenden Auto unzählige Knochenbrüche riskierte, die mindestens genauso schwerwiegend wären wie das, was Joan vermutlich mit ihr vorhatte.

„Aber Tobin beobachtete dich, nicht wahr? Er sah dich, auch wenn er die Puzzlestücke erst zusammensetzen konnte, als er von dem Mord an Cosette erfuhr. Er machte sich also auf den Weg, um heimlich die Mülltüte auf der Veranda abzustellen, und beobachtete die Feier aus der Ferne, als er bemerkte, wie du um das Haus herumliefst. Vielleicht sah er dich auch mit dem Kricketschläger in der Hand. Möglicherweise hattest du ihn unbewusst mitgenommen und musstest nochmal um das Haus gehen, um ihn zurückzubringen. Das wäre ein klarer Beweis durch einen Augenzeugen, denkst du nicht?“

Joan presste ihre Lippen zusammen.

„Da Tobin seit vielen Jahren mit deiner Familie im Streit lag, fasste er einen Plan, um euch ein wenig leiden zu lassen. Anstatt zur Polizei zu gehen, um seine Beobachtung zu melden, beschloss er, sich mithilfe von Erpressung für all seine Probleme mit Cosette entschädigen zu lassen.“ Es passte einfach zu gut zusammen.

Joan schnaubte. „Als hätte ich Geld, das man von mir erpressen könnte. Eine alleinerziehende Mutter, die von ihren Eltern unterstützt wird. Außerdem sagte ich dir bereits, dass Dad kein Geld hatte.“

„Es sah aber so aus, als *hätten* deine Eltern Geld. Wenn Tobin auf Geld aus war – was ich stark vermute – sprach er deinen Vater mit Sicherheit darauf an. Außerdem gab deine Mutter in der ganzen Stadt damit an, dass Lucas sie so sehr schätzte, dass er eine hohe Lebensversicherung auf sie abgeschlossen hatte. Lucas wirkte also nicht nur wohlhabender als du, er darf auch in Kürze mit einer großen Summe rechnen. Außerdem bist du seine Tochter und die Mutter seines einzigen Enkels.“

„Ich fahre also am Tag der Beerdigung meiner Mutter mit meinem Kind im Schlepptau am Friedhof vorbei, sehe Tobin und stürze mich auf ihn, um ihn mit einer Schaufel zu erschlagen. Na klar!“, spöttelte Joan.

„Falsch. Lucas wusste, was du getan hast, auch wenn er es Tobin gegenüber vehement abstritt. Er hatte mit dem Tod seiner Frau einen großen Verlust zu beklagen, trotz ihrer herablassenden Art ihm gegenüber. Dein Vater hätte es nicht ertragen, wenn auch noch seine eigene Tochter im Gefängnis gelandet wäre. Und was wäre dann aus Noah geworden? Lucas sah sich gezwungen, euch beide zu beschützen. Er wusste, dass Tobin sich um die Friedhofsanlagen kümmerte, und mitunter gab das Bestattungsinstitut die Uhrzeit für das Begräbnis vor, da Tobin zuvor noch dort zu arbeiten hatte“, sagte Myrtle.

Joan blickte stur geradeaus.

„Also fuhr dein Vater früh am Morgen zum Friedhof und passte Tobin ab, um ihn zu konfrontieren. Wie es der Zufall wollte, arbeitete Tobin im Schatten der Baumgruppe abseits des Friedhofs. Das bot ihm Schutz für seine Tat. Er handelte schnell und nutzte den Überraschungseffekt, um Tobin mit der Schaufel niederzuschlagen, als dieser kniend arbeitete. Vermutlich realisierte er gar nicht, was mit ihm geschah.“

Joan schwieg beharrlich und Myrtle fuhr fort. „Ich vermute, ich stellte zu viele Fragen und machte dich nervös. Ich erkundigte mich sogar bei Felix nach der Lebensversicherung. Nachdem für dich zu viel auf dem Spiel stand, warst du bereit, ein paar Risiken einzugehen, um dich und deinen Vater zu schützen. Dennoch forschte ich an Stellen nach, die du lieber im Verborgenen gelassen hättest. Also hast du auf der Rampe die Gelegenheit beim Schopf gepackt und mich gestoßen. Vermutlich dachtest du, dass ich danach verletzt oder eingeschüchtert genug wäre, um die Ermittlungen aufzugeben.“

Nun ergriff Joan das Wort. „Aber natürlich. Ich stoße eine alte Dame, während ich mein kleines Kind bei mir habe. Noah hätte niemals stillschweigend zugesehen.“

„Ich kann mir vorstellen, dass Noah nach seinem Ausflug in die Bibliothek erschöpft war. Wir sahen uns zuvor, als ich ein Buch für den Buchclub aussuchte. Kinder in diesem Alter brauchen für gewöhnlich einen Mittagsschlaf. Als ich auf ihn aufpasste, wurde er zumindest sehr schläfrig. Ich gehe also davon aus, dass er schlief und du dich währenddessen aus dem Haus schlichst, um mich zu beschatten. Dann bot sich dir die Gelegenheit, um mir einen Schrecken einzujagen, sodass ich mich verletze und nicht mehr weiterermitteln kann.“ Myrtle sah Joan ernst an. „Und jetzt möchte ich von dir wissen, wo du mich hinbringst.“

Joan stieß ein ersticktes Lachen aus. „Ich kann dich schlecht mitten im Stadtzentrum zum Schweigen bringen. Das würde in dieser geschwätzigen Stadt kaum unbeobachtet bleiben. Nein, wir müssen ein wenig rausfahren, wo ich dich unauffällig verschwinden lassen kann.“

Myrtle erschauderte. „Überleg dir das gut, Joan. Du bist verzweifelt und kannst nicht klar denken, aber es hat mich mit Sicherheit jemand in dein Auto einsteigen gesehen. Du würdest nicht damit durchkommen."

„Vielleicht hat dich wer gesehen, vielleicht aber auch nicht. Ich werde es drauf ankommen lassen müssen. Du weißt doch ohnehin über alles Bescheid."

Myrtle atmete tief ein. „Denk an Noah. Du machst alles nur noch schlimmer, wenn du mir etwas antust. Du kannst immer noch behaupten, dass der Mord an deiner Mutter im Affekt geschah ... was vermutlich auch der Fall war. Wenn du aber für den Mord an deiner Mutter *und* an mir verhaftet wirst, wird die Sache nicht gut für dich ausgehen. Womöglich kommst du nie wieder aus dem Gefängnis und kannst Noah nie wieder in die Arme schließen. Lass uns umdrehen, Joan. Wir fahren zu Red und erklären ihm, was passiert ist. Das wird zu deinen Gunsten berücksichtigt werden, das weiß ich."

Joan beschränkte sich darauf, noch fester auf das Gaspedal zu drücken und immer schneller stadtauswärts zu rasen. Myrtle war sich bewusst, dass man den Ort unter allen Umständen meiden sollte, an den einen jemand unter Zwang bringen wollte. Nur konnte sie sich schlecht aus dem fahrenden Auto stürzen. Als sie zu Joan in den Wagen gestiegen war, hatte diese noch nichts von der fremden, furchteinflößenden Person gehabt, zu der sie während der Fahrt mutiert war.

Nachdem sie ein paar weitere Meilen zurückgelegt hatten, fuhr Joan in einer verlassenen Gegend an den Seitenstreifen. Weit und breit war nichts zu sehen außer Kudzusträuchern und verwahrlosten, überwucherten Farmhäusern. „Steig aus", befahl Joan. Als Myrtle zögerte, zog Joan ein Messer aus ihrer Handtasche. „Aussteigen, habe ich gesagt", wiederholte sie.

Myrtle öffnete langsam die Beifahrertür und stieg mit dem Rollator in den Händen aus.

„Leg den weg", blaffte Joan. „Den brauchst du nicht." Sie ging um das Auto herum und hielt drohend das Messer in die Höhe. „Leg ihn weg und geh zu dem Wald dort drüben."

„Wenn du willst, dass ich es bis zum Wald schaffe, lässt du mich besser den Rollator benutzen", sagte Myrtle schroff.

„Du sagtest doch, dass du den Rollator nicht brauchst und ihn gerade zurückbringen wolltest", sagte Joan misstrauisch.

„Das war vorher, jetzt ist jetzt. Du erwartest von mir, dass ich über ein Feld laufe. In meinem Haus oder auf der Straße komme ich bestens zurecht, aber über das Feld und durch den Wald?" Myrtle schüttelte vehement den Kopf.

„Na gut", schnappte Joan. „Aber nur, weil ich dich nicht selbst dorthin schleifen will."

Dieses eine Mal war Myrtle froh über ihre große, stämmige Gestalt. Sie klappte den Rollator auf und ging auf den Wald zu, wobei sie sich wie Marie Antoinette auf dem Weg zur Guillotine vorkam. Ihre einzige Hoffnung bestand darin, Zeit zu schinden. Ob es ihr gelang, Joan ausreichend abzulenken, um ihr das Messer abzunehmen?

„War der Mord an deiner Mutter geplant? Für mich sah es mehr nach einer Affekthandlung aus", sagte Myrtle beiläufig, während sie ihren Weg fortsetzte.

„Nein, das war definitiv nicht geplant. Ich hätte keinesfalls einen Tag ausgesucht, an dem Mutter eine große Feier mit unzähligen möglichen Augenzeugen ausrichtet." Joans Tonfall war erneut spöttisch.

Verzweifelt suchte Myrtle nach einer Möglichkeit, weiter Zeit zu schinden. „Warum kehrtest du zurück? Warum gingst du um das Haus herum und warum war deine Mutter überhaupt draußen?

Joan seufzte schwer. „Ich kam zurück, um Noah abzuholen. Ich hatte meine Besorgungen erledigt und war erschöpft. Wie immer, wenn ich mit Mutter zu tun hatte. Sie versuchte mich an ein Leben zu knebeln, das ich nicht wollte. Wie sie es jeden gottverdammten Tag in meinem Leben versuchte. Mutter wollte stets, dass ich die Schönste bin, der sämtliche Männer zu Füßen liegen und die auf alles eine Antwort weiß. Eine intelligente, bildschöne Gastgeberin. Ich bin nichts von all dem. Außer vielleicht intelligent.“

„Machte dir davon gar nichts Spaß?“, fragte Myrtle.

Joan lachte bitter. „Vielleicht hätte es das, hätte ich das Auftreten dazu gehabt. Aber ich war unbeholfen im Umgang mit anderen, weshalb Mutter mich zu all diesen Benimm- und Tanzkursen schickte. Für mich als Mauerblümchen war das die reinste Tortur.“

„Sie schien große Pläne für dich zu haben“, stellte Myrtle fest.

Frust machte sich in Joans Stimme breit. „Sie sah mich als keine geringere als die First Lady, wobei du beachten solltest, dass sie mich nicht in der Rolle der Präsidentin sah. Ich sollte nur das schmucke Beiwerk sein. Aber ich passte nicht in die Form, in die sie mich pressen wollte. Als ich dann zu allem Übel auch noch einen Klempner heiratete, flippte sie komplett aus.“

„Gab sie es schlussendlich auf, aus dir eine Person machen zu wollen, die du nicht warst?“

„Ja, nach der Scheidung. Ich glaube, sie hatte begriffen, dass aus mir keine Society Lady mehr werden würde“, sagte Joan.

„Also übertrug sie nach Noahs Geburt all ihre Hoffnungen und Träume auf ihn?“

„Sofort. Sie sah in ihm von Anfang an den Geschäftsführer eines Großkonzerns. Ich musste sie nur ansehen, um ihre Gedanken zu lesen. Am Abend der Feier ging ich um das Haus zur Hintertür, nachdem die Haustür blockiert war. Mutter war in der Küche und sah mich kommen. Sie kam in den Garten und begann sofort zu nörgeln, weil sie gehört hatte, wie Noah der Babysitterin von einer dummen Fernsehserie erzählte, die ich ihn schauen ließ.“ Joans Stimme verhärtete sich beim Gedanken daran.

„Deine Mutter stellte deine Erziehung infrage?“, fragte Myrtle.

„Ständig! Dieses Mal traf es mich mehr als sonst. Warum sollte er sich nicht dieselben Serien wie seine Freunde ansehen? Warum sollte er nie Zeit für sich haben? Da reichte es mir. Das Kricketset stand direkt neben uns und ich griff ohne nachzudenken nach einem Schläger und zog ihn ihr über den Schädel.“

Myrtle erschauderte beim Anblick von Joans zufriedenem Gesichtsausdruck. Dann atmete sie tief ein. Sie musste handeln, während Joan in Gedanken vertieft war. Sie preschte vor, griff nach dem Messer und zog es mit aller Kraft zu sich heran.

Joan hatte jedoch die Reflexe einer jungen Frau und ihre Hand schloss sich instinktiv fester um den Griff. Ein Schmunzeln umspielte ihre Mundwinkel. „Netter Versuch. Dafür bekommst du einen Extrapunkt.“ Sie entriss das Messer Myrtles Griff und hob es hoch in die Luft, bereit, auf sie einzustechen.

„Schön stillhalten“, ertönte eine grimmige, wenn auch zittrige Stimme.

Joans Kopf schnellte in die Richtung, aus der die Stimme gekommen war, und Myrtles Augen weiteten sich.

Es war Tina. Kim. Wie auch immer, das Zeitungsküken. Sie hielt die kleine Pistole in der Hand, die so gar nicht mehr einer Spielzeugpistole ähnelte. Sie sah angsteinflößend aus.

„Wer bist du?“, krächzte Joan.

„Sie gehört zum Pressekorps von Bradley“, sagte Myrtle. „Ich würde sagen, dein kleines, schmutziges Geheimnis ist endgültig gelüftet.“

Joan stürzte sich auf Kim, woraufhin Myrtle den Rollator gegen Joans Beine schlug und sie damit zu Fall brachte. Joan stieß einen wutentbrannten Schrei aus, während sie versuchte, den Rollator wegzuschieben. Myrtle nickte in Richtung der Pistole und fragte Kim: „Weißt du, wie man die benutzt?“

Kim nickte blass und unsicher.

„Würdest du auch schießen?“, fragte Myrtle eindringlich.

Kim starrte Myrtle wortlos an. Als diese die Hand aufhielt, reichte Kim ihr die Pistole ... und ließ sie fallen, bevor Myrtle sie zu fassen bekam.

Myrtle bückte sich danach und stützte sich auf den umgestürzten Rollator. Da robbte Joan schon über den schlammigen Boden auf die Pistole zu. Kim war wie versteinert.

Als Myrtle danach griff, stieß sie sie näher zu Joan, deren Fingerspitzen nur noch Zentimeter von der Pistole entfernt waren. Myrtle griff rasch in ihre Handtasche und fischte eine Stricknadel hervor, die sie

Joan in den Arm rammte. Joan zog ihn mit einem lauten Schmerzensschrei zurück, was Myrtle Zeit verschaffte, um zur Pistole zu krabbeln und sie zu fassen. Erschöpft ließ sie sich auf den Boden fallen, die Waffe auf die vor Wut schäumende Joan gerichtet.

„Hör gut zu, Joan. Ich werde diese Waffe einsetzen, auch wenn ich das vermeiden möchte. Mein Daddy brachte mir vor vielen Jahren das Schießen bei und trichterte mir ein, dass jeder Schuss sitzen muss. Zwing mich nicht dazu, dich umzubringen", sagte Myrtle und zielte mit der winzigen Pistole auf Joan, die zusammengesunken und regungslos vor ihnen lag.

Kim sah aus, als wäre ihr übel. „Ruf Red an", bat Myrtle sie. „Erzähl ihm, was passiert ist, für den Fall, dass Joan uns noch einmal angreift." Kim warf einen alarmierten Blick auf Joan, woraufhin Myrtle hinzufügte: „Auch wenn ich mir das kaum vorstellen kann."

Kapitel 20

„Ich verstehe nicht", sagte Red, „warum diese Reporterin zufällig dort draußen im Nirgendwo mit euch unterwegs war."

Sie waren zurück in Myrtles Haus – auch Kim. Die junge Frau hatte gefahren werden müssen, nachdem sie zu aufgelöst war, um sich selbst hinter das Lenkrad zu setzen. Red war nach dem Anruf so schnell bei ihnen gewesen, dass man hätte meinen können, er wäre geflogen. Nun saß Myrtle mit einem Glas Sherry in der Hand in ihrem Wohnzimmer. Kim war ins Badezimmer verschwunden, weshalb Red die Gelegenheit nutzte und Myrtle befragte.

„Eventuell habe ich ihr einen Tipp gegeben", sagte Myrtle.

„Ein Tipp, der sie mitten in die Pampa führt? Kein Wunder, dass das Mädchen eine Waffe mit sich rumträgt", sagte Red.

„Ich wollte verhindern, dass sie mir in die Quere kommt. Sie trieb mich in den Wahnsinn. Zuerst bekam sie den Artikel über den Mord und dann wollte sie auch noch diese lächerlichen Berichte zu meinem *Sturz* schreiben." Myrtle malte zwei Anführungszeichen in die Luft.

Red wandte bei der Erwähnung des Sturzes rasch den Blick ab. „Ja, gut. Also ... es tut mir leid, dass ich dir nicht glaubte. Joan gab der State Police gegenüber bereits zu, dass sie dahintersteckt."

„Nun, womöglich klang es tatsächlich wie eine Ausrede, um nicht wie eine tattrige alte Frau dazustehen", brummte Myrtle.

„Kim trieb dich also in den Wahnsinn und du hast ihr was erzählt ...?"
Red sah sie fragend an.

Myrtle räusperte sich. „Ich sagte ihr, dass sie sich mit Darla
Covington unterhalten solle. Es war eine falsche Fährte."

„Das würde ich wohl sagen. Darla jagte sie vermutlich umgehend
wieder vom Grundstück. Sie lebt nicht ohne Grund abgeschottet dort
draußen. Sie hasst Menschen. Das war kein netter Zug von dir, Mama."

„Aus der jetzigen Sicht war es ein Geniestreich", entgegnete Myrtle.
„Scheinbar verfuhr sich Kim, nachdem sie bei Darla kein Glück hatte. Als
sie Joans Auto sah, wollte sie sie nach dem Weg fragen. Man könnte doch
meinen, dass die jungen Leute heutzutage GPS auf dem Handy haben."
Myrtle runzelte die Stirn.

„Hat sie auch, aber irgendwie wollte es an diesem Tag nicht
funktionieren, wie sie mir gerade erzählte. Ich wusste, was nach ihrem
Besuch bei Darla geschehen war, mir war nur ein Rätsel, wie sie dort
hinauskam. Wir können von Glück reden, dass sie euch über den Weg lief.
Ohne sie wärst du jetzt mausetot."

Myrtle erschauderte und nahm einen stärkenden Schluck aus ihrem
Sherryglas, als Kim zu ihnen ins Wohnzimmer kam. Red sah sie an und
sagte: „Danke, dass Sie sich die Zeit genommen haben, mit mir zu
sprechen. Ich habe erst mal keine weiteren Fragen und habe einen Sergeant
von der State Police gebeten, Sie zu Ihrem Auto zu fahren, sofern es Ihnen
besser geht. Er wartet draußen auf Sie. Ich melde mich bei Ihnen, sollte ich
noch Fragen haben."

Kim nickte. „Ich gebe Ihnen meine Telefonnummer, denke aber nicht,
dass ich noch länger in der Gegend sein werde. Nachdem mir der heutige
Tag schon zu viel war, ist dieses Geschäft wohl nichts für mich. Ich habe

auch bemerkt, dass ich die Details zum Sturz Ihrer Mutter durcheinandergebracht habe. Sie sagten, dass Joan sie *gestoßen* hat, und zwar auf einer Rampe und nicht der Treppe?" Sie schüttelte missbilligend den Kopf. „Mrs. Clover, könnten Sie den Artikel für mich schreiben? Ich möchte den heutigen Tag nicht noch einmal in allen Einzelheiten durchleben müssen."

Myrtle verspürte den Hauch eines schlechten Gewissens. Immerhin war sie es gewesen, die sie all dem ausgesetzt hatte. Sie nickte und sagte: „Kim ... du hast durchaus Talent." Die Worte kamen ihr nur widerwillig über die Lippen. „Ich meine ... du hast die Details zu meinem Sturz durcheinandergebracht und musst deine Behauptungen in Zukunft besser überprüfen, aber du schreibst gut."

Kim verzog das Gesicht und schüttelte erneut den Kopf.

„Gut, vielleicht werden Mordermittlungen nicht dein Spezialgebiet, aber es gibt noch andere Zeitschriften, für die du schreiben kannst. Intcressierst du dich für Themen des alltäglichen Lebens? Mode, Fitness, Kunst, solche Dinge?", fragte Myrtle.

Kim nickte. „Aber natürlich. Ich befürchte nur, dass ich ganz ohne Berufserfahrung nicht in diese Bereiche einsteigen kann. Deshalb bin ich hier."

Red hob fragend eine Augenbraue in Richtung seiner Mutter.

„Ich habe da eine Cousine, Josephine Stringfellow", überlegte Myrtle. „Sie ist Lifestyle-Reporterin für die Lokalzeitung in Macon, Georgia. Sie ist nicht nur meine Cousine, ich unterrichtete sie in jungen Jahren auch in Englisch. Außerdem nutzte ich meine Kontakte, um ihr vor langer Zeit zu ihrem ersten Job zu verhelfen. Ich würde sagen, sie schuldet mir einen Gefallen."

Auf Kims Gesicht breitete sich ein Grinsen aus. „Wirklich? Das würden Sie für mich tun?“

„Ich stehe in deiner Schuld“, sagte Myrtle. „Wirklich.“

Nachdem Kim gegangen war, seufzte Red und rieb sich müde die Augen. „Ich frage mich ernsthaft, wie du es immer wieder schaffst, im Zentrum einer Mordermittlung zu landen. Umso erleichterter bin ich, dass diese hier abgeschlossen ist.“

„Gibt es Neuigkeiten von Lucas?“, fragte Myrtle. „Und was habt ihr mit dem armen Noah gemacht? Was wird mit ihm geschehen? Ich glaube mich zu erinnern, dass Joans Exmann kein Interesse an dem Jungen hat.“

„Wir schickten einen Streifenwagen los, um Lucas festzunehmen. Der Junge war bei ihm, aber die Polizistin konnte ihn in der Küche mit einem Snack ablenken, sodass er nicht mitansehen musste, wie sein Großvater verhaftet wurde. Wenn ich mich nicht irre, wird sich vorübergehend die Tante – Hazel, glaube ich, hieß sie – um Noah kümmern.“

„Das ist gut“, sagte Myrtle und war ungewöhnlich erleichtert. „Er ist ein lieber Junge und bei Hazel ist er in guten Händen. Das klingt, als würde sich alles zum Guten für ihn wenden. Wie ging es Lucas?“

„Er war sehr durcheinander.“ Red schüttelte den Kopf. „Die Cops meinten, er wäre zusammengebrochen und hätte geweint wie ein kleiner Junge. Er trauert noch um Cosette und muss nun auch Joans Verhaftung verdauen, auch wenn sie für den Tod seiner Frau verantwortlich ist. Sie und Noah waren alles, was er noch hatte.“

„Das ist traurig“, sagte Myrtle, richtete sich dann aber abrupt in ihrem Sessel auf. „Warte. Nein, wir sollten kein Mitleid mit ihm haben. Er hätte Tobin niemals umbringen dürfen. Armer Tobin.“

„Vergiss nicht, dass der *arme* Tobin ihn erpresste", erinnerte Red sie. „In gewisser Weise war auch Lucas ein Opfer. Tobin war auch nicht unbedingt der nette Kerl, für den ihn alle hielten."

Das Funkgerät an Reds Gürtel meldete sich, woraufhin er es abschnallte und aufmerksam hineinlauschte. „Ich muss zurück ins Präsidium", sagte er. „Geht es dir gut? Bist du sicher, dass du zurechtkommst?"

„Ja", sagte Myrtle. „Es überrascht mich selbst, aber es geht mir gut. Danke."

„Dann bringe ich den Rollator zu Carolyn zurück", sagte Red. „Nachdem du doch noch sicher auf den Beinen stehst."

„Er könnte dreckig sein", sagte Myrtle. „Aber sag ihr, dass er mir das Leben gerettet hat ... auf recht ungewöhnliche Weise."

„Na gut. Gib Bescheid, solltest du etwas brauchen. Ich schreibe Elaine, dass sie rüberkommen und dir Gesellschaft leisten soll, bis sich deine Nerven beruhigt haben."

„Ich sollte mich bei ihr für die Stricknadeln bedanken", murmelte Myrtle. Das Medium hatte recht damit gehabt, dass sie mit dem Stricken anfangen sollte. Der Gedanke daran jagte ihr einen Schauer über den Rücken.

Es klopfte an der Tür und Red ging hin, um sie zu öffnen. „Es ist Miles", rief er über seine Schulter zurück. „Empfängst du Besuch?"

„Miles ist doch kein Besuch, er ist einfach ... Miles. Lass ihn rein und stör die arme Elaine nicht. Solange Miles hier ist, möchte ich sie nicht von ihren Beschäftigungen abhalten."

„In Ordnung", sagte Red. „Auch wenn sie bestimmt darauf brennt, mit dir zu sprechen. Vielleicht kommt sie später vorbei." Er öffnete die Tür und grüßte Miles beim Hinausgehen.

Miles beobachtete ihn durch das Fenster. „Sieht ganz so aus, als bringe er deinen Rollator weg. Wenn dich das mal nicht freut."

„Weißt du, Miles, ich mag ihn mittlerweile fast schon."

Miles hob fragend eine Augenbraue, woraufhin Myrtle zu ihrer Erzählung ansetzte. Als sie beim aufregendsten Teil ankam, musste sie zur Stärkung erst Sherry nachschenken.

Nach beendeter Erzählung saßen Miles und Myrtle für einen Moment schweigend da. „Das ist mal ein Erlebnis", sagte Miles schließlich.

„Das kann man wohl sagen", bestätigte Myrtle inbrünstig.

„Und du hast das Ganze lebend und wohlauf überstanden und hast nebenbei sogar noch die Sache mit der jungen Reporterin gelöst." Miles bedachte sie mit einem bewundernden Blick. „Ich muss dir zu deinem Geniestreich gratulieren: Du bist sie losgeworden, indem du ihr zu ihrem Traumjob verhilfst. Das ist eine sehr reife Problemlösungsstrategie."

„In meinem Alter sollte ich auch reif sein", sagte Myrtle. „Außerdem war sie mir anfangs ein wenig zu anmaßend, weshalb ich der Meinung war, dass sie auf den Boden der Tatsachen zurückgeholt werden müsse. So kam es schließlich auch, auch wenn ich nichts dazu beigetragen habe. Ende gut, alles gut."

„Was wirst du jetzt tun?"

„Ich werde den Artikel schreiben und es wird der beste werden, den der *Bradley Bugle* jemals gesehen hat", sagte Myrtle und ging zum PC. „Ich habe vor ein paar Tagen damit begonnen, aber das Ende wird jetzt umso spektakulärer."

„Dann gehe ich mal wieder", sagte Miles. Als Myrtle sich jedoch zu ihm umdrehte, machte er keine Anstalten, sich aus dem gemütlichen Sessel zu erheben.

„Bleib doch noch ein bisschen," sagte sie schließlich und deutete in die Küche. „Du könntest uns ein Glas Eistee einschenken und dir mit mir die neue Folge von *Das Versprechen von Morgen* ansehen, sobald ich mit dem Artikel fertig bin. Du kannst mir bei ein paar Formulierungen helfen, sollte ich nicht vorankommen. Als mein Assistent sozusagen."

„Ich würde eine andere Bezeichnung bevorzugen, aber ich bleibe gerne noch ein wenig und helfe mit dem einen oder anderen Synonym aus", sagte Miles grinsend.

Und so verbrachten sie den Nachmittag auch.

Weitere Bücher von Elizabeth:

Die Myrtle-Clover-Serie in chronologischer Reihenfolge:

Myrtle Clover und die Tote am Altar

Myrtle Clover und der mörderische Dinnerclub

Myrtle Clover und der letzte Schnitt

Myrtle Clover und der Tote im Garten

Schreib Elizabeth!

Facebook: Elizabeth Spann Craig Author

Twitter: @elizabethscraig

Website: elizabethspanncraig.com

E-Mail: elizabethspanncraig@gmail.com

Über die Autorin:

Elizabeth Spann Craig ist freischaffende Autorin und lebt mit ihrem Mann und ihren zwei Kindern in Matthews, North Carolina. Sie schreibt an verschiedenen Krimiserien, von denen die erste, die Myrtle-Clover-Serie, derzeit ins Deutsche übersetzt wird.

Theresia Fink kommt ursprünglich aus Vorarlberg, Österreich und lebt derzeit in München. Sie ist nebenberuflich als selbständige Übersetzerin tätig und widmet sich auch privat mit Begeisterung dem Sprachenlernen.

Daniela Maizner ist Autorin und Übersetzerin aus Österreich, die sich Fremdsprachen und Krimis verschrieben hat.

Vielen Dank!

Vielen Dank, dass du mein Buch gelesen hast. Wenn dir der Krimi gefallen hat, würde ich mich freuen, wenn du auf der Seite, auf der du ihn gekauft hast, eine kurze Bewertung hinterlässt. Ich freue mich nicht nur über die Kommentare, sondern so finden auch andere Leser meine Bücher. Danke!

Ich möchte mich auch bei den Menschen bedanken, die mich beim Schreiben des Buchs unterstützt haben. Danke an Karri Klawiter für ihre wunderbaren Cover-Designs. Vielen Dank auch an meine Editorin Judy Beatty für ihre Hilfe. Bei den Probelesern Amanda Arrieta und Dan Harris bedanke ich mich für ihre hilfreichen Vorschlägen und ihre aufmerksame Lektüre. Und zu guter Letzt möchte ich mich bei meiner Familie und meinen Lesern bedanken!